ADAM HASLETT

Das Gespenst der Liebe

Adam Haslett

Das Gespenst der Liebe

Erzählungen

Deutsch von Pociao
und Roberto de Hollanda

GOLDMANN

Die amerikanische Originalausgabe erschien 2002
unter dem Titel »You Are Not A Stranger here«
bei Nan A. Talese, an imprint of Doubleday, New York

Umwelthinweis:
Alle bedruckten Materialien dieses Taschenbuches
sind chlorfrei und umweltschonend.

1. Auflage
Deutsche Erstveröffentlichung Dezember 2003

Redaktion: Kristina Zapp
Satz: Buch-Werkstatt GmbH, Bad Aibling
Druck: GGP Media, Pößneck
Verlagsnummer: 45417
KvD · Herstellung: Sebastian Strohmaier
Made in Germany
ISBN 3-442-45417-4
www.goldmann-verlag.de

Für meine Familie
und
für Jennifer Chandler-Ward,
in Liebe

Inhalt

Anmerkungen für meinen Biografen

Zwei Dinge will ich von Anfang an klarstellen: Ich hasse Ärzte, und ich bin in meinem ganzen Leben keiner Selbsthilfegruppe beigetreten. Mit dreiundsiebzig werde ich mich auch nicht mehr ändern. Die Psychiatrie kann mich mal; ich werde ihre nutzlosen Wundermittelchen nicht nehmen und mir auch nicht den Schwachsinn von Leuten anhören, die höchstens halb so alt sind wie ich. Ich habe auf den Schlachtfeldern der Normandie Deutsche erschossen, sechsundzwanzig Patente angemeldet, drei Frauen geheiratet, alle überlebt und stehe jetzt im Visier der Steuerfahndung, die genauso viel Aussicht hat, von mir was zu kriegen, wie Shylock auf sein Pfund Fleisch. Bürokratien können nicht logisch denken. Ich hingegen bin vollkommen klar im Kopf.

Nehmen wir beispielsweise die Umstände, unter denen ich an den Saab kam, mit dem ich gerade in den Talkessel von Los Angeles fahre: Meine Nichte in Scottsdale hat ihn mir geliehen. Glauben Sie etwa, sie wird ihn je wieder sehen? Wohl kaum. Natürlich hatte ich am Anfang vor, ihn zurückzugeben, und in ein paar Tagen oder Wochen werde ich meine Meinung vielleicht wieder ändern, doch im Augenblick können sie mir gestohlen bleiben, sie und ihr Mann und die drei Kinder, die mich am Küchentisch anstarrten, als wäre ich ein Museumsstück, das ihnen aufgebrummt wurde, um sie zu langweilen. Ich könnte sie umbringen. Man pumpt sie mit

Beruhigungsmitteln voll, schickt sie auf Privatschulen, und ihre Augen betteln: Gib mir etwas, das ich noch nicht habe. Ich wollte ihnen aus einem Buch über die Weltgeschichte vorlesen, Völkerwanderungen, Seuchen und Kriege, aber die Regale ihrer überdimensionalen Kinderzimmer waren voll gestopft mit Nippes und Biografien von Stars. Das Ganze deprimierte mich zu Tode, und ich bin froh, da weg zu sein.

Vor einer Woche habe ich Baltimore verlassen mit der Absicht, meinen Sohn Graham zu besuchen. Ich denke in letzter Zeit viel an ihn, an die Zeit, die wir in der Scheune des alten Hauses verbracht haben, und wie leicht mir Ideen einfielen, wenn er zuhörte. Ich weiß nicht, wann ich das nächste Mal Gelegenheit habe, ihn zu sehen. Ich dachte, ich könnte unterwegs auch gleich noch ein paar andere Verwandte besuchen, und wollte mit meiner Tochter Linda in Atlanta anfangen, doch als ich dort ankam, stellte sich heraus, dass sie umgezogen war. Ich rief Graham an. Nachdem er sich von dem Schock meiner Stimme erholt hatte, erklärte er, Linda wolle mich nicht sehen. Als mein jüngerer Bruder Ernie bloß Zeit hatte, mit mir Mittag zu essen, obwohl ich den ganzen Weg bis Houston mit dem Bus gefahren war, ging mir auf, dass dieses episodenhafte Familientreffen den Ärger, den es mir möglicherweise brachte, nicht wert war. Scottsdale trug nicht gerade dazu bei, meine Meinung zu ändern. Diese Leute glaubten wohl, dass sie eine zweite Chance kriegten und ich mich irgendwann noch mal blicken lassen würde. Tatsache ist, dass ich mein Testament gemacht und die Rechte an meinen Patenten vergeben habe und jetzt nur noch ein paar Anmerkungen für meinen Biografen zusammenstelle. In ein paar Jahrzehnten, wenn die wahre Bedeutung meiner Arbeit ans Licht kommt, wird er sie möglicherweise brauchen, um ein paar Fragen zu klären.

- Franklin Caldwell Singer, geb. 1924 in Baltimore, Maryland.
  Sohn eines deutschen Werkzeugmechanikers und einer Bankierstochter.
- Ich wurde wegen psychischer Störungen aus der Armee entlassen, nachdem ich in Paris »Fahnenflucht« begangen hatte. Das hatte sich ein Militärarzt ausgedacht, dem meine überlegenen Kenntnisse der Diagnostik ein Dorn im Auge waren. Der Vorfall mit der Nackttänzerin im Louvre in einem Saal voller Rubens-Gemälde war bereits Wochen her und hatte mit anderen Festivitäten zu tun.
- Magisterexamen, Dissertation, Ingenieurwissenschaften, Johns-Hopkins-Universität.
- 1952. Erste und letzte Elektroschockbehandlung, die ich meinen Eltern nie, niemals verzeihen werde.
- 1954-1965. Forscher, Eastman Kodak Laboratories. Wie bei so vielen Institutionen in diesem Land war auch hier Talent nicht erwünscht. Ich wurde gefeuert, sobald ich anfing, auf Mängel in der Geschäftsführung hinzuweisen. Zwei Jahre später meldete ich das Patent auf einen Verschlussmechanismus an. Irgendwann gab Kodak nach und erwarb es. (Der damalige Vizepräsident für Produktentwicklung Arch Vendellini *hatte* zu diesem Zeitpunkt eine Affäre mit der besten Freundin seiner Tochter, auch wenn er es abstreiten wird. Achten Sie auf das Zucken seiner linken Schulter, wenn er lügt.)
- Alle weiteren Diagnosen – und glauben Sie mir, davon gab es eine ganze Reihe – sind das Ergebnis zweier Kräfte, beide schädlich auf ihre Art: (1) des Versuchs der Psychiatrie, Exzentrizität im Lauf des

letzten Jahrhunderts als Krankheit zu definieren, und (2) der Bestrebungen einiger Mitglieder meiner diversen Familien, mich gefügig zu machen und, wenn möglich, an die Kandare zu nehmen.

- Der Entwurf für eine elektrische Brotschneidemaschine wurde mir in einem Diner in Chevy Chase von einem Mann gestohlen, der sich als Rentier verkleidet hatte. Wie hätte ich ahnen sollen, dass er ein Angestellter von Westinghouse war?
- Dass ich keinerlei Erinnerungen an die Jahre 1988 bis 1990 habe und bis vor kurzem glaubte, dass Ed Meese nach wie vor unser Generalstaatsanwalt ist, liegt nicht an meinem angeblichen paranoiden Blackout, sondern im Gegenteil an der Tatsache, dass meine dritte Frau es sich zur Aufgabe gemacht hatte, meinen Kaffee mit Tranquilizern zu versetzen. Glauben Sie kein Wort von dem, was Sie über die Scheidungsvereinbarung hören.

Als ich in Grahams Wohnung in Venice klingele, öffnet mir ein Jude, Ende zwanzig, ein richtiges Muskelpaket. Er wirkt nervös und sagt: »Wir haben Sie erst morgen erwartet.« Als ich frage, wer mit *wir* gemeint ist, antwortet er: »Graham und ich«, und setzt rasch hinzu: »Wir sind Freunde, wissen Sie, bloß Freunde. Ich wohne nicht hier, sondern benutze nur den Computer.«

In diesem Augenblick fällt mir nur ein Gedanke ein: Na, hoffentlich will der Kerl nicht Schauspieler werden. Mir ist nämlich auf der Stelle klar, dass mein Sohn schwul ist und diesen Kerl mit der teuren Brille vögelt. Solche Typen gab es beim Militär zuhauf, und ich habe früh gelernt, dass sie in allen möglichen Spielarten vorkommen, nicht nur als Tunten, wie man es gemeinhin erwartet. Trotzdem bin ich kurz schockiert, weil mein neunundzwanzigjähriger Bengel es nie für nötig gehalten hat, mir mitzuteilen, dass er eine Schwuchtel ist – nichts für ungut –, und ich beschließe, ihn darauf anzusprechen, sobald er aufkreuzt. Marlon Brando überwindet seine Erstarrung, holt meinen Koffer aus dem Wagen und führt mich durch den Garten an einem blühenden Zitronenbaum vorbei zu einem kleinen Cottage mit Waschbecken und viel Licht, in dem ich mich sofort wohl fühle.

»Das reicht völlig«, sage ich und frage dann: »Wie lange schlafen Sie schon mit meinem Sohn?« Es ist nicht zu übersehen, dass er mich für einen senilen Schwulenhasser hält, der gleich den Moralapostel rauskehren wird, aber als ich den Blick in seinen Augen sehe – wie ein Reh, das von einem Scheinwerfer erfasst wird – habe ich Mitleid und belehre ihn eines Besseren. Ich habe gesehen, wie Frauen von Panzern niedergemetzelt wurden. Ich denke nicht daran, mich darüber aufzuregen, dass ich ein paar Enkel weniger haben werde. Als ich ihm erkläre, dass gesellschaftliche Vorurteile egal welcher Prägung mit meinen Idealen der Aufklärung unvereinbar sind – Idealen, die von Jahrhunderten parteiischer Anwendung getrübt wurden –, wird mir klar, dass Graham ihn über unsere Familiengeschichte aufgeklärt hat. Sein Gesicht nimmt einen nachsichtigen Ausdruck an, und aus seinem Lächeln trieft das Mitgefühl eines Mannes, der keine Ahnung hat: armer Kerl, sein Leben lang psychisch gestört, einen Monat obenauf, dann wieder am Boden, voller großartiger Ideen, die ihm wie Sand unter den Fingern zerrinnen. Dazu kann ich nur sagen: Schlagen Sie im US-amerikanischen Patentamt unter Frank Singer nach. Jedenfalls scheint der aufgeblasene Gockel zu glauben, dass Aufklärung so was wie eine Marketing-Strategie für General Electric ist. Ich erspare ihm das Seminar, das ich mit Leichtigkeit aus dem Ärmel schütteln könnte, und sage: »Hören Sie, ich habe nichts dagegen, wenn ihr beide miteinander ins Bett steigt.«

»Die Fahrt war sicher anstrengend«, meint er hoffnungsvoll. »Wollen Sie sich nicht ein wenig hinlegen?«

Ich erkläre ihm, dass ich einen Marathon laufen könnte – mit dem Saab meiner Nichte huckepack. Das verschlägt ihm die Sprache. Wir gehen zusammen durch den Garten in die Küche des Bungalows. Ich bitte um einen Stift, Papier und einen Rechner und beginne, eine Idee festzuhalten, die mir gerade eingefallen ist – schon macht sich Grahams Gegenwart bemerkbar. Ein Fahrrad, mit dem man die Energie, die man erzeugt, wenn man einen Berg hinunterfährt, in einem kleinen Akku speichern und bergauf mit einem Schalter am Lenkrad wieder freisetzen kann. Eine wahre Goldgrube, wenn man bedenkt, wie rapide die Bevölkerung altert und wie viel zusätzliche Freiheit sich durch die Frühpensionierung ergibt. Als zwei Stunden später Graham auftaucht, habe ich vier Seiten voller Notizen und Kalkulationen für einen Prototyp fertig. Er kommt in seinem blauen Leinenanzug in die Küche, die Aktentasche vor die Brust geklemmt, und als er mich am Tisch sitzen sieht, wird er steif wie ein Brett. Ich habe ihn seit vier Jahren nicht mehr gesehen, und das Erste, was mir auffällt, sind die Tränensäcke unter seinen Augen. Ich breite die Arme aus, doch er weicht zurück.

»Was hast du?«, frage ich. Mein Sohn, der mich in einer fremden Küche in Kalifornien argwöhnisch anstarrt. Die Asche seiner Mutter ist vor langer Zeit über dem Potomac verstreut worden, die Gegenstände unseres gemeinsamen Lebens in Kisten gelagert verkauft.

»Du bist also tatsächlich gekommen«, sagt er.

»Ich habe ein neues Fahrrad erfunden«, erkläre ich ihm,

aber es scheint wie eine frische Todesnachricht zu wirken. Eric umarmt Graham vor meinen Augen. Ich sehe, dass mein Sohn den Kopf an die Schulter dieses Kerls lehnt wie ein müder Soldat im Zug. »Es wird einen selbst aufladbaren Akku haben«, sage ich, setze mich wieder an den Tisch und vertiefe mich in meine Entwürfe.

In Grahams Gegenwart nimmt meine Idee immer schneller Gestalt an. Während er duscht, packe ich meine Sachen aus, stelle die Möbel im Cottage um und pinne meine Berechnungen an die Wand. Als ich zum Haus zurückkehre, frage ich Eric, ob ich das Telefon benutzen kann, und er sagt: »Natürlich«, und setzt dann hinzu: »Graham schläft in letzter Zeit nicht besonders, aber ich weiß, dass er sich wirklich freut, Sie zu sehen.«

»Klar, macht nichts, alles okay.«

»Er hat in den vergangenen Wochen eine Menge durchgemacht. Vielleicht könnten Sie mit ihm darüber sprechen … ja, ich glaube, Sie könnten –«

»Sicher, sicher, keine Ursache«, und dann rufe ich meinen Anwalt an, meinen Ingenieur, meinen Modellbauer, drei Werbeagenturen, deren Nummern ich in den Gelben Seiten gefunden habe, den amerikanischen Rentnerverband – das wird die Zielgruppe –, einen alten Freund vom College, der mir mal erzählt hat, dass er bei der Tour de France mitgefahren ist, ich nehme an, dass er sich mit der Fahrradindustrie auskennt, meinen Sachbearbeiter bei der Bank, um die Finanzierung zu besprechen, das Patentamt, das Physikalische Labor der Cal Tech, die Frau, mit der ich vor meiner Abreise aus Baltimore essen war, und drei lokale Spirituosengeschäfte, bis ich eins finde, das eine Kiste Dom Pérignon ins Haus liefert.

»Das ist bestimmt für mich!«, rufe ich, als es nur wenige Minuten später, wie mir scheint, an der Haustür klingelt und Graham aus dem Schlafzimmer kommt, um aufzumachen. Er geht ganz langsam, als sei er völlig ausgepumpt.

»Was ist das?«

»Es gibt was zu feiern! Ich habe ein neues Projekt in der Mache!«

Graham starrt auf die Rechnung, als habe er Schwierigkeiten, sie zu entziffern. Schließlich sagt er: »Das macht zwölfhundert Dollar. Nehmen Sie es wieder mit.«

Ich erkläre ihm, dass Schwinn sie auf die Doughnut-Rechnung der Vertreter setzen wird, wenn ich mit diesem Fahrrad fertig bin, und dass Oprah Winfrey in der Halbzeit-Show des Super Bowl damit durchs Stadion fahren wird.

»Das ist ein Missverständnis«, erklärt er dem Lieferanten.

Es endet damit, dass ich rausgehen und den Mann durchs Fenster des Lieferwagens bezahlen muss, mit einer Kreditkarte, die er, gutgläubig wie er ist, ohne Weiteres akzeptiert. Dann schleppe ich die Kiste eigenhändig zum Haus zurück.

»Was soll ich bloß machen?«, höre ich Graham flüstern.

Als ich um die Ecke in die Küche komme, verstummen sie. Die beiden sind ein hübsches Paar, wie sie so dastehen im weichen, schwindenden Abendlicht. Zu meiner Zeit hätte man sie für einen Kuss einbuchten können. Es folgt eine Standpauke wegen des Champagners und meiner Begeisterung, die ich kaum beachte. Die Platte hat er von seiner Mutter geerbt. Er drückt auf den Knopf, und der Teil seiner Vorfahren, der von gesellschaftlichen Konventionen beherrscht wurde, spricht aus seinem Mund wie ein Bauchredner. Du-hast-immer-nur-Flausen-im-Kopf-beruhige-dich-du-wirst-dich-noch-völlig-ruinieren-nimm-deine-Medikamente-Medikamente-Medikamente. Er ist ein kluger Kopf, mein Sohn, das war schon immer so, und eigentlich scheut er auch nicht davor zurück, seinen Verstand zu benutzen, um die Mittelmäßigkeit der Menschen zu entlarven, aber in einer Welt, die so was nicht zu schätzen weiß, wird aus einem wissbegierigen Jungen ein ängstlicher Mann. Er muss leiden, weil sein Volk so oberflächlich ist. Traurig. Genau das sage ich ihm klar und deutlich, aber das macht alles nur noch schlimmer.

»Warum trinken wir nicht erst mal ein Glas Champagner?«, fällt mir Eric ins Wort. »Alles andere könnt ihr später beim Abendessen besprechen.«

Ein hervorragender Vorschlag. Ich nehme drei Gläser aus dem Schrank, lasse den Korken der ersten Flasche knallen, schenke ein und erhebe das Glas auf sie.

Auf dem Weg zum Abendessen bringt es der Saab meiner Nichte locker auf fünfundachtzig Meilen. Wir fahren mit offenem Verdeck, und der Smog bläst mir durchs Haar, sodass ich Graham kaum verstehen kann, als er etwas vom Beifahrersitz ruft. Wahrscheinlich hat er Angst, dass wir einen Strafzettel kriegen, mir aber macht die Fahrt so viel Spaß, dass ich die Strafe gleich doppelt bezahlen und dem Beamten auch noch ein Trinkgeld geben würde. Als wir den Freeway entlangrasen, stelle ich mir eine Straße voller Fahrräder vor, die lautlos jene Energie recyceln, die früher einfach verpuffte, wenn man in die Pedale trat. Wir müssen die Umweltverbände einbeziehen, das könnte uns Geld vom Staat für Forschung bringen, und wir brauchen eine starke Lobby, falls es nötig ist, Gesetze zu verändern. Ein Marketing-Test in L.A. würde die Chance erhöhen, dass uns prominente Persönlichkeiten unterstützen, und wahrscheinlich muss ich noch ein Buch über die Entstehung der Idee schreiben, das zusammen mit der Einführung des Produkts auf dem Markt erscheinen kann. Ich denke an Anfang nächsten Jahres. Der Werbe-Slogan fällt mir ein, als wir unter einer Überführung durchrauschen: *Jeder Umschwung zählt!*

Im Restaurant stehen die Leute Schlange. Ich versuche, dem Oberkellner einen Zwanziger in die Hand zu drücken, doch Graham hält mich zurück.

»Dad«, sagt er. »Das kannst du nicht machen.«

»Weißt du noch, wie ich mit dir im Ritz war und du mir erzählt hast, das Hühnchen in deinem Sandwich wäre zäh? Ich habe mit dem Manager gesprochen, und wir brauchten die Rechnung nicht zu bezahlen. Dann hast du eine Skizze von dem Baumhaus gezeichnet, das du dir gewünscht hast, und das brachte mich auf die Idee mit den Vorratsbehältern.«

Er nickt.

»Na komm schon, hast du dein Lächeln verloren?«

Ich gehe zum Oberkellner, doch als ich ihm den Zwanziger geben will, sieht er mich komisch an, und ich sage ihm, dass er ein überhebliches Arschloch ist, wenn er meint, er sei zu fein dafür. »Wollen Sie einen Hunderter?«, frage ich und bin drauf und dran, ihm meine Meinung dazu näher zu erläutern, als Graham mich umdreht und sagt: »Lass das bitte.«

»In welcher Branche arbeitest du eigentlich?«, frage ich.

»Beruhige dich, Dad«, antwortet er. Seine Stimme ist leise, fast schwach.

»Ich habe dich gefragt, in welcher Branche du arbeitest.«

»Ich bin Börsenmakler.«

Börsenmakler! Was habe ich bei diesem Jungen eigentlich versäumt? »Was machst du da?«

»Ich handle mit Aktien. Hör mal, Dad. Wir müssen –«

»Aktien!«, sage ich. »Lieber Himmel! Deine Mutter würde sich im Grab umdrehen, wenn sie eins hätte.«

»Vielen Dank«, flüstert er.

»Wie bitte?«, hake ich nach.

»Vergiss es.«

In diesem Augenblick merke ich, dass uns alle Leute im Foyer anstarren. Sie sehen aus wie im Fernsehen vor zwanzig Jahren, die Männer tragen Rollkragenpullover à la Robert Wagner und Blazer. Eine Frau mit malvenfarbenen Hotpants und einer Umhängetasche, so groß wie ihr Oberkörper, mustert uns besonders missbilligend und selbstgefällig. Ich habe Lust, zu fragen, was sie eigentlich für die Menschheit tut. »In drei Jahren fahren auch Sie auf meinem Fahrrad«, erkläre ich ihr. Sie zuckt zurück, als hätte ich eine Ratte auf dem Teppich losgelassen.

Nachdem wir endlich sitzen, dauert es zehn Minuten, bis wir Brot und eine Flasche Wasser auf dem Tisch stehen haben. Ich ahne, dass der Service hier lausig ist, und fange an, auf meine Serviette zu kritzeln, wann wir etwas bestellt haben und wie lange es dauert, bis es kommt. Außerdem, da es mir gerade einfällt:

- Hollow-Core-Rahmen aus Chrom mit einem akkubetriebenen Hilfsmotor am Hinterrad, der über eine Hebel- oder Drehschaltung am Lenkrad gesteuert wird. Benutzer muss vor erhöhter Geschwindigkeit der Kurbel beim Schalten der Zusatzenergie gewarnt werden. Scheibenbremsen?
- Biografenakte: Graham als meine Muse und wie seltsam das ist; vgl. Vorratsbehälter, Pfannkuchenpresse, Dreiradmotor, fliegender Teddybär, Renovierung der Scheune, damit er dort spielen konnte, Power Bike.

Graham hält mich davon ab, eine zweite Flasche Wein zurückgehen zu lassen; offensichtlich ist er der Meinung, man solle lieber miese Qualität akzeptieren als einen anderen Menschen zu verletzen. Ich halte das für Gefühlsduselei, aber ich lasse es um des lieben Friedens willen durchgehen. Irgendwie hat er sich verändert. Die Vorspeisen brauchen unfassbare neunzehn Minuten, bis sie serviert werden.

»Du solltest mal darüber nachdenken, deinen Job zu kündigen«, sage ich. »Ich habe beschlossen, mit diesem Projekt ganz groß rauszukommen. Das Power Bike ist ein richtiges Flaggschiff, davon kann eine ganze Firma existieren. Wir stehen kurz davor, ein Vermögen zu machen, Graham, mit dir zusammen kann ich es schaffen.« Einer der Robert Wagners verrenkt sich den Hals, um mich vom Nachbartisch aus anzustarren.

»Ja, ich wette, du möchtest auch ein Stück von dem Kuchen abhaben, Freundchen«, sage ich, worauf er sich eilig wieder seinem Endiviensalat zuwendet. Graham lauscht, als ich ihm den Geschäftsplan unterbreite: Für die Vorfinanzierung hätten wir keine Mühe, Risikokapital aufzutun; wir müssen einen Standort für die Herstellung finden und dabei die jeweiligen Gesetze in den verschiedenen Staaten im Auge behalten; wir müssen Mitarbeiter einstellen, Designer, die unter meiner Leitung arbeiten; außerdem brauchen wir ein Vertriebs-Team, Buchhalter, Zuschüsse, Schreibtische, Telefone, Werkstätten, Gehaltsschecks, Steuern, Computer, Kopierer, Mobiliar, Wasserkühltanks, Fußmatten, Parkplätze, Stromrechnungen. Vielleicht einen Luftbefeuchter. Es gibt eine Menge Dinge zu berücksichtigen. Während ich spreche, merke ich, dass sich andere im Restaurant umdrehen, um mitzuhören. Meistens beobachte ich es aus dem Augenwinkel, aber die Leute versuchen, es zu kaschieren, und wenden sich wieder ihren Gesprächen zu. Vermutlich glauben sie, dass ich auf ihre Verschleierungstaktik reinfalle. Da fällt mir das Westinghouse-Rentier ein. Wie schlau von ihnen, es in dem Diner aufzustellen, in dem ich jeden Freitagmorgen frühstückte. Sie kannten meine Vorliebe für den Weihnachtsmythos und waren entschlossen, mein geistiges Eigentum zu klauen.

- Betr. Vorfall in Chevy Chase. Muss nachprüfen, ob ich möglicherweise Kassettendecks mit Auto-Reverse-Wiedergabe erfunden habe und Sony oder GE deshalb Grundstücke in der Umgebung meiner Adresse in Baltimore besaßen – Lärm, Ablenkungstaktiken, vorgetäuschte Straßenarbeiten etc., ebenso Anwesenheit von Schwinn, Raleigh etc. während meines Aufenthalts in Los Angeles.

»Könnten wir über was anderes reden?«, fragt Graham.

»Wie du willst«, sage ich und mache den Kellner darauf aufmerksam, dass er sechsundzwanzig Minuten für unsere Hauptgerichte gebraucht hat. Wie sich herausstellt, ist mein Fisch zäh wie Leder. Kaum ist der Kellner verschwunden, muss ich mit den Fingern schnippen, um ihn zurückzuholen.

»Hör auf damit!«, sagt Graham. Ich verliere allmählich die Geduld mit seiner Passivität und ignoriere ihn einfach. Er beugt sich über den Tisch und ist drauf und dran, mir in den Arm zu fallen, als der Bursche wieder auftaucht.

»Gibt es ein Problem?«

»Mein Heilbutt ist knochentrocken.«

Der junge Mann mit dem Ziegenbärtchen beäugt mein Gericht so misstrauisch, als hätte ich den Originalteller durch ein Duplikat ersetzt, das ich aus einer Tüte unter dem Tisch gezaubert habe.

»Ich hätte gern einen neuen.«

»Nein, hätte er nicht«, sagt Graham sofort.

Der Kellner wartet und überlegt, wessen Autorität er folgen soll.

»Verstehen Sie was von Fahrrädern?«

»Wie meinen Sie das?«, fragt er.

»Sind Sie ein Fachmann?«

Der junge Mann blickt quer durch den Raum zum Oberkellner, der ihm verstohlen zunickt.

»Das war's. Wir gehen«, erkläre ich und schnappe mir ein paar Brötchen.

»Setz dich«, beharrt Graham.

Zu spät. Ich weiß jetzt, dass es in diesem Restaurant von Mountainbike-Managern wimmelt. »Glaubst du etwa, ich lasse zu, dass ein Haufen Industriegauner mir eine Idee klaut, die das, was jeder Amerikaner und eines Tages jeder Mensch auf der Welt unter einem Fahrrad versteht, radikal verändern wird? Ist dir klar, was Fahrräder für die Menschheit bedeuten? Sie sind so was wie Eiscreme oder Kindergeschichten, es sind elementare Objekte, eingewebt in den Stoff unserer frühesten Erinnerungen, ganz zu schweigen von unserer innigen Verbindung mit dem Rad an sich, einer Erfindung, die einen riesigen Sprung im Wissen der Menschheit symbolisiert und uns Druckerpressen, religiöse Umwälzungen, unvorstellbare Geschwindigkeit und sogar den Mond beschert hat. Wer Fahrrad fährt, beteiligt sich an der ununterbrochenen Kette menschlichen Strebens, die bis zu den Steine schleppenden ägyptischen Bauern zurückreicht, und ich stehe kurz davor, diese Erfindung zu revolutionieren und ihre geradezu mythische Energie in eine speicherbare Größe umzuwandeln. Du hast die Chance, dabei zu sein – wie der tapfere Cortez, als er mit Adleraugen von einem Gipfel Dariens auf den Pazifik starrte und seine Männer sich mit verwegenem Raten schweigend ansahen!«

Da ich aufgestanden bin, um all das zu loszuwerden, meinen einige Gäste, dass ich auch sie anspreche. Zwar mache ich den Fehler, ihnen einen Tipp zu geben, in welche Richtung sie recherchieren sollten, aber an ihren staunenden Gesichtern erkenne ich, dass sie genau wie ich wissen, warum nicht jeder Hinz und Kunz die hohen weißen Gipfel echten Erfindungsgeistes erklimmen kann. Manche Leute – so wie die hier – müssen im Flachland bleiben, wo die Luft dick ist von Halbheiten und Träume unter der allgemeinen Trägheit ersticken. Ja! So sieht's aus.

Es scheint Graham überzeugt zu haben, dass wir tatsächlich lieber gehen sollten. Er wirft ein paar Scheine auf den Tisch, nimmt meinen Arm und führt mich aus dem Lokal. Wir gehen langsam den Boulevard entlang. Irgendwas wirkt schwerfällig an Graham, seinen eingefallenen Schultern, dem gesenkten Kopf.

»Schau mal, da drüben ist ein Japaner, da gibt es bestimmt Maki-Rollen und Teriyaki, vielleicht sogar Kugelfisch; du kannst mir von deiner Broker-Firma erzählen; wir könnten sogar überlegen, ob sie die Erstemission für das Fahrradprojekt übernehmen will, es könnte von Vorteil sein –«

Er schüttelt den Kopf und geht einfach weiter. Auf der Straße fallen mir vor allem die vielen gut aussehenden Frauen auf. Sie erinnern mich an die Vorzüge des Single-Daseins. Man hat kein schlechtes Gewissen, ihre Blicke und das Lächeln zu genießen, und wenn das so ist, spricht auch nichts dagegen, sie zu konsumieren. Vielleicht ziemt es sich nicht für einen Dreiundsiebzigjährigen, über Erektionen zu sprechen, aber was soll ich sagen, ich habe sie nun mal! Derlei Gedanken gehen mir durch den Kopf, als wir an der Lobby eines Luxushotels vorbeikommen, eine Art Konferenzzentrum oder so was, und natürlich denke ich auch an Produktdemonstrationen und wie weit im Voraus man solche Dinge buchen muss, deshalb gehe ich hinein, und nach kurzem Protest folgt Graham, als ich ihm sage, dass ich nur die Toilette benutzen will.

»Ich würde gern mit dem Special-Events-Manager sprechen«, erkläre ich der Frau an der Rezeption.

»Ich fürchte, er ist nur tagsüber da, Sir«, antwortet sie mit strahlendem Kundendienst-Lächeln, als erzählte sie mir genau das, was ich hören will.

»Na, ist das nicht fabelhaft«, sage ich, und sie scheint zuzustimmen, ja, das ist fabelhaft, ganz fabelhaft, dass der Special-Events-Manager des Continental Royale solch feste Arbeitszeiten hat, als wäre es die Bestätigung irgendeiner nützlichen natürlichen Ordnung.

»Nun, ich schätze, ich werde trotzdem eine Suite buchen und dann morgen früh mit ihm sprechen. Mein Sohn und ich würden gern ungestört zu Abend essen, auf dem Zimmer, da treiben sich wenigstens keine Haie herum.«

Leichte Beunruhigung überschattet das Gesicht der jungen Frau, während sie etwas in ihren Computer eingibt.

»Die Hoover-Suite im neunzehnten Stock ist noch frei. Macht sechshundertachtzig Dollar die Nacht. Wäre Ihnen das recht?«

»Perfekt.«

Als ich die Schlüssel in der Tasche habe, gehe ich hinüber zu Graham, der auf der Couch Platz genommen hat.

»Es ist angerichtet«, sage ich mit einer leichten Verbeugung.

»Wovon redest du?«

»Ich habe uns eine Suite besorgt«, sage ich und klimpere mit den Schlüsseln.

Graham verdreht die Augen und ballt die Fäuste.

»Dad!« In seiner Stimme ist etwas Verzweifeltes.

»Was ist?«

»Hör auf! Hör endlich auf! Du weißt nicht mehr, was du tust. Was glaubst du, warum Linda und Ernie nichts mit dir zu tun haben wollen, Dad, woran, zum Teufel, liegt das wohl? Ist das wirklich so unfassbar für dich? Sie kommen nicht klar damit! Mom kam nicht klar damit! Kapierst du das denn nicht? Es ist einfach *selbstsüchtig* von dir, nicht zum Arzt zu gehen!«, ruft er und schlägt sich mit den Fäusten auf die Schenkel. »Es ist *selbstsüchtig*, keine Medikamente zu nehmen! *Selbstsüchtig*!«

Das grelle Licht in der Lobby hat alle Farbe in seinem Gesicht verschluckt, und über seinen starren Augen kann ich die ersten Konturen dessen sehen, was eines Tages Zeichen des Alters sein werden. Im nächsten Augenblick liegt die Leiche meines Sohnes vor mir, und die Jahre seit unserem letzten Treffen dehnen sich wie ein endlos langer Tunnel vor mir aus. Ich höre das Raunen einer mörderischen Einsamkeit in seinem Innern, als verdichtete sich die Summe jedes einzelnen Augenblicks von Grahams Schmerz in jeder einzelnen Stunde dieser Jahre zu einem einzigen Atemzug, der in diesem vergänglichen Augenblick stockt. Tränen schießen mir in die Augen. Ich bin fassungslos.

Erschüttert von der Kraft seiner eigenen Worte steht Graham auf.

Ich klimpere mit den Schlüsseln. »Wir werden Spaß haben.«

»Bring sie zur Rezeption zurück.«

Ich packe ihn, meine größte Erfindung, an den Schultern. »Wir können es besser machen«, sage ich. Dann führe ich ihn zum Aufzug, wobei ich hinter uns die mahnende Stimme seiner Mutter höre, ihn vor dem Regen zu schützen. »Mach ich«, murmele ich. »Mach ich.«

Robert Wagner steht mit Natalie Wood im Aufzug, aber das Alter hat ihnen übel mitgespielt; sie gefallen einem nicht mehr so wie früher. Sie hat einen Kaugummi im Mund und scheint sich in den engen Klamotten nicht wohl zu fühlen. Sein Rollkragenpullover sieht abgetragen aus. Aber ich schätze, sie kennen sich aus; sie sind lange genug hier, daher frage ich: »Entschuldigen Sie, aber Sie wissen nicht zufällig, wo ich ein oder zwei junge Damen bestellen könnte, oder? Eigentlich bräuchten wir sogar eine Dame und einen Herrn, mein Sohn ist nämlich schwul.«

»Dad!«, ruft Graham aus. »Tut mir Leid«, sagt er an das Paar gewendet, das sich an die Wand drückt, als sei ich der Gangster in einem ihrer lausigen B-Movies. »Er hat bloß zu viel getrunken.«

»Von wegen! Haben Sie etwa ein Problem damit, dass mein Sohn schwul ist?« Die Aufzugstüren gehen auf, und die beiden hasten über den Teppich davon wie zwei Käfer.

Die Hoover-Suite trägt den passenden Namen; immerhin geht er auf einen Kerl zurück, der ohne mit der Wimper zu zucken zugesehen hat, wie Tausende verhungerten. Es gibt Körbe voller Obst, einen prall gefüllten Kühlschrank, eine ebenso prall gefüllte Bar, falsche Rokoko-Gemälde über den Betten, Sessel mit dicken Polstern und Teppiche, auf denen man nur mit nackten Füßen gehen kann, einfach weil es sich so gut anfühlt.

»Wir können hier nicht bleiben«, sagt Graham, als ich meine Schuhe quer durch den Raum schleudere.

Seine Stimme klingt verzweifelt. Anscheinend ist seine Lebhaftigkeit von eben schon wieder verflogen, etwas, das ich mir nicht erlauben kann angesichts der Kündigung in Baltimore, der Schuldeneintreiber, des Gestanks in der Wohnung. »Das ist erst der Anfang«, sage ich.

Graham sitzt in einem Sessel am anderen Ende des Raums und senkt den Kopf. Ich bilde mir ein, dass er betet und alles anders sein wird, wenn er den Kopf wieder hebt. Als Kind brachte er mir kleine Geschenke ins Arbeitszimmer, wenn ich verreisen musste, und bettelte, dass ich nicht wegfahren solle. Meistens waren es Bücher, die er im Regal gefunden und in Weihnachtspapier eingepackt hatte.

Ich nehme das Telefon und rufe die Rezeption an. »Hier spricht die Hoover-Suite. Ich hätte gern die Nummer einer Agentur, die uns einen jungen Mann vermitteln kann, intelligent und attraktiv sollte er sein –«

Graham reißt mir das Telefon aus der Hand.

»Was hast du?«, frage ich. Seine Mutter hatte mich immer ermuntert, ihm Fragen zu stellen.

»Wie fühlt sich das an, schwul zu sein, Graham? Warum hast du mir nie was davon erzählt?«

Er starrt mich sprachlos an.

»Nun? Warum nicht?«, bohre ich.

»Wie kannst du mich das nach all den Jahren fragen?«

»Ich möchte es verstehen. Bist du in diesen Eric verknallt?«

»Ich dachte, du wärst tot! Kriegst du das nicht in deinen Schädel rein? Ich habe meinen eigenen Vater für tot gehalten. Du hast dich seit vier Jahren nicht gemeldet, und ich habe es nicht fertig gebracht, nach dir zu suchen; ich hätte es nicht ertragen zu erfahren, dass du wirklich tot bist, und deshalb war es so, als wäre ich wieder ein Kind, und ich habe gehofft, es gäbe irgendeine Erklärung. Vier Jahre, Dad, und jetzt tauchst du einfach so auf und willst wissen, wie es ist, schwul zu sein?«

Ich laufe zum Kühlschrank, wo es unter anderem einen einigermaßen anständigen Chardonnay gibt. Ich finde einen Korkenzieher neben der Spüle und schenke uns zwei Gläser ein. Graham scheint seins nicht zu wollen, aber ich stelle es trotzdem neben ihn.

»O Graham! Die Telefongesellschaft in Baltimore ist schrecklich.«

Er schluchzt. Er wirkt so jung, wenn er weint, wie an dem Nachmittag in der Einfahrt des alten Hauses, als ich ihm das Fahrradfahren beibrachte. Der Staub von der Einfahrt vermischte sich mit den Tränen auf seinen Wangen und in den Wimpern, die später im warmen Badewasser ausgespült werden mussten, während sich draußen die Dämmerung über das Feld senkte und wir zusammen auf die Geräusche horchten, die seine Mutter in der Küche machte, das laufende Wasser, das Murmeln des Radios, die Stille eines Abends auf dem Lande, und wie er all das genauso zu verstehen schien wie ich.

»Weißt du, sie schicken mir ständig überhöhte Rechnungen, Graham, und wenn sie das Telefon erst einmal abgestellt haben, ist es ungefähr so, als wollte man das Rote Meer dazu bringen, sich zu teilen, bis man sie so weit hat, es wieder anzustellen, aber in ein paar Wochen, wenn das Fahrradpatent durch ist, haben wir all das hinter uns. Du, Linda, Ernie und ich, wir fliegen alle zusammen nach London und steigen im Connaught ab, und ich zeige dir Regent's Park, wo ich mit deiner Mutter Bötchen gefahren bin, als wir auf Hochzeitsreise waren, und wo wir immer um die kleine Insel herumgepaddelt sind, wo sich die Enten versammeln und wo es eigentlich ein bisschen schmutzig war, wenn man es recht bedenkt, obwohl man Enten sonst eigentlich nicht mit Schmutz in Verbindung bringt, weil sie im Wasser so elegant aussehen, aber in Wirklichkeit –« Von einem Augenblick auf den anderen glaube ich mir selbst nicht mehr und höre meine eigene Stimme im Raum, höre den trockenen Tonfall und habe den roten Faden verloren. Ich sehe nur noch den Garten vor mir, wo Graham mit seinen Freunden unter dem violetten Flieder und dem Apfelbaum spielte, dessen knorrige Äste die Planken für sein Baumhaus trugen. Ich war so glücklich, dass er sich daran freuen konnte, da ich selbst nie eins besessen hatte. Er erkannte mich damals, selbst in meinen tollkühnsten Augenblicken, wenn seine Mutter und Geschwister Angst vor dem hatten, was sie nicht verstanden. Dann saß er auf einem Hocker in der baufälligen Scheune und sah zu, wie ich die Tafel bemalte, die auf der Motorhaube des kaputten Studebakers stand, wie ich eine Welt möglicher Objekte skizzierte, die Solarautos und Fertigbauhäuser, unsere Ära, verkürzt auf die Geräte, die sie braucht, und abends, wenn er in seinem Zimmer auf dem Boden lag, zeichnete er mit seinen feinen Händen nach, was er von meinem Entwurf behalten hatte.

Jetzt sehe ich dieselben Hände auf seinen Schenkeln ausgebreitet, mit angeknabberten Fingernägeln und abgerissener Nagelhaut.

Ich weiß einfach nicht, wie man sich verabschiedet.

In dem Dorf St. Sever hatte sich eine alte Frau in der letzten Nacht um meinen sterbenden Freund gekümmert. Im Morgengrauen küsste ich ihn auf die kalte Stirn und marschierte weiter.

Im Garten des alten Hauses raschelt der alte Apfelbaum noch immer im Abendwind.

»Graham.«

»Willst du wirklich wissen, wie es ist?«, fragt er. »Ich erzähl's dir. Es bedeutet, die ganze Zeit Angst zu haben, dass er mich eines Tages verlässt. Und willst du auch wissen, warum das so ist? Es hat nichts damit zu tun, dass ich schwul bin. Es ist, weil ich weiß, dass Mom *dich* verlassen hat. Ich sage dir, es ist egoistisch, die Pillen nicht zu nehmen, weil ich es weiß. Weil ich sie selber nehme. Verstehst du, Dad? Es ist auch in mir. Ich möchte nicht, dass Eric mich mitten in der Nacht im Pyjama auf dem Parkplatz findet, wo ich mit wildfremden Menschen rede, so wie es Mom passiert ist. Und ich will auch nicht, dass er mich irgendwo als Leiche baumeln sieht. Früher war es so, dass aus meinen Fingerspitzen wochenlang Funken sprühten, die alles verbrannten, was mir im Weg stand; alles war Fortschritt, und alles war unglaublich, einfach unfassbar schön. Dann gab es Wochen, da konnte ich mich nicht mal kämmen. Aber jetzt nehme ich diese Pillen; bisher habe ich uns noch nicht ruiniert, und umbringen will ich mich im Moment auch nicht. Ich nehme sie und denke an Eric. So fühlt sich das an.«

»Aber das Feuer, Graham? Was ist mit dem Feuer?«

In seinen Augen ist genügend Traurigkeit, um uns alle beide umzubringen.

»Weißt du noch, wie du mir zugesehen hast, als ich die Entwürfe in der Scheune gezeichnet habe?«

Tränen rollen über seine Wangen, als er nickt.

»Ich möchte dir etwas zeigen«, sage ich. In der Schreibtischschublade am anderen Ende des Raums finde ich einen Filzstift. Es ergibt jetzt einen Sinn für mich; er kann sehen, was ich sehe, er hat es immer gekonnt. Vielleicht muss es doch nicht so enden. Ich hänge eins der Gemälde ab und stelle es auf den Fußboden. Auf die gelbe Tapete zeichne ich die Umrisse einer normalen Tür, ein Meter mal zwei zehn.

»Sieh mal, Graham, sie wird vier Griffe haben. Die Linien zwischen ihnen bilden ein Kreuz. Und jeder Griff wird mit einem Räderwerk in der Tür verbunden sein, und es gibt vier verschiedene Scharniere, eins auf jeder Seite, aber nur an der Tür, nicht am Rahmen.« Ich schraffiere die Scharniere. Graham weint. »Man wird immer den Griff benutzen, der sich in die gewünschte Richtung öffnet – links oder rechts, oben oder unten. Wenn man den Griff bewegt, schiebt er die Schrauben der Tür in die entsprechenden Scharniere. So kannst du eine Tür in der Nähe eines Fensters öffnen, ohne das Morgen- oder Abendlicht zu blockieren, kannst Möbel hinein- oder hinaustragen, während die Tür sich über deinem Kopf öffnet und du ihr nicht den winzigsten Kratzer zufügst, und wenn du den Himmel sehen willst, öffnest du sie nur oben einen kleinen Spalt.« Ich zeichne kleinere Skizzen von den verschiedenen Positionen der Tür auf die Wand und spüre, wie die Spitze des Filzstifts zerfasert. »Sie ist ein Geschenk für dich, diese Tür. Es tut mir Leid, dass es sie nicht wirklich gibt. Aber du kannst dir vorstellen, welchen Spaß es machen würde zu entscheiden, wie man hindurchgeht. Es würden sich bestimmte Muster ergeben, Familien würden Gewohnheiten entwickeln.«

»Ich habe mir einen Vater gewünscht.«

»Sag das nicht, Graham.« Er weint noch immer, es ist unerträglich.

»Es ist wahr.«

Ich kehre zum Schreibtisch zurück, knie mich davor und kritzele eine Notiz. Der Stift ist so gut wie hin, deshalb ist es schwierig, die Buchstaben zu formen. Das Schreiben braucht seine Zeit.

Man könnte mir vorwerfen, meine Kinder vernachlässigt zu haben, aber ich habe mich stets an den Rat gehalten, den ich auch ihnen gab: Bring nie etwas zu Ende, das dich langweilt. Leider haben einige meiner Kinder mich gelangweilt. Graham nie. Bitte lassen Sie sich das von ihm bestätigen. Er ist der Einzige, der mir je etwas bedeutet hat.

»Graham«, sage ich ein paar Minuten später und gehe durch den Raum, um ihm den Zettel zu geben, ihm die Wahrheit zu zeigen.

Er liegt auf dem Bett, und als ich vor ihm stehe, sehe ich, dass er eingeschlafen ist. Die Tränen haben ihn erschöpft. Die Haut um die geschlossenen Augen ist geschwollen und rot, und aus seinem Mund fließt ein dünner Faden Speichel. Ich wische ihn mit dem Daumen weg. Dann umfasse ich mit beiden Händen sein feines Gesicht und küsse ihn auf die Stirn.

Von dem anderen Bett nehme ich eine Decke und breite sie über ihn, ziehe sie über die Schultern und stopfe sie um seinen Hals fest. Er atmet jetzt ruhig und gleichmäßig. Ich lege die zusammengefaltete Notiz neben ihn. Dann streiche ich ihm übers Haar und knipse die Lampe aus. Es ist Zeit für mich zu gehen.

Als ich sicher bin, dass er es bequem hat und fest eingeschlafen ist, nehme ich mein Glas und den Wein mit hinaus. Ich spüre das Gewicht jeden Schritts, mein Körper wird allmählich müde. Ich lehne mich an die Wand und warte auf den Aufzug, um hinunterzufahren. Die Türen öffnen sich, und ich trete ein.

Von dem abwärts gleitenden Glaskäfig aus kann ich die Kugeln orangefarbenen Lichts sehen, die sich an den Boulevards von Santa Monica entlangziehen, auf den Strand zu, wo sich dunkle Palmen wiegen. Ich habe in der Fülle von Licht in amerikanischen Städten schon immer einen Grund für Optimismus gesehen, ein Zeichen für ungebrochene Zuversicht, etwas, das uns aufrecht hält. In der Ferne ragt der schimmernde Pier in die weite Dunkelheit des Ozeans wie ein brennendes Schiff, das in die Nacht aufbricht.

Der gute Doktor

Als Frank in die Einfahrt bog, sah er das Wrack eines Chevy Nova, der auf einer Wiese vor sich hin rostete wie ein im Krieg zerstörter Panzer. Das Gras stand bis zu den Fenstern. Spielzeugwaffen und ausgebleichte Action-Figuren aus Plastik lagen auf dem braunen Rasen verstreut. Das weiße Fertigbauhaus aus den Fünfzigerjahren war auf einer Seite abgesackt, sodass der Schornstein schief in den Himmel ragte. Links davon stand eine verfallene Scheune. Aus der mit grüner Farbe aufgesprühten Warnung: FÜR MÄDCHEN VERBOTEN ließ sich ablesen, dass sie irgendwann aus ihrer ursprünglichen Bestimmung in die Hände von Kindern übergegangen war.

Frank schaltete den Motor aus und beobachtete, wie sich die Staubwolke, die seine Reifen aufgewirbelt hatten, zwischen ein paar Eichen verlor, die eine Seite des Hauses überschatteten. Es waren die einzigen Bäume weit und breit, ansonsten erstreckte sich nur leere Prärie meilenweit in alle Himmelsrichtungen. Er stützte Kinn und Hände auf das Lenkrad; sein Kopf war schwer und schmerzte, Nachwehen eines Katers.

Er hatte den Job in einem Bezirkskrankenhaus auf dem Land, zweitausend Meilen entfernt von seiner Familie und seinen Freunden, angenommen, weil der Staatliche Gesundheitsdienst die Rückzahlung des Darlehens, das er für sein

Medizinstudium erhalten hatte, übernehmen wollte, wenn er drei Jahre in einer unterversorgten Gegend arbeitete. Als er gestern Abend nach Hause gekommen war, lag ein Schreiben in seinem Briefkasten: Der Kongress hatte die Finanzmittel des Programms gekürzt und ihm damit erneut die volle Last seiner Schulden aufgebürdet, die er nun von seinem schäbigen Gehalt selber abstottern musste. Ein Jahr hatte er bereits hinter sich, und sie ließen ihn einfach im Regen stehen. Zum ersten Mal im Leben war seine Zukunft ungewiss. Vom College über das Medizinstudium und die Assistenzzeit bis zu diesem Job hatte er immer alles ordentlich beantragt und geplant. Jetzt war er sich nicht mal mehr sicher, ob er es sich noch leisten konnte, hier zu bleiben. Er hatte sich betrunken, mit einer Flasche Scotch, die ihm ein Freund von zu Hause zum Geburtstag geschickt hatte. Das Letzte, was er heute hatte tun wollen, war zweieinhalb Stunden nach Ewing Falls herauszufahren, um eine Frau anzusehen, die sich seit einem Jahr weigerte, die Klinik aufzusuchen, und ihre Rezepte telefonisch anforderte.

Seit einer Woche herrschten Temperaturen von knapp vierzig Grad, und der heutige Tag bildete keine Ausnahme. Bei jedem Schritt in der Einfahrt stieg eine Wolke aus feinem, trockenem Staub auf. Als er die Treppe zur Vorderveranda hinaufging, war sein Kragen feucht von Schweiß.

Auf sein erstes Klopfen hin tat sich gar nichts. Er wartete ein paar Minuten und klopfte erneut. Die Rollos im vorderen Zimmer waren halb hochgezogen, doch er konnte nur den Holzboden und das Blumenmuster auf dem Sofa sehen. Er wandte sich um, ließ den Blick durch den Vorgarten schweifen und entdeckte ein Mädchen in der Einfahrt. Sie war wie aus dem Nichts aufgetaucht. Der Größe nach zu urteilen konnte sie höchstens acht oder neun sein, doch der starre Mund und die zusammengekniffenen Augen deuteten darauf hin, dass sie älter war.

»Hallo.« Kaum hatte er zu sprechen begonnen, entfernte sie sich rasch in Richtung der Bäume.

»He«, rief Frank ihr nach. »Sind deine Eltern zu Hause?«

»Sie ist nicht besonders gesprächig«, antwortete eine Stimme hinter ihm. Frank drehte sich wieder zur Tür um und erblickte einen Mann mittleren Alters in Sweatshirt und Arbeitshose. Spinnendünne Angiome, die sternförmigen Verfärbungen der Gefäße, die man von Leberpatienten kennt, zogen sich über sein rundes Gesicht. Hepatitis C, dachte Frank, oder das Endstadium einer schweren Alkoholabhängigkeit. Der Mann hielt den Filter seiner Zigarette zwischen Daumen und Zeigefinger und zog daran; der ausgestoßene Rauch trieb über die Vorderveranda und kitzelte Frank in der Nase.

»Sie sind wahrscheinlich von der Klinik geschickt worden«, fuhr er ausdruckslos fort. Dann beugte er sich vor und musterte ihn mit zusammengekniffenen Augen. »Bisschen jung für einen Arzt, wie?«

Frank musste sich das ständig anhören: Alte Damen fragten, wann denn der Arzt da sei – normalerweise war es ganz nützlich, um das Eis zu brechen, doch heute war er nicht in der Stimmung dafür.

»Ich bin gekommen, um nach Mrs. Buckholdt zu sehen«, sagte er. »Sie ist doch zu Hause?«

Der Mann blickte über die Felder, wo der Horizont in der Luft verschwamm, die heiß und schwer war wie Abgase. Die prüfende Neugier in seinem Gesicht verwandelte sich in den abwesenden Ausdruck einer Erinnerung, als hätte er plötzlich jegliches Interesse an ihrer Unterhaltung verloren.

»Ja«, sagte er, als spräche er mit sich selbst. »Sie ist da drin.«

Dann ging er an Frank vorbei über die Veranda und schlenderte durch den Hof.

»Mrs. Buckholdt?«, rief Frank, vorübergehend blind in der Dunkelheit des Eingangsflurs.

»Bin gleich unten«, antwortete eine Stimme von irgendwo oben.

In der Küche jagte ein Gepard eine Gazelle über den Bildschirm des stummen Fernsehers. Vor der unteren Hälfte des Bildschirms zeichnete sich der Kopf eines Jungen ab, der Rest des Körpers wurde von der Arbeitsplatte verdeckt. Das Haus roch nach muffigen Bonbons und dem künstlichen Aroma von Käse-Snacks.

An einer Wand des Wohnzimmers stand ein Bücherregal, gegenüber davon hing ein Bild, das er im schwachen Licht nicht genau erkennen konnte. Zwei große Orientteppiche bedeckten den Fußboden. Er stellte seinen Arztkoffer auf einem rissigen Ledersessel ab und nahm Mrs. Buckholdts Krankenblatt heraus, das er bereits gelesen hätte, wenn er sich heute Morgen nicht so schlecht gefühlt hätte.

Nachdem er sich gestern Abend erst gründlich betrunken hatte, war ihm nichts Besseres eingefallen, als seine ehemalige Freundin anzurufen, eine Frau aus seinem Kurs, mit der er gegen Ende ihrer gemeinsamen Assistenzzeit ausgegangen war. Sie waren sechs Monate zusammen gewesen, für Frank mit seinen zweiunddreißig Jahren die längste Zeit, die er je mit einer Frau verbracht hatte. Hätte er nicht so viele Patienten gehabt, deren Liebesleben noch verzweifelter war als sein eigenes, hätte er sich für anormal gehalten. Nachdem er die Stelle angenommen hatte, war Anne ein paar Mal mit dem Flugzeug aus Boston gekommen, und er hatte sich eingeredet, dass er sie eines Tages fragen würde, ob sie ihn heiraten wolle.

»Freut mich, dass du immer noch da draußen bist, um die Welt zu retten«, hatte sie nach seinen ersten Bemerkungen gesagt, die er jetzt bereute. Sie wusste, dass er mit der Vorstellung hierher gekommen war, so praktizieren zu können, wie er es wollte, und das bedeutete vor allem, mehr Zeit zu haben, sich mit seinen Patienten zu unterhalten. Ein solcher Wunsch war zum damaligen Zeitpunkt und angesichts der vorherrschenden biologischen Psychiatrie, in der sie ausgebildet worden waren und deren Überlegenheit Anne niemals ernsthaft in Zweifel gezogen hatte, fast so etwas wie Verrat gewesen. Sie hatten oft darüber gestritten, und immer hatte es damit geendet, dass sie Frank vorwarf, ein Romantiker zu sein und am alten Mythos vom Wert des Redens festzuhalten. Doch konnten ihre Argumente nicht an der Tatsache rütteln, dass Frank ein instinktives Gespür dafür hatte, was es heißt, sich Zeit für die Menschen zu nehmen, die einem etwas bedeuten, und dazu gehörte mehr, als nur die richtigen Medikamente zu verschreiben. Er wusste, dass seine Patienten vor allem jemanden brauchten, der Verständnis zeigte für das, was sie durchmachten, und er wusste auch, dass er gut darin war, besser als die meisten seiner Kollegen.

Während des Medizinstudiums hatten alle Witze über das Abstumpfen gemacht: von den vier Monaten, die sie damit verbrachten, den Körper eines Toten zu obduzieren, mit einem Skalpell sein Gesicht und seine Augen zu sezieren bis hin zu einer siebenstündigen Operation am offenen Herzen einer Frau, nur um sie dann auf dem Operationstisch sterben zu sehen – was immer es im Einzelnen auch war, die meisten hatten nicht lange gebraucht. Und dann, während der Assistenzarzt-Ausbildung im Krankenhaus: Schizophrene, die auf einem psychotischen Schub zitterten, Drogenabhängige, manisch Depressive, misshandelte Kinder. Auch Frank hatte seine Witze gerissen. Aber er hatte sich dabei immer komisch gefühlt, als wäre es nur Theater, um zu beweisen, dass er sich anpasste wie seine Kollegen. Tatsache war, dass er sich immer noch wie ein Schwamm fühlte und den Schmerz der Menschen aufsog, denen er zuhörte. Insgeheim hielt er es für den Ausdruck einer bestimmten Art von Glauben. Da er nie religiös gewesen war, hatte Einfühlungsvermögen den Platz eingenommen, den bei anderen ein Bekenntnis ausgefüllt hätte.

Er versuchte, seine Kopfschmerzen zu ignorieren, während er den Befund des Internisten in Mrs. Buckholdts Krankenblatt überflog und direkt zu den Einträgen des Psychiaters weiterblätterte: vierundvierzigjährige Patientin, keine bekannten Fälle von schweren psychischen Krankheiten in der Familie; erste Anzeichen einer Depression nach dem Tod ihres ältesten Sohnes vor vier Jahren; zwei jüngere Kinder, ein Junge und ein Mädchen. Als er zu der Spalte mit dem Verlauf der Behandlung kam, entdeckte er, wie schlampig ihr Fall gehandhabt worden war. Eine kurze Periode von Antidepressiva, die sie wahrscheinlich nie zu Ende genommen hatte, und seitdem nur noch Benzos – Sedativa –, die nach Bedarf verordnet wurden. Keinerlei Therapie. George Pitford, der Psychiater, den Frank abgelöst hatte, hätte sich nicht fünf Stunden ans Steuer gesetzt, nur um einen Hausbesuch zu machen; also hatte er einfach immer weiter Nachschub verschrieben. Eine kryptische Notiz war ganz unten auf die Seite gekritzelt: *Verletzung möglicherweise ein Faktor.*

»Entschuldigen Sie, dass ich Sie nicht an der Tür begrüßt habe«, sagte Mrs. Buckholdt, als sie mit den Händen in den Taschen ins Wohnzimmer kam. Sie sah gut aus, war schmal, größer als ihr Mann und in besserer körperlicher

Verfassung, wirkte allerdings älter als vierundvierzig. Sie trug eine gut sitzende schwarze Hose, die ein bisschen verwaschen war, eine weiße Nylonbluse und eine silberne Halskette. Er hatte eine verwahrloste Person erwartet, so etwas wie eine Einsiedlerin. Die Frau, die ihm gegenüberstand, wirkte beinahe fehl am Platz in diesem Haus am Ende der Welt.

Sie machte die Küchentür zu und drehte den Schlüssel im Schloss, um sie abzusperren; dann kam sie quer durch den Raum auf ihn zu.

»Es tut mir Leid, dass Sie von so weit kommen mussten«, sagte sie. »Bei dieser schrecklichen Hitze. Möchten Sie etwas trinken? Wasser vielleicht oder eine Limonade?«

»Im Moment nicht«, sagte er. »Vielen Dank.«

Sie setzte sich auf das Sofa, und er ließ sich in dem Ledersessel nieder.

»Ich bin hier, weil der Leiter der Klinik es für eine gute Idee hielt, wenn ich Sie persönlich kennen lerne. Er sagte, Sie hätten Schwierigkeiten gehabt, zu den letzten Terminen in die Sprechstunde zu kommen.«

Ihr Blick ruhte irgendwo über seiner Schulter. »Ich nehme an, Sie haben keine Kinder«, antwortete sie.

Frank hatte Patienten, die ihm persönliche Fragen stellten; normalerweise rückten sie allerdings nicht so schnell damit heraus.

»Wahrscheinlich ist es das Beste, wenn wir darüber sprechen, wie es Ihnen in letzter Zeit ergangen ist. Clonazepam ist ein Mittel gegen innere Unruhe. Sind Sie in letzter Zeit besonders nervös gewesen?«

Sie senkte einen Moment den Blick, um Frank in die Augen zu sehen. Sie hatte ein hübsches, etwas ausgezehrtes Gesicht, leuchtend grüne Augen und einen markanten, fast männlichen Kiefer. Das schwarze Haar war aus der hohen Stirn nach hinten gekämmt. Frank hatte nicht oft mit Patientinnen zu tun, die eine derartige Beherrschung an den Tag legten. Die Frauen, die ihn in der Klinik aufsuchten, machten normalerweise den stumpfen Eindruck von Opfern, die geschlagen worden waren oder deren Krankheit lange unbehandelt geblieben war.

»Sie sind hier, um mir etwas zu verschreiben. Habe ich Recht?«

Frank wollte gerade antworten, als Mrs. Buckholdt den linken Arm hob, um sich eine Haarsträhne hinters Ohr zu streichen. Während sie das tat, hob sie auch den anderen Arm, der in ihrem Schoß gelegen hatte. An der rechten Hand fehlten alle vier Finger, die Haut war glatt über den runden Enden der Knöchel nachgewachsen. Ohne es zu wollen, starrte Frank auf die fleischigen kleinen Stümpfe. Ein Arbeitsunfall, vermutete er, wahrscheinlich die von Pitford erwähnte Verletzung. Er riss sich zusammen und konzentrierte sich entschlossen auf ihr Gesicht. Doch was immer er hatte sagen wollen, sein Kopf war wie leer gefegt.

»Vielleicht sollte ich doch ein Glas Wasser nehmen«, sagte er schließlich.

»Ja, tun Sie das. Bedienen Sie sich einfach. Der Schlüssel steckt.«

»Hallo«, sagte er zu dem Jungen vor dem Fernseher, als er im Küchenschrank nach einem Glas suchte. Offensichtlich war auch er nicht besonders gesprächig. Er war etwas älter als seine Schwester, zwölf vielleicht, und starrte Frank mit einem seltsamen Ausdruck an, als versuchte er zu entscheiden, ob dieser Mann da vor ihm tatsächlich existierte oder nur ein flüchtiges Fantasiegebilde war.

»Was schaust du dir da an?«

Auf dem Bildschirm zerrte ein Schakal oder ein Wolf an den Eingeweiden einer Hirschkuh.

»Möchtest du auch ein Glas Wasser?«

Der Junge schüttelte den Kopf.

Obwohl es ihm komisch vorkam, drehte Frank den Schlüssel wieder im Schloss herum, als er ins Wohnzimmer zurückkam. Mrs. Buckholdt hatte sich nicht vom Sofa gerührt. Sie saß aufrecht da, und ihr Blick folgte ihm, als er zu seinem Sessel ging.

»Ich habe gelesen, dass Sie den Arzt zum ersten Mal vor etwa vier Jahren aufgesucht haben, nach dem Tod Ihres Sohnes. In seinem Befund steht, dass Sie zu diesem Zeitpunkt hauptsächlich unter Depressionen litten. Ist das richtig?«

»Ich weiß nicht, Dr. Briggs. Wo sind Sie aufgewachsen?«

»Ich glaube, in der kurzen Zeit, die uns zur Verfügung steht, sollten wir versuchen, einen Überblick über Ihre Situation zu bekommen, Mrs. Buckholdt, damit ich versuchen kann, Ihnen zu helfen.«

»Ja, natürlich, entschuldigen Sie. Ich möchte nur gern wissen, mit wem ich es zu tun habe. Ich nehme an, Sie stammen aus dem Osten.«

»Massachusetts.«

»Und wo da?«

»Aus der Nähe von Boston.«

»Vermutlich sind Sie in einer reichen Stadt groß geworden.«

»Mrs. Buckholdt –«

»Ich bin gleich fertig«, antwortete sie. »Aber sagen Sie – es war eine wohlhabende Stadt, stimmt's? Mit sauberen Vorgärten. Einem Countryclub. Die Kinder gingen aufs College. Habe ich Recht?«

»Ein relativ wohlhabender Vorort, ja«, sagte er, verleitet vom Ernst ihrer Stimme, und machte sich im gleichen Augenblick Vorwürfe, weil er sich auf persönliche Fragen einließ.

»Aber zurück zu Ihren Depressionen – haben Sie im Moment Probleme damit?«, fragte er entschieden.

Ihre Augen wanderten wieder zu der Stelle über seiner Schulter, und auf ihrem Gesicht zeigte sich jetzt derselbe Ausdruck von Erinnerung, den er zuvor bei ihrem Mann beobachtet hatte. Dann ging ihm auf, dass sie das Bild an der Wand hinter ihm betrachtete. Er drehte sich um und warf einen Blick darauf. Es war der Druck eines spätmittelalterlichen Gemäldes, hauptsächlich in Rot- und Brauntönen gehalten. Man sah einen geschäftigen Platz, auf dem etwas gefeiert wurde. Die unterschiedlichsten Menschentypen – manche vulgär, andere kultiviert, einige jung, andere gebrechlich – beteten, aßen und schlenderten auf dem Platz umher.

»Es ist ein Brueghel«, erklärte sie.

»Ah ja«, antwortete Frank, sich vage an den Namen erinnernd.

»*Der Kampf zwischen Karneval und Fastenzeit*, fünfzehnneunundfünfzig«, fuhr sie fort und studierte Franks Gesicht, als suchte sie nach einem Zeichen von Ungläubigkeit. »Es wird Sie vielleicht wundern, aber ich habe ein paar Jahre an einer Ihrer Universitäten im Osten studiert. Mein Vater verstand sich als progressiv. Er war ein sehr liberaler Mensch, er hat seine Töchter immer ernst genommen. Dass ich mich für etwas so Unpraktisches wie Kunstgeschichte entschieden hatte, gefiel ihm. Er erwähnte es immer bei Gesprächen mit seinen Rotarier-Freunden und kicherte dann über ihre Verwirrung, wie es seine Art war. Er starb noch während meines Studiums, kurz vor meinem letzten Semester.«

Mit der gesunden Hand griff sie nach einer Schachtel Zigaretten, nahm eine heraus und zündete sie an. Beinahe geziert blies sie den Rauch Richtung Fußboden.

»Meine Mutter war nicht so liberal wie er. So viel Geld auszugeben, nur um Bilder anzusehen, noch dazu für ein Mädchen – was für eine Verschwendung, nicht wahr? Also kehrte ich nach Hause zurück, nach drei Jahren – ohne Abschluss.« Sie zog langsam an der Zigarette. Ihre Gedanken schienen abzuschweifen.

Obwohl die Rollos halb aufgezogen waren, bekam man kaum Luft in diesem vorderen Zimmer. Frank spürte, wie sein Hemdrücken am Leder des Sessels klebte.

»Wollen Sie mir nicht etwas über Ihre Symptome erzählen?«

»Meine Symptome?«, sagte sie und beugte sich vor. »Ja, ich kann Ihnen etwas über meine Symptome erzählen. Manchmal wache ich morgens zitternd auf und habe Angst, das Bett zu verlassen. Wenn ich die Tabletten nehme, schaffe ich es, aufzustehen und meinen Kindern Frühstück zu machen. An manchen Tagen ist die Angst so groß, dass ich die Zähne zusammenbeißen muss, um sie zu ertragen.«

Sie drückte die halb gerauchte Zigarette in dem dunkel angelaufenen Silberaschenbecher auf dem Couchtisch aus.

»Und ich habe Angst vor meinem Sohn.«

»Warum?«

Ihr ohnehin starrer Körper verkrampfte sich noch eine Spur mehr. »Wie gesagt, wenn ich die Tabletten nehme, geht es.«

Als Frank den angestrengten Ausdruck in ihrem Gesicht bemerkte, beschloss er, nicht weiter nachzubohren. »Sie sagten, Sie waren auf dem College. Das ist ungewöhnlich für die meisten Frauen, die zu mir kommen.«

Mrs. Buckholdt lehnte sich auf dem Sofa zurück und runzelte zustimmend die Stirn, so als wollte sie sagen: Ja, es ist traurig, dass nicht mehr zur Uni gehen konnten. Während sie sich entspannte, erschien ein Überbleibsel von etwas, das vielleicht einmal Koketterie war, auf ihrem Gesicht, und Frank gewann einen flüchtigen Eindruck, wie sie auf die anderen Highschool-Studenten gewirkt haben musste, denen im Traum nicht eingefallen wäre, nach Hause zurückzukehren.

»Meine Eltern waren strenggläubige Lutheraner. Wir gingen immer zu der großen, ganz einfachen Scheune drüben in Long Pine, die als Kirche diente, weiß getünchte Wände, ein schlichtes Kreuz. Als meine Mutter mich im College besuchte, mochte sie die gotischen Steinsäle nicht, in denen wir lebten; sie kamen ihr verdächtig vor. Die Wasserspeier am Ende eines Wasserhahns hatten etwas Katholisches; sie ertrug nicht mal den Geruch. Sie war mit meinem Vater da draußen glücklich gewesen und konnte sich nicht vorstellen, warum man unbedingt wegwollte.«

Sie blickte an Frank vorbei durch das Fenster, das auf den Vorgarten hinausging.

»Ich hatte mir den Himmel immer als einen ganz gewöhnlichen Ort vorgestellt, wo man die Toten wieder sieht und einigermaßen zufrieden ist. Ich glaube, ich stellte mir die ganze Welt so vor, als einen ganz gewöhnlichen Ort. Aber diese Gemälde … sie waren einfach wunderbar. Ich hatte in meinem ganzen Leben noch nicht etwas so Vollkommenes gesehen. Kennen Sie Géricault? Kennen Sie seine Bilder von Arkadien, die weiten, üppigen Landschaften?«

Frank schüttelte den Kopf.

»Sie sollten sie sich eines Tages ansehen. Sie sind wunderschön.« Sie sprach langsam, fast nachdenklich.

»Sie sind also nach Hause zurückgekehrt, nachdem Sie das College verlassen haben?«, fragte er.

»Ja, in mein Elternhaus.« Sie lächelte. »Jack hatte damals gerade als Bankangestellter angefangen. Er hatte ein Jahr an einer staatlichen Universität studiert und viel gelesen. Er wollte nicht für immer hier bleiben. Das hat er mir immer wieder gesagt. Er wusste, wie schwer es für mich gewesen war – zurückzukommen, meine ich. Wir fuhren in seinem Kabrio raus an den See. Und er redete von einem Haus in der Stadt, irgendwo in Kalifornien. Auf jeden Fall Kalifornien. Ein Orangenbaum im Garten, und das ganze Jahr über kann man mit offenem Verdeck fahren, eine Veranda mit Blick aufs Meer. Ich dachte nur daran, dass ich in der Nähe eines Museums leben würde. Ich könnte mein Studium wieder aufnehmen, ich hätte nicht mehr lange gebraucht, um es abzuschließen. Und in der Nähe einer Stadt hätte ich forschen können. Jack – er hat immer nur genickt. Ich war ein Collegegirl, verstehen Sie, ein Schnäppchen.« Sie kicherte. »Das Gespenst, das Sie dort draußen gesehen haben – vor fünfundzwanzig Jahren war es mal ein hübscher Junge.« Ihr Blick kam auf dem Fußboden neben ihren Füßen zur Ruhe. »Sind Sie verheiratet, Mr. Briggs?«

Es lag Vertrautheit, fast Fürsorglichkeit in der Art, wie sie die Frage stellte, so als fragte sie nicht aus persönlicher Neugier, sondern um ihm Gelegenheit zu geben, es ihr zu erzählen.

»Nein«, antwortete er.

»Wollen Sie denn eines Tages heiraten?«

Er dachte daran, dass sein Professor es unprofessionell fände, solche Fragen zu beantworten.

»Ja, sehr gern«, sagte er.

Sie nickte, gab jedoch keine Antwort.

»Und Sie haben also bald nach Ihrer Rückkehr geheiratet?«, fragte er.

»Ja, stimmt. Jason, mein erster Sohn, kam recht früh. Natürlich war es vernünftig, zunächst einmal etwas auf die hohe Kante zu legen. Sich hier ein Haus zu suchen, nur für ein oder zwei Jahre, vor dem eigentlichen Umzug. Ich wette, Sie waren auf einer Montessori-Schule, stimmt's? Oder einer Ganztagsschule auf dem Land – mit Landkarten an den Wänden.« Sie lächelte Frank zu, es war ein mattes, großzügiges Lächeln. »Er war so intelligent, Doktor, von Anfang an. Ich wollte so gern, dass er all das auch hatte. Ja, wirklich.

Ich hatte die Bücher vom College behalten, und dann gab es noch die von Jack und ein paar, die ich später kaufte. Während er in der Schule also Jahr für Jahr George Washington paukte, habe ich ihm aus diesen Büchern vorgelesen. Ich war nicht fanatisch, ich habe auch den Fernseher nicht rausgeworfen, wir haben ihn nicht eingesperrt. Nach dem Abendessen habe ich ihm vorgelesen, und als er älter war, las er selbst. Ich habe ihm alles Mögliche gezeigt. Ich spielte ihm Platten vor, und einmal bin ich mit ihm nach Chicago gefahren und ins Museum gegangen. Die Bilder gefielen ihm, ja, aber Sie hätten sein Gesicht sehen sollen, als er die Wolkenkratzer und die vielen Menschen auf den Straßen sah – er war hingerissen, ja einfach hingerissen. Aber die Vorstellung, dass er sich dort herumtreiben und auf irgendeinen langweiligen Job ohne Zukunft warten würde, war mir unerträglich. Natürlich war ich ein Snob, weil ich was Besseres für ihn wollte. Die Lehrer auf der Highschool mochten mich nicht. Ich machte ihnen zu viele Probleme.

Als er ungefähr vierzehn war, wurde klar, welchen Einfluss

die Umgebung auf ihn hatte. Ich beobachtete die Anfänge. Er spielte den harten kleinen Burschen und hatte Angst vor allem, was ihn bei anderen unbeliebt gemacht hätte. Mittlerweile hatte sein Vater angefangen zu trinken. Alles ging den Bach hinunter, die Preise rutschten in den Keller, all die Farmen, mit denen nichts zu verdienen war. Jack verbrachte den Tag damit, den Leuten Häuser und Grundstücke abzunehmen, die seit Jahrzehnten in Familienbesitz gewesen waren. Deshalb beunruhigte es mich zuerst nicht besonders, ich sagte mir, der Mann hat sich einen Drink verdient oder auch zwei, wenn er nach Hause kommt. Das war, bevor die Bank Pleite machte. Und was die Symptome betrifft, ja, ehrlich gesagt, ich war deprimiert. Ich war es wirklich. Nichts war so gekommen, wie wir es geplant hatten. Ich musste immer an die Mädchen denken, mit denen ich als Studentin zusammengewohnt hatte, wie sie Europa besuchten und vor diesen Bildern standen. Ich hätte das nicht tun dürfen – mich so den Erinnerungen an früher ausliefern. Es ist etwas, das Kindern auffällt; sie merken es, wenn man nicht wirklich da ist, obwohl man sich im gleichen Raum aufhält.«

Sie hielt inne. Frank hatte den Eindruck, dass sie überlegte, ob sie weitererzählen sollte oder nicht. Ihre Blicke trafen sich flüchtig, doch er sagte nichts.

»Es gab da einen Jungen«, fuhr sie schließlich fort. »Jimmy Green. Seine Eltern hatten ihr Haus verloren, die Familie war zu Verwandten nach Valentine gezogen. Jason und er freundeten sich an. Er fuhr ein altes Motorrad, und sie verbrachten Stunden draußen in der Scheune, wo sie wer weiß was damit anstellten, daran herumbastelten, nehme ich an. Seit er acht war, hatte ich Jason immer nach Tilden gefahren, wo er Geigenunterricht nahm. In der Schule hatte er deswegen einiges einstecken müssen, die anderen Schüler hatten ihn gehänselt. Als er jünger war, hatte er deswegen manchmal Tränen vergossen, aber er liebte die Musik. Er saß immer in dem Korbstuhl da neben der Tür, seine kleinen Beine zappelten schon zwanzig Minuten, bevor wir losfuhren, und seine Augen flehten, dass ich mich beeilte. Stellen Sie sich vor, eines Abends stand er nach dem Unterricht in diesem Zimmer und spielte seinen jüngeren Geschwistern fünf Minuten Mozart vor! *Mozart*. Ist das nicht unglaublich? In *diesem* Wohnzimmer.« Sie schüttelte verwundert den Kopf.

»Etwa ein Jahr nachdem er angefangen hatte, mit diesem Jungen, Green, herumzuhängen, wartete ich in der Einfahrt, dass er endlich auftauchte. Er hatte den ganzen Tag in dieser Scheune verbracht, wir waren spät dran. Bevor er die Veranda herunterkam, nahm er sein Instrument aus dem Kasten.«

Sie biss sich auf die Zähne, ihre Lippen bewegten sich kaum noch.

»Wir hatten die Geige zusammen gekauft. Es war schon Jahre her, auf einem Ausflug nach St. Louis. Sein Vater hatte ihm das Geld geschenkt, und er hatte sich auf die Zehenspitzen stellen müssen, um es dem Verkäufer zu geben. An diesem Tag saß ich also im Wagen und wartete auf ihn, um ihn zum Unterricht zu fahren. Plötzlich kam er an und knallte seine Geige auf die Motorhaube. Dann sagte er, er sei müde, er hätte keine Lust, an diesem Nachmittag zum Unterricht zu gehen. Müde. Ja, das sagte er. Einfach so. Und dann machte er kehrt und ging zurück in die Scheune.«

In ihrer Stimme schwang nichts anderes mit, es war ein nüchterner Bericht. Nicht die Spur von Kummer.

»Sie sind Facharzt«, sagte sie. »Sie kennen sich aus mit Amphetaminen.«

Frank nickte. Er hatte einige Fälle in der Klinik gehabt und noch viel mehr darüber gehört. Speed war zur Lieblingsdroge der Kids hier draußen avanciert, billiger als Koks und außerdem frei von der Hippie-Aura des Marihuanas. Letztendlich ist es nicht die Droge selbst, die den Leuten so zusetzt, sondern der Schlafmangel, den sie auslöst. Nach drei oder vier Tagen ohne Ruhe klappt der Körper zusammen, oder es kommt zu einem psychotischen Schub.

»Ich sagte seinem Vater, er müsse etwas unternehmen, er solle zu den Greens gehen oder zur Schule, man müsse rauskriegen, wo sie es herhatten. Aber Jack – er war nicht für so etwas geschaffen. Die Bank war seit drei Jahren geschlossen, und mittlerweile fürchtete er sich vor allem und jedem.

Wahrscheinlich hätte ich Jason in den Wagen setzen und von hier wegbringen müssen, irgendwohin. Aber ich tat es nicht. Ich nahm ihm einfach nur alles weg, wann immer ich Gelegenheit dazu hatte. Ich durchsuchte jeden Tag sein Zimmer nach den Briefchen mit dem Kristallpulver. Ich schaute in seine Hosentaschen und flehte ihn an, damit aufzuhören. Einmal habe ich sogar gesagt, dass ich ihm stattdessen Marihuana kaufen würde. Seine eigene Mutter. Als die Polizei die beiden schließlich schnappte, als sie unten auf dem Parkplatz am Markt etwas kaufen wollten, war ich froh. Ich glaubte, das würde ihn wachrütteln. Er verbrachte drei Monate im Jugendgefängnis von Atkinson.« Sie fing Franks Blick auf. »Sie glauben, das war ein Fehler.«

»Es ist eine harte Umgebung, aber es war nicht Ihre Entscheidung.«

»Tja, da haben Sie Recht. Aber es half auch nichts. Im Gegenteil, es war schlimmer, als er wieder nach Hause kam; er war noch gereizter und verstörter als vorher. Und er nahm es immer noch. Ich glaube, er hatte nicht einmal aufgehört, während er drin war – wie kann das sein, wie kann man ein Gefängnis leiten, in dem Kinder an Drogen kommen, ich verstehe das einfach nicht … und natürlich war er so jung, gerade sechzehn, Jungs in dem Alter –« Sie brach ab. »Mit all den Hormonen, die verrückt spielen … Ich nehme an, die Droge –« Wieder hielt sie inne und legte sich die Hand auf den Mund.

»Ich saß hier im Wohnzimmer. Es war ein Sonntag. Jack hatte die Kleinen zu seiner Schwester gebracht. Jason war in den letzten paar Tagen so unberechenbar gewesen, dass wir versuchten, die beiden von ihm fern zu halten. An diesem Tag war er erst im Morgengrauen nach Hause gekommen und am Tag zuvor auch, und dann blieb er den ganzen Tag in seinem Zimmer, aber er schlief nicht, ich wusste, dass er nicht schlief. Ich wartete, dass er herunterkam, um etwas zu essen. Ich dachte immer, wir müssten nur noch mal miteinander reden, und irgendwie …

Ich saß genau hier auf dem Sofa. Ich hörte, wie seine Tür aufging, und dann hörte ich ihn schluchzen. Es war wie vor Jahren, als er noch klein war und es irgendeinen Ärger in der Schule gegeben hatte. Dann hatte ich mich mit ihm auf die Veranda gesetzt, sein Kopf lag auf meinem Schoß, die Sonne ging unter, und ich erzählte ihm, dass wir eines Tages eine Schiffsreise über den Atlantik machen würden; er würde Athen sehen und Rom und all die Orte, wo die Geschichten spielten, die ich ihm vorgelesen hatte. Er hörte mir zu, und irgendwann schlief er ein. Als ich ihn an diesem Tag weinen hörte, dachte ich, vielleicht ist es jetzt vorbei – irgendwie würde er zu mir zurückkommen. Er hatte so lange nicht mehr geweint. Ich ging die Treppe hinauf.

Mein Sohn. Er war nackt. Er hatte masturbiert. Stundenlang, wie es aussah. Er hatte sich völlig wund gescheuert. Er blutete da unten. Und er weinte. Seine Tränen verfingen sich in dem kleinen Bart, der auf seinen Wangen gesprossen war, diesem weichen braunen Flaum, den er noch nicht gelernt hatte zu rasieren. Als ich den Treppenabsatz erreichte, sah er mich an, als hätte ich den Strohhalm geknickt, an den er sich um des blanken Überlebens willen geklammert hatte, ja genau. Als hätte ich ihn irgendwohin verbannt, zum Tode verurteilt. Was sollte ich tun?

Ich holte ein Handtuch. Aus dem Badezimmer. Ein weißes Handtuch. Dann Verbandszeug und Salbe, setzte ihn auf sein Bett, wusch ihn, klebte die Gaze mit einem Pflaster fest und versuchte, meine eigenen Tränen zurückzuhalten.«

Mrs. Buckholdt saß mit hochgezogenen Schultern auf der Sofakante. Die Worte hatten sie erschöpft, ihr Gesicht war jetzt ganz blass. Sie starrte ausdruckslos zu Boden.

»Ich war seine Mutter«, sagte sie leise, beinahe teilnahmslos. »Was sollte ich machen?«

Einen Moment lang herrschte Schweigen im Raum.

»Die Küche«, sagte sie. »Ich war in der Küche. Das war später. Ich wollte ihm eine Suppe kochen. Er hatte Suppe immer gern gemocht. Vielleicht hatte er wieder etwas von dem Zeug genommen. Ich weiß es nicht. Ich spürte nur, dass er hinter mir stand. Plötzlich packte er mich am Handgelenk, drückte die Hand auf das Holzbrett und hackte mir die Finger ab; diese Finger, mit denen ich ihn berührt hatte, hackte sie mit dem Fleischmesser ab. Dann ging er hinaus in den Garten, nackt.«

Lange Zeit saßen sie zusammen da. Die Sonne hing tief am Rand des westlichen Himmels und warf ihre gewaltigen Lichtstreifen über das Land, flach über den Garten, flach durch die unverdunkelten Scheiben der Fenster, sie fielen über Mrs. Buckholdts Rücken und warfen Schatten auf den Couchtisch, den angelaufenen Aschenbecher und das runde dunkle Muster im Zentrum des dicht gewebten Wollteppichs.

Während sie gesprochen hatte, war es Frank vorgekommen, als fiele Mrs. Buckholdts Körper in sich zusammen, bis sie kleiner und zerbrechlicher war als zuvor, als sei ihre eindrucksvolle Haltung jetzt erschöpft. Es war ein vertrautes, ja angenehmes Gefühl, die Gegenwart eines unvorstellbaren fremden Schmerzes. Mehr als jede Landschaft fühlte sich der Raum wie ein Zuhause an.

»Wie ist Ihr Sohn gestorben?«, fragte er.

»Die beiden, Jimmy und er, hatten sich den Lastwagen eines Freundes ausgeliehen. Es war nur ein paar Tage später – er war nicht wieder nach Hause zurückgekehrt. Sie waren auf der Interstate unterwegs, Richtung Westen. Sie sind gegen die Leitplanke einer Überführung geprallt. Jimmy hat es mit ein paar Verbrennungen überlebt. Er wohnt immer noch in Valentine. Ich sehe ihn hin und wieder.«

Aus reiner Gewohnheit notierte der professionelle Teil in Franks Bewusstsein etwas in Mrs. Buckholdts Krankenblatt: Patientin erlebt aktives Bewusstwerden eines Traumas, depressive Züge, Hypervigilanz und generalisierte Ängste. Diagnose: posttraumatische Belastungsstörung. Behandlung: Sertraline, hundert Milligramm täglich, Empfehlung einer Psychotherapie, eventuell Einstellung auf Clonazepam.

Er fragte sich, wie seine Kollegen sich wohl fühlten, wenn sie sich solche Worte vorsagten oder sie auf ein Blatt Papier schrieben. Konnte die Macht, Menschen einzuordnen, denen sie zugehört hatten, sie vor dem Gesagten schützen? Entband es sie von ihrer Verpflichtung, Anteil zu nehmen?

Als sich das Schweigen zwischen ihnen ausbreitete, erinnerte sich Frank an seine erste Patientin als Assistenzarzt, eine Frau, deren Mann bei einem Flugzeugabsturz umgekommen war. Jede Stunde, die sie zusammen verbrachten, hatte sie mit Neuigkeiten von ihren beiden Kindern gefüllt, dem Theaterstück ihres Sohnes in der Schule, einem Job, den ihre Tochter in einem Hotel angenommen hatte, bis hin zu dem, was sie morgens hatten anziehen wollen, und all das hatte sie erzählt, während sie aus dem Fenster starrte, als beschriebe sie irgendwelche Ereignisse aus der Geschichte eines fremden Landes.

Er wusste noch, wie er an solchen Tagen abends im Bett gelegen hatte, allein in seinem Apartment, und ihre Not auf ihm lastete wie die Beichte eines Gemeindemitglieds auf der Seele eines Geistlichen oder das Schicksal einer Figur auf Geist und Körper eines Schriftstellers. Oft, wenn er so dalag, musste er an eine Nacht zurückdenken, in der er als Kind im Bett gelegen hatte, kurz nachdem seine Familie in eine andere Stadt gezogen war. Das Haus war noch voller unausgepackter Kisten gewesen, ihre Eltern hatten sich gestritten. Aus dem Nebenzimmer hatte er gehört, wie sein Bruder ängstlich ihrer Mutter anvertraute, dass er die neue Schule hasste und auch die fremden Kinder, die ihn nur herumschubsten, und dass er bitte bitte am nächsten Morgen nicht mehr hingehen müsste. Die Angst, die in seiner Stimme vibrierte, hing in der Luft wie eine Sirene. Die Stimme ihrer Mutter war leiser gewesen, ihre beruhigenden Worte wurden durch den Flur zwischen den Zimmern gedämpft. Frank hatte sich in den Schlaf geweint, so verzweifelt war er gewesen, dass er nichts tun konnte, um den Kummer seines Bruders zu lindern.

Jetzt dachte er daran, dass es für ihn immer so gewesen war, seit er als Junge auf der Stuhlkante im Wohnzimmer gesessen und den Freunden seiner Eltern gelauscht hatte – einer geschiedenen Frau, deren Hände im Schoß lagen und leicht zitterten, als sie ihnen voller Aufregung von den Ferien erzählte, die sie machen wollte, oder von dem Mann, der sagte, wie glücklich sein Sohn sei, obwohl Frank wusste, dass der in der Schule gnadenlos gehänselt wurde. Das Unausgesprochene hatte sich in ihren Gesten gezeigt, die Atmosphäre erfüllt und Frank erdrückt. Und später auf dem College, auf einer Party, als er mit einem Drink in der Hand am Bücherregal lehnte und sich mit einer pummeligen Kommilitonin unterhielt, die immer etwas abseits von den anderen stand, hatte er jede Bewegung ihrer Augen registriert, jedes angespannte kleine Lächeln, als seien die Nerven in ihrem Körper seine eigenen, und jeder Versuch, ihre Schüchternheit zu überspielen, hatte seine eigene Anspannung gesteigert. Als er jetzt vor dieser seltsam anziehenden Frau saß, begriff er klarer als je zuvor, warum er Arzt geworden war: um seine ungewollte Nähe zu menschlichem Schmerz in den Griff zu bekommen. Er hätte seine Schulden als Rechtfertigung benutzen können, um den Job an der Klinik zu kündigen; er hätte sogar seinen Beruf aufgeben und wegziehen können, irgendwo anders hin, doch diese Durchlässigkeit in seinem Innern würde er nicht abschütteln können.

Mrs. Buckholdt stand vom Sofa auf und trat zum Fenster. Als sie das Rollo ganz hochzog, überflutete die untergehende Sonne das Zimmer. Ihre Schultern spannten sich an, als es an der Küchentür klopfte. Frank sah, wie sie nach Luft schnappte.

»Was ist, Liebling?«, rief sie.

»Darf ich reinkommen?«, fragte eine leise Stimme.

Sie ging durchs Zimmer und schloss auf. Der Junge schob sich durch den Türspalt. Mrs. Buckholdt biss sich auf die Unterlippe, straffte den Oberkörper und schaffte es, ihrem Sohn übers Haar zu streichen.

»Was ist denn, mein Kleiner?«

»Wann fahren wir?«

»In ein paar Minuten«, sagte sie. »Geh schon mal vor und hol deine Sachen.«

Der Junge starrte einen Moment lang Frank an. Sein Ausdruck war genauso rätselhaft wie zuvor. Er ging zurück in die Küche, und sie horchten auf seine Schritte, als er die Treppe hinaufstieg.

»Mrs. Buckholdt«, fing Frank an. Er wusste, wenn er aussprach, was er sagen wollte, würde er sich gleichzeitig verpflichten, hier zu bleiben, eine Möglichkeit zu finden, sich irgendwie durchzuschlagen. Menschen wie diese Frau brauchten ihn, sie brauchten jemand, der ihnen zuhörte. »In einer Situation wie der Ihren kann es eine große Hilfe sein, mit jemandem zu sprechen. Ich könnte Sie nicht jede Woche besuchen, aber einmal im Monat, und wenn Sie es schaffen würden, in meine Sprechstunde zu kommen, könnten wir uns alle zwei Wochen treffen. Wir würden einen Antrag auf Kostenerstattung für Sie stellen. Die Medikamente helfen nur begrenzt.«

Sie war an der Tür stehen geblieben und hatte die Arme vor der Brust verschränkt. »Das ist sehr großzügig von Ihnen«, sagte sie und machte einen Schritt in die Mitte des Raums zurück.

Nach einem Augenblick hob sie den Blick erneut zu dem Bild an der Wand. »Dieser Druck hier war sein Lieblingsbild«, sagte sie. »Er hat es sich im Museum von Chicago ausgesucht. Er liebte all die unterschiedlichen Figuren, das lebendige Treiben.«

Frank wandte den Kopf, um es sich anzusehen. Links vorn platzte eine Taverne aus allen Nähten, die Gäste drängten sich bis auf die Straße und folgten einem dickbäuchigen

Mandolinenspieler mit Schlapphut. Davor saß der Karneval in Person eines fetten Kerls rittlings auf einem schweren Weinfass wie auf einem Pferd und ließ sich von den Feiernden vorwärts schieben. Seine Lanze bestand aus einem Bratspieß. Auf der anderen Seite von ihm und seinem Gefolge scharte sich eine Gruppe düster gekleideter Büßer hinter einem hageren bleichen Mann, der, von den Kissen eines Sessels gestützt, dasaß und einen Brotschieber in der Hand hielt – das Fasten. Er blickte den Karneval an, als posierten sie für eine gespielte Schlacht. Im Hintergrund dieser beiden widerstreitenden Kräfte wogte das bunte Treiben des Marktes. Fischweiber nahmen auf einem Holzklotz ihre Fische aus, kleine Jungen spielten mit Stöcken und Kreiseln, Gaukler tanzten, Händler priesen ihre Waren an, Kinder spähten aus Fenstern, eine Frau stand auf einer Leiter und schrubbte die Wände eines Hauses. Es gab Krüppel, denen einzelne Gliedmaßen fehlten, und Almosenempfänger, die am Brunnen bettelten. Ein Mann und eine Frau liebten sich. Ein anderes, puritanisch gekleidetes Paar, das dem Zuschauer den Rücken zuwandte, ließ sich von einem Narren durch das Gewimmel führen.

»Ganz sicher kein Arkadien«, sagte sie. »Nichts daran ist verschwenderisch. Es gehört nicht zu der Art von Bildern, in die ich mich verliebt hätte. Ich habe es sehr oft betrachtet, seitdem er gegangen ist. Meine Professoren lehrten mich, dass Brueghel ein Moralist war, dass seine Bilder voller Parabeln stecken. Aber das ist es nicht, was ich jetzt sehe. Ich sehe nur noch, wie *viel* da ist, wie viel Leben.«

Sie blickte Frank an. »Die Frau in Tilden gibt jetzt Michael Geigenunterricht, und sie will nicht, dass ich sie dafür bezahle. Er ist nicht so gut wie sein Bruder, aber er ist gut.«

Sie senkte den Kopf. »Sie scheinen ein netter Mann zu

sein, und es war sehr freundlich von Ihnen, mir dieses Angebot zu machen. Aber ich möchte nicht, dass Sie wiederkommen. Und ich möchte auch nicht zu Ihnen kommen. Ein paar Tage in der Woche brauche ich die Pillen, um über die Runden zu kommen, aber es gibt auch Tage, an denen ich es ohne sie schaffe. Das sind die besseren. Wenn ich nicht zurückblicke, wenn ich keine Angst habe – auch für meine Kinder ist es besser. Aber ich würde verstehen, wenn Sie das Gefühl haben, dass Sie mir keine Rezepte mehr aufschreiben können. Ich werde auch ohne sie überleben.«

Man hörte den Jungen oben auf dem Treppenabsatz. Frank stand auf und machte einen Schritt auf Mrs. Buckholdt zu. Sie wandte sich ihrem Sohn zu, der mit dem Geigenkasten in der Hand hereinkam. Ruhig setzte er sich in den Korbstuhl neben der Tür.

»Geh und hol deinen Vater«, sagte sie. »Sag ihm, es ist Zeit zu fahren.« Er lief durch den Flur in die Küche und zur Hintertür hinaus.

Franks Magen zog sich zusammen. In der Panik, die sich außerhalb seines Bewusstseins verdichtete, bildete sich ein Gedanke: Er wollte sie nicht verlieren, er wollte nicht, dass die Geschichte hier abbrach.

Mrs. Buckholdt nahm ihre Handtasche vom vorderen Tisch.

»Es wird in solchen Fällen wirklich fast immer empfohlen, dass sich der Patient irgendeiner Art von Therapie unterzieht, und angesichts der extremen –«

»Dr. Briggs«, unterbrach sie ihn und öffnete die Haustür, wo der Blick über den Vorgarten und die leere Straße dahinter schweifte. »Haben Sie nicht gehört, was ich gesagt habe?«

Der Ursprung der Verzweiflung

Ein Jahr nach dem Selbstmord meiner Mutter brach ich das Versprechen, das ich mir selbst gegeben hatte, meinen Vater nicht mit meinen Sorgen zu belasten. Ich beichtete ihm, wie unglücklich ich in der Schule war und wie einsam ich mich fühlte. Er saß in dem Schaukelstuhl, in den er sich abends immer verkroch, und fragte: »Was kann ich tun?« Am folgenden Abend, auf dem Heimweg von der Arbeit, nahm er eine andere Strecke als sonst und übersah ein Stoppschild. Ein mit Tafelglas beladener Lieferwagen rammte mit vierzig Meilen in der Stunde die Fahrerseite des Taurus. Den Worten des Polizisten zufolge, der mit Tränen in den Augen an die Haustür klopfte, hatte die Wucht des Aufpralls meinen Vater auf der Stelle getötet. Meine Tante aus Little Rock kam für eine Woche, kochte Eintöpfe oder setzte mir Blätterteiggebäck vor. Dann sagte sie, ich könne zu ihr nach Arkansas ziehen. Ich antwortete, das wollte ich nicht. Da mir nur noch anderthalb Jahre fehlten, beschlossen wir, dass ich die Highschool hier abschließen sollte, und sie sorgte dafür, dass ich bei Nachbarn wohnen konnte.

Mrs. Polk war sechzig, ihre Mutter fünfundachtzig. Sie teilten sich einen Schrank mit vierzehn blau geblümten Kleidern, die jeden Dienstag von einem Hausmädchen gewaschen wurden. Den größten Teil ihrer Zeit verbrachten sie vor dem Fernseher, sahen sich die Sendungen der öffentlichen Anstalten an und unterhielten sich leise über irgendwelche Verwandten in Pittsburgh. Ich bekam das Arbeitszimmer des verstorbenen Mr. Polk mit einem Feldbett in der Ecke. Die Damen achteten nicht auf mein Kommen und Gehen, und ich hielt mich so wenig wie möglich in ihrem Haus auf.

In diesem Herbst ließ uns Mr. Raffello im Werkunterricht zwischen verschiedenen Projekten wählen: Bücherregal, Gewürzschränkchen oder einer Truhe, die etwa so groß war wie der Sarg eines Kindes. Ich entschied mich für Letzteres, und da wir das Holz selbst bezahlen mussten, wählte ich Kiefer. Ich nahm genau Maß und bearbeitete dann jedes einzelne Brett mit drei verschiedenen Stärken von Schmirgelpapier. Alles Handwerkszeug war in der Werkstatt vorhanden: Hammer und Zwingen, Ziernägel und Leim, Hobel und Stichsägen. Die Maschinen hatten schimmernde Metallgehäuse und machten einen ohrenbetäubenden Lärm. Am liebsten hätte ich den ganzen Tag dort verbracht.

Ich fand dieses Fach noch aus einem anderen Grund unwiderstehlich: Es verschaffte mir Gelegenheit, mit Gramm Slater zusammen zu sein, einem reizbaren Jungen mit Engelsgesicht, der Stiefel mit stahlverstärkten Spitzen trug und seine Baseball-Mütze tief in die Stirn gezogen hatte. Er überragte die anderen Jungs um einen Kopf und war bereits so groß wie mein Vater. Ein Flaum aus goldenen Härchen bedeckte seine Unterarme. Der Mund verzog sich rasch zu einer verächtlichen Grimasse, und seine Augen waren voller Spott. Wenn er sah, dass ich ihn anstarrte, grinste er wissend, ganz wie ein Engel. Zweimal hatten sich unsere Schultern berührt, als wir in der Cafeteria in der Schlange anstanden.

An einem Freitagnachmittag, wenige Wochen, nachdem

mein Vater umgekommen war, erklärte uns Mr. Raffello, wie man mit Zwingen arbeitet. Nach der Thermosflasche voll Gin, mit dem ich den labberigen Kaffee beim Lunch heruntergespült hatte, war Konzentration eine echte Herausforderung, doch wie ein guter Schüler blieb ich auf meiner Bank sitzen und hielt mich tapfer aufrecht. Unser Lehrer sah aus wie der Bewohner eines Königreichs von Mittelerde mit seiner gebrechlichen Figur und einer hervorspringenden Nase über dem Mund, die mich an einen Fels vor dem Eingang zu einer Höhle erinnerte. Seine Stimme war so tief wie ein Orgelbass.

»Das Werkzeug liegt in eurer Hand. Ihr habt euer Holz geschmirgelt. Ihr habt den Leim aufgebracht. Jetzt wird es Zeit für die Zwingen.«

Vielen in der Klasse fielen die Augen zu, als seine knochigen Hände begannen, die Zwingen zuzuschrauben. Stahl quietschte im Gewinde. Ich stellte mir vor, es sei das Knarren eines Ruders in der Dolle, wenn die Fähre vom Ufer ablegt.

So träumte ich vor mich hin und beobachtete Gramm auf dem Hocker neben mir. Er saß vornüber gebeugt. Durch sein dünnes Baumwoll-T-Shirt konnte ich die perfekte Kurve seines Rückgrats erkennen. Ich wollte, dass er mich ansah. Ich wollte, dass er mich berührte. Ganz egal, wie.

Mein Fuß holte aus und stieß gegen sein Schienbein.

»Was soll die Scheiße?«, fragte er, und sein verächtliches Grinsen erwachte zum Leben.

Vermutlich hätte das Ganze hier enden können, doch der Ausdruck in seinem Gesicht, die Art, wie sich die Augen zu schmalen Schlitzen verengten und er die Oberlippe zurückzog, um die Zähne zu blecken, erschien mir so unglaublich schön, dass ich es nicht ertragen konnte, es wieder verschwinden zu sehen. Ich holte erneut aus und trat ihn heftig in die Wade. Dies brachte eine wundervolle Farbe in seine Wangen.

»Hör auf mit dem Scheiß!«, flüsterte er laut, sodass sich die anderen Schreiner zu uns umdrehten. Es drang bis ganz nach vorn, wo Mr. Raffello vor seiner Werkunterrichtklasse stand, uns mit seinen uralten Augen musterte und sagte: »Wenn ihr nicht lernt, wie man mit Zwingen umgeht, werdet ihr nie schreinern können.«

Ich holte wieder aus, und diesmal traf ich Gramms Knöchel. Er sprang auf, und ich glaubte schon, er würde mir auf der Stelle einen Schlag versetzen, doch er hielt inne. Das Scharren der Stühle rings um uns war in der ganzen Werkstatt zu hören. Sollte es zum Kampf kommen, das wussten wir beide, würde er gewinnen. Ich spürte sein Staunen darüber, dass ich ihm einen Vorwand lieferte, um das zu tun, was er tun wollte: seine Wut an mir auslassen. Und dann kam sie, seine Faust landete genau unter meinem Herzen wie ein Sturmbock, der gegen die Tore einer Festung gerammt wird. Mir blieb die Luft weg, und ich kippte rückwärts auf die niedrige Bank. Als ich aufsah, stand er über mir. Meine Muskeln erschlafften; ich wartete auf den Angriff.

Doch da war Mr. Raffello bereits zwischen uns getreten.

Gramm demütigte mich vor der ganzen Klasse und beschimpfte mich als Schwuchtel. Alle waren entsetzt über sein Verhalten, denn jeder wusste, dass ich innerhalb eines Jahres beide Eltern verloren hatte. Die meisten hielten Schweigen für das Beste. Doch immer wenn wir uns auf unserer Straße oder im Supermarkt über den Weg liefen, wo ich die Einkäufe der Leute verpackte, zeigte er plötzlich so etwas wie widerwilliges Interesse an mir.

An einem Samstag Anfang März kam er in den Laden, um Orangensaft zu kaufen, und fragte, was ich am Abend vorhätte. Ich sagte, nichts, und er lachte. Dann meinte er, wenn ich nicht mein Leben lang ein Versager bleiben wollte, sollte ich zu ihm nach Hause kommen; er hätte vor, sich zu betrinken.

Ich kam gegen zehn und erwartete eine Party. Doch es stellte sich heraus, dass Gramm allein war. Seine Augen waren gerötet; er roch nach Marihuana. Kaum waren wir in der Küche, bot er mir einen Wodka mit Orangensaft an.

»Wo ist denn deine Mutter?«, fragte ich.

»Ach, irgendwo shoppen, übers Wochenende.«

Mrs. Slater war dreimal geschieden und deswegen sehr reich. Die Villa hatte sechs Zimmer und war im Stil eines alten Herrenhauses aus dem Süden gebaut. Kleine, in die Wand eingelassene Monitore kontrollierten sämtliche Geräte und Lampen.

»Schönes Haus«, sagte ich.

»Es ist okay.«

Auf der Arbeitsplatte hockte eine getigerte Katze vor einem Häufchen Räucherlachs. Gramm löffelte eine blauschwarze Paste aus winzigen Eiern auf einen zweiten Teller und schob ihn dem Tier vor die Nase. Die Katze schnupperte an dem neuen Futter und wandte sich dann wieder dem Fisch zu.

»Ich hatte mal eine Schlange«, erzählte Gramm. »Sie ist an einer Hautkrankheit gestorben. Der Tierarzt hat gesagt, wir sollten sie in einen Mülleimer mit Steinen und kaltem Wasser legen, aber sie ist trotzdem gestorben. Ich glaube, der Tierarzt hatte keinen Schimmer. Er hat nichts gerafft.«

»Scheint so.«

»Willst du dich antörnen?«

»Klar«, nickte ich und genoss die feuchte Berührung seiner Fingerspitzen, als er mir den Joint reichte.

»Warum bist du gekommen?«, fragte er.

»Du hast mich eingeladen.«

Er lachte, als sei das überhaupt kein Grund.

Ich leerte mein Glas in einem Zug und schenkte mir noch einen Wodka nach.

»Wieso hast du mich in Raffellos Klasse getreten?«

»Ich hab nur Spaß gemacht.«

»Quatsch.«

»Kommen noch mehr Leute?«

»Warum? Hast du Angst?«

Ich wusste, dass ich zurückschießen könnte: »Angst – wovor?«, das wäre die richtige, männliche Antwort gewesen. Doch wir schienen beide zu wissen, wie sinnlos eine solche Geste gewesen wäre, und außerdem konnte ich mich nicht verstellen.

Gramm lümmelte sich auf einem Stuhl zwischen der Spüle und mir. Als ich an ihm vorbei wollte, um mein Glas auf die Ablage zu stellen, streckte er den Fuß aus und stellte mir ein Bein. Ich prallte mit der Schulter auf den gekachelten Fußboden, das Glas fiel mir aus der Hand und zersplitterte an der Kühlschranktür. Ich wälzte mich auf den Rücken und entdeckte denselben Schwindel erregenden Ausdruck in Gramms Gesicht wie an dem Tag, als ich zum ersten Mal seine Aufmerksamkeit erregt hatte. Mein Herz titschte gegen die Rippen wie ein Ball, den man nahe am Bordstein entlangdribbelt.

»Willst du nicht aufstehen?«, fragte er sarkastisch, obwohl er bereits wusste, dass ich es nicht tun würde und er mir hochhelfen müsste. Dieses Wissen schien ihn in Wut zu versetzen. Er holte aus und trat mich in den Oberschenkel. Ich seufzte vor Erleichterung, während mir der Schmerz durch das Rückgrat schoss.

»Da, du Schwanzlutscher! Wie gefällt dir das?«

Als er das Glas zum Mund hob, rutschte sein T-Shirt aus dem Bund der Jeans, und ich sah ein paar hellbraune Härchen um seinen Nabel. Ich wollte sie mit der Zunge berühren. Mehr als alles in der Welt.

Er machte einen Schritt auf mich zu und presste seine Schuhsohle leicht gegen meine Wange. »Ich könnte dich zerquetschen wie einen Wurm«, sagte er. Er war nicht gerade der wortgewandteste Junge, dem ich je begegnet war. Nur der, dessen Schmerz mir als der schönste erschien. Ich hob die Hand und griff nach seinem Knöchel, doch er zog das Bein sofort zurück und trat mich so brutal in den Bauch, dass ich gegen die Tür des Küchenschranks flog. Wieder blieb mir die Luft weg, und ich lag bäuchlings auf dem gekachelten Boden. Plötzlich fühlte ich mich sehr müde. Er trat noch ein paar Mal zu, doch die Wucht schien nachzulassen.

Als er mich aus der Küche schleifte, öffnete ich die Augen und versuchte, den Kopf zu heben, doch mein Blick war vernebelt, und ich sah ihn nur schemenhaft.

Im Schlafzimmer machte er kein Licht, und wenn ich einen Ton von mir gab, schlug er mir mit der Hand ins Gesicht. Als ich den Arm ausstreckte, um seine nackte Brust zu berühren, versetzte er mir einen solchen Boxhieb auf die Schulter, dass ich glaubte, er hätte mir den Knochen gebrochen. Ich lernte schnell, wie es ablaufen würde.

Die ersten paar Zettel, die ich in der nächsten Woche durch das Gitter seines Spinds schob, blieben unbeantwortet. In den Gängen ignorierte Gramm mich nun, statt mich zu schikanieren. Er warf mir einen nervösen Blick zu, als ich an ihm und seiner Clique vorbeikam, die rauchend im Schulhof stand. Die Prellungen, die er mir verpasst hatte, waren unter meinem Hemd verborgen; ich strich mit den Händen über das geschwollene Fleisch und dachte an ihn. Manchmal betrank ich mich beim Mittagessen so sehr, dass eine ganze Stunde verging, bis mir aufging, dass ich nur im Gang vor seinem Klassenzimmer gestanden und auf seinen Hinterkopf gestarrt hatte, wobei ich mir vorstellte, mit den Fingern durch sein weiches Haar zu streichen.

Ich nahm nicht mehr oft am Unterricht teil. Mr. Farb, der Schulpsychologe, gabelte mich in der Cafeteria auf und nahm mich mit in sein Büro, wo er ernsthaft über die fünf Stadien der Trauer sprach. Er war ein untersetzter Mann mit Bart, der Strickjacken mit Rhombenmuster und einen breiten Ehering trug. Wenn er mit dem Stuhl nach hinten kippte, baumelten seine Füße in der Luft wie die eines Kindes.

»Was macht die Suche nach einem College?«, fragte er.

»Die Suche nach einem College? Oh, alles läuft bestens. Ich bewerbe mich in Princeton.«

»Wirklich?«

»Ja, und in Harvard auch.«

»Sehr beeindruckend.«

»Und an der Universität von Peking.«

»Oh«, sagte er. »Da hast du … dir ja was vorgenommen. Und deine neue Umgebung, hilft sie dir?«

»Das Hausmädchen schenkt mir immer Kruzifixe.«

Er spielte mit dem Ehering an seinem behaarten Knöchel und fragte mich, ob es im Augenblick irgendjemand *Besonderen* in meinem Leben gebe, und ich beschloss, dass er noch nicht so weit war, etwas über mein Leben zu erfahren. Als er fragte, wie es mir sonst ging, sagte ich, bestens. Das schien ihm zu gefallen; er schrieb mir Entschuldigungen für alle geschwänzten Stunden.

Schließlich fand ich ein zerknülltes Stück Papier am Boden meines Spinds. Darauf stand, dass Gramm am Freitagnachmittag allein zu Hause sei. Ich verließ die Schule an diesem Tag früher als sonst und ging die zwei Meilen zu seinem Haus zu Fuß. Als ich klingelte, machte niemand auf, und ich saß eine Stunde auf dem Rasen des Vorgartens, bis ich Gramm den Hügel heraufkommen sah. Er entdeckte mich, als er noch hundert Meter entfernt war, und verlangsamte seinen Schritt. Vor der Einfahrt nickte er, blieb einen Augenblick stehen, ohne etwas zu sagen, und sah vom Asphalt erst zum Haus und dann zu mir. Er wirkte müde und nervös. Als er auf die Hintertür zusteuerte, folgte ich ihm ins Innere.

»Was ist los?«, fragte ich.

»Wieso bist du gekommen?« Seine Stimme war jetzt frei von allem Sarkasmus. Die Frage beschäftigte ihn.

»Ich habe deine Nachricht bekommen«, sagte ich leise, wissend, so wie man meines Erachtens über solche Dinge spricht, wenn man verliebt ist.

Er senkte den Kopf, beschämt von der Erinnerung, und als ich sah, wie sich seine Wangen röteten, empfand ich ein so überwältigendes Mitleid mit ihm, dass mir die Tränen in die Augen stiegen. Ich ging durchs Zimmer und legte sanft eine Hand auf seine Schulter. Sein Körper zuckte zusammen, als seien meine Finger die Enden einer Hochspannungsleitung. Er wich unter meiner Berührung zurück und holte aus, um meinen Arm wegzuschlagen. Ich trat erneut auf ihn zu und legte eine Hand auf seine Brust.

»Rühr mich nicht an!«, brüllte er.

Ich fuhr ihm durch das goldene Haar.

Seine Faust landete in meinem Magen, und ich packte mit

beiden Händen seinen Oberarm, aber er schüttelte mich ab und warf mich zu Boden. Ich wälzte mich auf den Bauch und lag still; meine Erektion pulsierte gegen die harten Kacheln.

Mit geschlossenen Augen stellte ich ihn mir als Gladiator vor, mit Brustpanzer und Schild, die Sonne wärmte seine starken Schultern, und die Menge jubelte ihm zu. Mit einem Kopfnicken bedeutet der Herrscher seinem Sieger, dem Volk zu geben, was es verlangt. Ich rieche die gebräunte Haut seines Knöchels, höre die Menge toben.

Hinter mir wurde ein Schrank geöffnet, und ich hörte seine Lippen an einem Flaschenhals.

»Steh auf«, sagte er.

Ich reagierte nicht, und er schrie noch einmal – »Steh auf!« – und trat mir in die Seite. Doch ich rührte mich nicht.

Noch zweimal hätte mich die Wucht seines Stiefels fast vom Boden gehoben und löschte alles aus meinem Bewusstsein bis auf diesen durchdringenden Schmerz. Seine Stimme füllte die Leere.

»Abschaum«, flüsterte er. »Du bist nichts als Abschaum.«

Er kauerte sich über mich und riss mir mit beiden Händen die Hose runter. Dann stand er auf und schob mir die Schuhspitze zwischen die Beine. »Mein Vater sagt, Typen wie du sind krank. Moralisch verwerflich. Als wolltest du eine Frau sein, und in Wirklichkeit bist du bloß ein jämmerlicher Schlappschwanz, ein mieser kleiner Wichser, und alles, wonach dein krankes Gehirn verlangt, ist Dreck.«

Er zog den Schuh zwischen meinen Arschbacken hervor und trat dann zu, sodass mir das Wasser in die Augen schoss. Doch ich gab keinen Ton von mir.

»Rede mit mir, du blödes Arschloch!«, rief er.

Etwas Schweres und Scharfkantiges traf meinen Rücken;

ich stöhnte unwillkürlich auf. Die getigerte Katze starrte über den Küchenboden.

Ich hörte, wie Gramm die Flasche wieder aufhob und die Küche verließ.

Eine Weile lag ich nur still da. Meine Seite schmerzte, und ich spürte, wie Blut aus der Wunde sickerte. Aus dem anderen Zimmer drang das Geräusch des Fernsehers. Ich stand auf, streifte die zerknüllte Hose ganz ab und ging halb nackt ins Wohnzimmer hinüber. Auf dem Bildschirm drückten Polizisten einen Latino zu Boden, während eine Gruppe von kleinen Kindern am Rand eines Freeways stand und heulte. Das Knattern eines Hubschraubers dämpfte die Stimmen. Ein überdimensionaler Fernsehsessel stand vor dem Kasten. Als ich näher kam, sah ich Gramms Kopf über der Rückenlehne, die Beine waren auf dem Fußschemel ausgestreckt. Er hob die Flasche an den Mund und trank.

Ich ging um den Sessel herum und stellte mich zwischen ihn und den Fernseher. Sein Mund stand ein wenig offen, als er meinen Körper anstarrte, der von der Hüfte abwärts nackt war.

»Du bist wohl lebensmüde«, sagte er.

Er stand auf. Ich schloss die Augen. Das musste eine neuerliche Beleidigung für ihn sein, denn im nächsten Augenblick stand er vor mir und schlug mich ins Gesicht. Nach dem ersten Hieb hagelte es weitere, die Knöchel trafen meine Schläfe und die Wange, ein Knie landete auf meiner Brust. Ich kippte zur Seite und brach auf dem Teppich zusammen. Mir drehte sich der Kopf, als ich hörte, wie er seine Jeans auszog, und dann spürte ich sein warmes Fleisch am Rücken, als er sich auf mich wälzte und mit den Knien meine Beine spreizte. Das Kreischen der Kinder erhob sich über das Tuckern der Hubschrauberflügel und das Tosen der

Menge in meinem Kopf. Außer sich vor Wut stieß er zu, wieder und wieder.

»Was, um Himmels willen, hast du jetzt wieder angestellt?«, fragte Mrs. Polk, als ich ins Wohnzimmer trat. »Pass auf! Du tropfst ja den ganzen Teppich voller Blut!«

Ihre Mutter wandte sich mühevoll vom Fernseher ab und rief: »WER IST DAS?«

»DER JUNGE!«, schrie Mrs. Polk zurück. »DER JUNGE! Der bei uns wohnt.«

»OH!«, rief ihre Mutter und drehte die Lautstärke auf. Ein Paar in Reitkleidung galoppierte über den Rasen vor einem Landhaus. Ich lehnte mich gegen die Tür und verlor das Bewusstsein.

Natalia, das Hausmädchen, fuhr mit mir in die Notaufnahme, wo man mir das Blut vom Gesicht und von den Schenkeln wusch. Eine Schwester Mitte zwanzig mit rautenförmigen silbernen Ohrringen, solchen, wie meine Mutter trug, als ich ihren Kopf aus dem Herd zog, um ihn auf meinen Schoß zu betten, stellte mir eine Menge Fragen darüber, wo ich gewesen wäre und was passiert sei. Ich erzählte ihr, dass ich auf dem Heimweg von der Schule war, als ein Typ mit einem Lieferwagen voller Glas angeboten hatte, mich mitzunehmen; er hätte mich zu einer Lichtung im Wald gebracht, sagte ich. Sie röntgten mich und stellten keine bleibenden Schäden fest. Die Schwester sagte, ich solle wiederkommen und mich mit jemandem im Krankenhaus unterhalten, aber ich antwortete, ich hätte schon einen Psychologen. Natalia schenkte mir ein Kruzifix und flehte mich an, es um den Hals zu tragen.

In der Schule hatten die meisten Leute Angst zu fragen,

was passiert war, bis auf die Dame im Sekretariat, die in Tränen ausbrach, als ich ihr das Attest des Arztes gab. Ein Überfall in der Stadt, stand darin.

Die paar Mal, die ich Gramm sah, ging er schnell in die andere Richtung. Er kam auch nicht mehr zu Mr. Raffellos Unterricht, während es für mich das Einzige war, in dem ich noch einen Sinn im Leben sah.

Ich schmirgelte meine Kieferntruhe mit dem feinsten Sandpapier und glättete sorgfältig alle Kanten und Unebenheiten. Mit einem Tuch trug ich dann die erste Farbschicht auf, ein dunkles Bernstein, das die Maserung des Holzes schön zur Geltung brachte. Als sie trocken war, kam eine zweite Schicht darüber und dann Klarlack. Zum Schluss brachte ich ein Messingschloss am Deckel an.

Mr. Raffello ging durch die Werkstatt und prüfte die Arbeiten seiner Schüler. Als er zu mir kam, wanderte sein Blick über mein Gesicht und las in den Prellungen und Striemen eine Geschichte, die er schon hundertmal zuvor gehört hatte.

»Wer hat dich geschlagen?«, fragte er.

Ich starrte auf den Saum seines schwarzen Arbeitskittels und stellte mir vor, er sei der Umhang des Fährmanns. Vielleicht hielt er meine Geschichte für nichts Besonderes, nachdem er schon so viele gehört hatte. Aber vielleicht würde er auch verständnisvoll schweigend lauschen, wenn er mich hinüberruderte.

»Niemand«, antwortete ich.

»Was wirst du mit der Truhe machen?«

Ich sah mich zusammengerollt darin liegen.

»Weiß ich noch nicht«, sagte ich.

»Nun, du hast deine Sache sehr gut gemacht«, murmelte er. »Kleb deine Adresse drauf. Ich werde sie dir nächste Woche vorbeibringen.«

Ich hatte den Schlüssel zum Haus meiner Eltern behalten. Da die Immobilienmaklerin bisher keine Käufer gefunden hatte, stand es noch leer. Nachmittags ging ich hin und saß in meinem Zimmer, wo das Wasserglas wie früher auf dem Nachttisch stand und der Radiowecker getreulich die Zeit anzeigte. Vom Fenster aus, wo ich nach Gramm Ausschau hielt, hörte ich meinen Vater mit der Zeitung rascheln, wenn er die Seiten umblätterte, und meine Mutter mit ihm flüstern; die Geräusche schwebten durch den Flur vor meinem Zimmer. Das Haus verkam.

Ich hatte Gramm einen Zettel in den Spind gesteckt. Darauf stand, dass ich nach der Schule herkommen würde; ich hatte ihn eingeladen, mich zu besuchen. Danach sah ich ihn tagelang überhaupt nicht mehr. Irgendwer erwähnte, dass er krank war und nicht zum Fußball-Training erschienen war. Trotzdem ging ich zu meinem Haus und wartete.

Er kam an einem Dienstag. Der Regen prasselte durch die kahlen Äste der Bäume auf einen Teppich von verrottendem Laub. Gramm blieb vor dem Haus stehen. Er hatte die Hände in den Taschen vergraben; die Kapuze seines Sweatshirts schützte ihn vor dem Wetter. Mehrere Minuten stand er so da, starrte zurück in die Richtung, aus der er gekommen war und dann wieder auf die grauen Rollos und die von Vorhängen bedeckten Fenster.

Er zitterte, als ich die Tür aufmachte. Ich führte ihn in die Küche.

»Bist du krank?«, fragte ich.

Er zuckte die Achseln. Im Schein der Deckenlampe wirkte er blass, ausgezehrt, aller Spott war aus seinem Gesicht verschwunden. Ich bot ihm einen Drink an, aber er schüttelte den Kopf. Er war nervös. Ich schenkte ihm trotzdem einen Wodka ein und stellte ihn neben ihn.

»Hör zu«, sagte er plötzlich. »Es tut mir Leid, was mit deinen Eltern passiert ist.« Er sprach ganz schnell, als hätte er dieses Gefühl seit Tagen mit sich herumgeschleppt und müsste es unbedingt loswerden.

Ich umklammerte die scharfe Kante der Arbeitsplatte, bis ich nichts anderes mehr spürte als den Schmerz, der von meiner Handfläche ausstrahlte.

»Ich glaube, wir sollten das alles vergessen«, fuhr er fort. »Meinst du, das geht? Können wir es vergessen?«

Ich sagte nichts.

Seine Schultern bebten.

»Warum hast du mich hierher eingeladen?«, fragte er. Alle Festigkeit in seiner Stimme war verschwunden.

»Ich wollte dich sehen.«

»Sag das nicht.«

»Es stimmt aber.«

Ich trat zu ihm, nahm seine rechte Hand in meine, bewegte sie zum Tisch und schloss seine feuchten Finger um das Glas. Er hielt den Atem an, als ich ihn berührte.

»Trink«, sagte ich.

Mit zitternder Hand hob er das Glas an die Lippen. Ich sah, wie sich sein Adamsapfel beim Schlucken hob und senkte. Als er fertig war, füllte ich sein Glas erneut.

»Weiter«, sagte ich.

Er schüttelte den Kopf.

»Trink weiter«, wiederholte ich. »Ich möchte, dass du es tust.«

Er gehorchte und leerte das Glas noch zweimal, während ich vor ihm stand. Dann stellte ich die Flasche ab und zog mir das T-Shirt aus. Jetzt waren die dunkelroten und gelben Prellungen auf meiner Brust deutlich sichtbar. Er wich zurück und schloss die Augen. Mit beiden Daumen öffnete ich sie wieder und kniete mich vor ihn. Dann nahm ich seine schlaffen Hände und ballte sie zu Fäusten. Er schluchzte. Die Tränen rannen über seine blassen Wangen und tropften von seinem Kinn.

»Bitte«, flüsterte er. »Lass mich gehen.«

Ich strich mit den Fingern über die Innenseite seines Schenkels. Durch die Baumwollhose schloss ich leicht die Hand um seine Eier. Ich spürte, wie sein Penis anschwoll, seine Muskeln sich anspannten. Er holte mit der Faust, die ich für ihn gemacht hatte, aus und schlug sie mir schluchzend aufs Auge.

»Bist du jetzt zufrieden?«, schrie er.

»Nein«, sagte ich.

Wieder holte er aus, und diesmal flog ich gegen die Herdtür. Unter den Tränen sah ich jetzt das Blut in seinen Wangen, die Leidenschaft jenes Jungen, den ich jahrelang bewundert hatte. Ich rappelte mich auf die Knie und nahm aus der Schublade neben dem Herd das Messer, das mein Vater benutzt hatte, um Tomaten und Zwiebeln zu schneiden, wenn er versuchte, mir ein Abendessen zu kochen. Er hatte geweint, wenn er Wasser in den Töpfen meiner Mutter erhitzte. Ich hielt Gramm das Messer hin, und als er es nicht nehmen wollte, legte ich es in seine Hand und schloss seine Finger um den Griff. Dann beugte ich mich vor und umschlang seine Beine, wobei ich das Gesicht in der Wärme seines Bauchs vergrub.

Wartend. Hoffend.

So blieben wir mehrere Minuten eng umschlungen stehen. Das Heben und Senken seines Bauchs gegen meine Wange war die einzige Bewegung. Irgendwann hörte er auf zu schluchzen, und sein Atem wurde tief und gleichmäßig. Er legte das Messer über meine Schulter hinweg auf die Arbeitsplatte und löste sich dann sacht von mir.

Es fühlte sich an, als wäre eine lange Zeit vergangen, als hätten wir eine weite Reise gemacht und wären jetzt müde und leer, aller Kraft beraubt, die uns in diese Küche geführt hatte. Plötzlich schämte ich mich meiner Prellungen und stand auf, um mein Hemd anzuziehen.

Gramm saß reglos am Tisch, sein starrer Blick war schließlich ganz nach innen gekehrt. Ich trat ans Fenster. Der Regen hatte sich in ein leichtes Nieseln verwandelt. Das Unkraut im Garten meiner Mutter, das der Regen vorher zu Boden gepresst hatte, schwankte jetzt wieder im Wind. Auf den Hartriegelzweigen schüttelten die Krähen ihr schwarzes Gefieder.

Während ich das Gewitter abziehen sah, bremste ein Pick-up auf der anderen Straßenseite vor Mrs. Polks Haus und fuhr dann ihre Einfahrt hoch. Mr. Raffello ging um die Ladefläche des Wagens herum und hob die Plastikplane an, um mit beiden Armen meine bernsteinfarbene Truhe herauszuheben.

Zum ersten Mal seit langer Zeit weinte ich.

Hingabe

Durch die offene Verandatür betrachtete Owen den Garten. Der Tag war heiß für Juni, eine grelle Sonne schien vom wolkenlosen Himmel, sodass die letzten Schwertlilien welkten und der Rhododendron die Köpfe hängen ließ. Eine Brise strich durch den Goldregen und wehte ein Blatt der Sonntagszeitung ins Rosenbeet. Mrs. Giles' Collie bellte auf der anderen Seite der Hecke. Owen wischte sich mit einem Taschentuch den Schweiß aus dem Nacken.

Seine Schwester Hillary stand an der Arbeitsplatte und putzte Erdbeeren. Sie war fast fertig mit den Vorbereitungen fürs Abendessen, obwohl Ben erst in ein paar Stunden kommen würde. Sie trug ein beigefarbenes Leinenkleid, das er noch nie zuvor an ihr gesehen hatte. Ihr grauschwarzes Haar, das sie normalerweise zu einem Knoten schlang, fiel ihr lose bis auf die Schultern. Für eine Frau Mitte fünfzig hatte sie eine schlanke, anmutige Figur.

»Du hast dich aber fein gemacht«, sagte er.

»Der Wein«, antwortete sie. »Mach doch eine Flasche Rotwein auf. Und das Tablett aus dem Esszimmer brauchen wir.«

»Wir nehmen das Silber, oder?«

»Ich denke ja.«

»Wir haben es nicht mal zu Weihnachten benutzt.«

Er sah, wie Hillary im Kühlschrank nach etwas suchte.

»Es müsste rechts unter dem Tranchierbesteck liegen«, sagte sie.

Owen stand auf und ging ins Esszimmer. Er nahm die vertrauten Saucieren und Servierplatten aus dem Buffet, bis er das angelaufene Silbertablett fand. Das Geschirr und das Silber hatten sie nach dem Tod ihres Vaters übernommen, ebenso die Beistelltische, Sessel und die Bilder an den Wänden.

»Bis das wieder glänzt, braucht man eine Stunde«, rief er in die Küche.

»Das Silberputzmittel müsste im Schrank sein.«

»Wir haben noch *fünf* andere tadellose Tabletts.«

»Es steht hinter dem Wein, auf der linken Seite.«

Er biss die Zähne zusammen. Sie konnte verdammt herrisch sein.

»Was für ein Aufwand«, murmelte er, als er sich wieder an den Küchentisch gesetzt hatte. Er tauchte ein Tuch in das Mittel und fuhr damit über die glatte Oberfläche. Sie hatten nicht häufig Gäste zum Abendessen. Tante Philippa aus Shropshire, die Schwester ihrer Mutter, kam gewöhnlich zu Weihnachten und blieb drei oder vier Tage. Hin und wieder lud Hillary sonntags zum Mittagessen Miriam Franks ein, eine ihrer Kolleginnen aus der Gesamtschule. Anschließend saßen sie mit dem Kaffee im Wohnzimmer und unterhielten sich über die Schüler. Gelegentlich gingen sie aus, wenn ein neues Restaurant auf der High Street eröffnete, Feinschmecker waren sie jedoch nie gewesen. Die meisten Teilhaber in Owens Kanzlei hatten nach eigener Angabe ab einem gewissen Alter ihre Vorliebe für Wein entdeckt und verbrachten ihre Ferien jetzt in Italien. Hillary und er mieteten in den letzten beiden Augustwochen ein Cottage im Lake District. Das hielten sie schon seit Jahren so und waren vollkommen zufrieden damit. Ein hübsches kleines Steinhaus, in dem sich das ganze Licht des Nachmittags bündelte, mit Blick auf den Windermere-See.

Er rieb das Tuch kräftiger über die angelaufenen Ecken. Vor Jahren war er zum Abendessen häufig nach Knightsbridge und Mayfair gefahren. Richard Stallybrass, ein Kunsthändler, hatte damals in seinem Apartment am Belgrave Place private Herrenpartys gegeben, wie er es nannte. Alles sehr zivilisiert. Anwälte, Journalisten, hin und wieder ein Herzog oder Parlamentarier, die von der stillschweigenden, in den Siebzigerjahren sicheren Gewissheit ausgingen, dass nichts davon an die Öffentlichkeit gelangte. Die Hälfte von ihnen hatte Frau und Kinder. Saul Thompson, ein alter Schulfreund, hatte Owen in diese kleine Welt eingeführt, und mehrere Jahre war dieser sehr davon eingenommen gewesen. Er hatte sich sogar Wohnungen im Zentrum von London angesehen, nachdem Saul ihn ermunterte, den Vorort zu verlassen und die Vorzüge der Großstadt zu genießen.

Aber da waren immer Hillary und das Haus gewesen. Owen und sie hatten ihre Mutter verloren, als sie noch klein waren, und das hatte sie enger miteinander verbunden, als es Geschwister normalerweise sind. Er konnte sich nicht vorstellen, sie hier in Wimbledon zurückzulassen. Der Gedanke an die Einsamkeit seiner Schwester verfolgte ihn. Von Jahr zu Jahr hatte er seine Umzugspläne hinausgezögert.

Dann starb Saul als eins der ersten Opfer der Seuche. Ein Jahr später hatte es auch Richard Stallybrass erwischt. Owens Verbindung zur Schwulenszene war immer nur lose gewesen; AIDS kappte sie ganz. Er arbeitete weiter für die Kanzlei; es war eine Arbeit, die ihm Spaß machte. Und entgegen allen Vermutungen war es ihm nicht schlecht gegangen. Nicht alle Schicksale waren gleich. Nicht jeder fand einen Partner fürs Leben.

»Der Wein, Owen? Willst du ihn nicht aufmachen?«

Doch dann hatte er Ben kennen gelernt, und alles hatte sich verändert.

»Wie bitte?«, fragte er.

»Der Wein. Er steht auf dem Buffet.«

Hillary hielt ein Glas gegen das Licht und prüfte, ob es auch keine Flecken hatte.

»Wir überschlagen uns ja geradezu«, sagte er. Als sie nicht antwortete, fuhr er fort: »Ob du es glaubst oder nicht, aber ich habe eine Bemerkung über dein Kleid gemacht, und du hast sie nicht mal gehört. Ich habe es noch nie gesehen. Warst du einkaufen?«

»Das war keine Bemerkung über mein Kleid, Owen. Du hast gesagt, ich hätte mich aber fein gemacht.«

Sie sah aus dem Fenster über der Spüle. Beide beobachteten, wie ein neues Blatt aus der *Sunday Times* sacht in die Blumenbeete flatterte.

»Ich dachte, wir könnten den Salat draußen essen«, sagte sie. »Vielleicht würde Ben gern den Garten sehen.«

Owen stand in Socken vor der offenen Schranktür und schob die Reihe grauer Nadelstreifenanzüge beiseite, auf der Suche nach einem grünen Sommerblazer. Er hatte ihn, wie er sich erinnerte, letztes Jahr auf einer Gartenparty getragen, die die Kanzlei draußen in Surrey gegeben hatte. Er bürstete den Staub von den Schultern und zog den Blazer über das weiße Hemd.

In der Ablage über den Anzügen lag ein Strohhut – wozu er den getragen hatte, konnte er sich nicht erinnern – und dahinter, halb versteckt, die Schuhschachtel. Er hielt einen

Augenblick inne und starrte auf die Ecke. Ben würde in ein paar Stunden hier sein. Es war sein erster Besuch, seit er vor fünfzehn Jahren in die Staaten zurückgekehrt war. Warum gerade jetzt, hatte Owen sich das ganze Wochenende gefragt.

»Ich muss zu einer Konferenz«, hatte Ben gesagt, als er Owen am Donnerstag angerufen hatte. Dabei hätte er genauso gut nach London kommen und wieder abreisen können, ohne sich bei ihnen zu melden.

Wie an jedem der letzten drei Abende griff Owen hinter den Strohhut und nahm die Schuhschachtel heraus. Vierzehn Jahre lang hatte sie dort unangetastet gestanden. Jetzt waren wieder seine Fingerabdrücke auf dem verstaubten Deckel zu sehen. Er lauschte auf ein Geräusch von Hillary unten, dann ging er durchs Zimmer und schloss die Tür. Er setzte sich auf die Kante des Sessels, nahm den Deckel von der Schachtel und entfaltete den letzten der vier Briefe.

Boston, 4. November 1985

Liebe Hillary,
es ist ein komisches Gefühl zu schreiben, nachdem ich auf meine anderen Briefe keine Antwort erhalten habe. Aber ich nehme an, ich werde bald von dir hören. Im Moment bin ich immer noch verwirrt. Ich kann mir nichts anderes vorstellen, als dass du zu dem Schluss gekommen bist, ich sei aus freien Stücken weggegangen, nicht weil der *Globe* es so entschieden hatte, und hätte nicht die Absicht, zurückzukommen. Ich weiß nicht recht, was ich noch sagen soll, um dich zu überzeugen. Ich habe dem Chefredakteur erklärt, dass ich ihm sechs Monate gebe, um mich wieder nach London zu versetzen, ansonsten werde ich kündigen. Ich habe auch mit

einigen Leuten hier gesprochen, um zu sehen, was es sonst noch an Möglichkeiten gibt. Es wäre erheblich leichter, wenn ich wüsste, dass dies alles einen Sinn hat. Ich weiß, dass alles ziemlich spät begann und dass wir nicht viel Zeit hatten, bevor ich abreisen musste. Owen hat dich zu lange versteckt. Aber für mich waren diese paar Monate eine wunderbare Zeit. Ich komme mir vor wie ein romantischer Hampelmann, wenn ich sage, dass ich in der Erinnerung daran lebe, aber es ist nicht ganz unwahr. Ich kann mich hier nicht mehr eingewöhnen. Ich fühle mich wie angekettet, alles ist so deprimierend vertraut. Ich bin versucht, alle Erinnerungen an unsere Wochenenden, unsere gemeinsamen Abende aufzuschreiben, damit ich mich ein bisschen länger daran erfreuen kann, aber das wäre Gefühlsduselei, die du nicht magst – und genau deswegen liebe ich dich natürlich. Wenn das für dich alles vorbei ist, lass es mich um Himmels willen wissen.

Dein Ben

Owen steckte das Blatt zurück in den Umschlag und legte ihn wieder in die Schachtel auf seinem Schoß. Staub tanzte im Licht vor dem Fenster. Ein rechteckiger Sonnenbalken kroch über den roten Wollteppich.

Fast sein ganzes Leben lang hatte er Sonntage gehasst. Ihre bohrende Stille, die schwachen Erinnerungen an die Religion. Ein Tag, an dem die Einsamkeit sich stärker bemerkbar macht als sonst. Aber in den letzten Jahren war dieser stille kleine Schrecken allmählich verblasst. Hillary und er hatten es sich zum Prinzip gemacht, erst ausgiebig zu frühstücken und dann einen Spaziergang durch den Park zu machen. Im Winter lasen sie anschließend die Sonntagszeitung vor dem Kamin im Wohnzimmer und fuhren abends häufig in die Stadt, um sich einen Film anzuschauen. Im Frühjahr und im Sommer saßen sie stundenlang im Garten. Sie waren nicht unzufrieden.

Aus der Schachtel auf dem Nachttisch nahm er eine Zigarette und drehte sie träge zwischen Daumen und Zeigefinger. Würde ihnen dieses Leben weggenommen? Kam Ben, weil er auf der Suche nach einer Antwort war?

Er rauchte die Zigarette bis zum Filter, stellte dann die Schuhschachtel wieder zurück und schloss die Schranktür. Ben war inzwischen verheiratet und hatte zwei Kinder. Das hatte er ihm am Telefon erzählt; sie hatten nur ein paar Minuten miteinander gesprochen. Ob er sich immer noch fragte, warum er nie eine Antwort bekommen hatte?

Durch das Fenster konnte Owen sehen, wie seine Schwester die Teetassen vom Gartentisch räumte. Es hatte im Lauf der Jahre andere Männer gegeben, mit denen sie zum Essen ausgegangen war. Ein gewisser Mr. Kreske, der geschiedene Vater eines ihrer Schüler aus der sechsten Klasse, der von Putney herübergekommen war, oder Mr. Hamilton, der Mathematiklehrer, der sie mehrmals in die Stadt ins Theater ausgeführt hatte, bevor er nach Schottland zurückgekehrt war. Owen hatte versucht, sich aufmunternd zu diesen Abenden zu äußern, doch der Ton ihrer Stimme hatte jedes Mal klar gemacht, dass sie nichts anderes waren als – Abende.

In der Küche stand Hillary an der Spüle und arrangierte Rosen in einer Vase.

»Ich habe gesehen, dass du das Gästezimmer hergerichtet hast«, sagte er.

Sie sah ihn direkt an, ohne zu hören, was er gesagt hatte. Er wusste, dass sie versuchte, sich an etwas zu erinnern. Das war eine ihrer Angewohnheiten: Sie ließen ihre Blicke aufeinander ruhen, wenn sie abgelenkt waren, so wie man auf einen Ring am Finger starrt.

»Das Gästebett. Du hast es frisch bezogen.«

»O ja. Hab ich«, sagte sie und war jetzt wieder ganz da. »Ich dachte, falls es spät wird und er keine Lust mehr hat, den Zug zu nehmen …«

»Natürlich.«

Er setzte sich wieder an den Tisch und griff nach dem Tablett. Er sah sein Spiegelbild darin, sein ergrautes Haar. Wie Ben jetzt wohl aussehen mochte?

»Schnittlauch«, sagte sie, »ich habe den Schnittlauch vergessen.«

Sie hatten sich durch die Kanzlei kennen gelernt, ausgerechnet. Der Globe hatte Ben mit einem Artikel über die Unterschiede zwischen britischen und amerikanischen Rechtsanwälten beauftragt. Sie hatten zusammen zu Mittag gegessen und waren irgendwie vom Thema abgekommen. »Sie stellen alle möglichen Fragen«, hatte Owen schließlich gesagt, daran konnte er sich noch erinnern. Und es stimmte. Ben hatte nicht gezögert, Owen nach seinem Privatleben zu fragen, wo er lebte, wie er seine Zeit verbrachte. Alles völlig unverstellt, als gehörten solche Fragen zu seiner Recherche.

»Ich hoffe nur, dass er nicht auf irgendetwas allergisch geworden ist«, sagte Hillary und legte den Schnittlauch auf das Holzbrett.

Obwohl Ben damals schon fast ein Jahr in London lebte, hatte er nicht viel von der Stadt gesehen. Owen hatte sich als Führer erboten. An den Wochenenden fuhren sie nach Hampstead oder Camden Town oder raus ins East End, wo sie lange Spaziergänge machten und unterwegs irgendwo zu

Mittag aßen. Sie unterhielten sich über alles Mögliche. Wie sich herausstellte, hatte auch Ben als Kind ein Elternteil verloren. Als Owen das hörte, wusste er, warum er sich von Ben so angezogen fühlte: Er schien eine bestimmte Tonart von Traurigkeit intuitiv zu verstehen. Im Gegensatz zu Hillary hatte Owen noch nie mit jemandem über den Tod seiner Mutter gesprochen.

»Ich habe mir viele Parallelen vorgestellt«, hörte er Ben in seiner Erinnerung sagen. »Zum Beispiel, dass ich mich verbrannt habe und nichts fühlen kann, bis die Flamme wieder genauso heiß ist. Oder dass das Leben der Menschen vorbei ist und ich durch ein verlassenes Haus wandere. Nichts davon funktioniert richtig. Aber irgendwie muss man ja über das Problem nachdenken.«

Das war nicht die Art von Konversation, die Owen mit seinen Kollegen im Büro führte.

Er griff nach dem Tuch und rieb es erneut über die spiegelnde Oberfläche des Tabletts. Owen und seine Schwester waren sich so ähnlich. Jeder sagte das. Angefangen beim knappen Ton über die Gestik bis hin zu den Verästelungen der Gedanken, der Art, wie sie nachdachten, bevor sie sprachen, und nur das sagten, was nötig war. Dass auch sie sich von Ben angezogen gefühlt hatte, lag auf der Hand.

Hillary trat zu ihm und legte ihm die Hände auf die Schultern. Er spürte die Wärme ihrer Handflächen durch den Baumwoll-Blazer. Das war ungewöhnlich; sie berührten sich nur selten.

»Es wird komisch sein, nicht?«, sagte sie. »Ihn nach all der Zeit nur so kurz zu sehen.«

»Ja.«

Vor fünfundzwanzig Jahren waren Hillary und er zusammen in dieses Haus gezogen. Zuerst sollte es nur vorübergehend sein. Hillary steckte mitten in der Lehrerausbildung, und er hatte gerade in der Kanzlei angefangen und musste sich noch nach der richtigen Wohnung umsehen. Es schien wie der Anfang von etwas Neuem.

»Vermutlich konnte seine Frau wegen der Kinder nicht mitkommen.« Ihre Daumen ruhten auf seinem Kragen.

Sie war der einzige Mensch, der von seiner Neigung zu Männern wusste, jetzt, da Saul und die anderen nicht mehr da waren. Sie hatte ihn nie verurteilt, nicht mal die Stirn gerunzelt.

»Interessant, dass er sich nach so langer Zeit wieder gemeldet hat«, meinte Owen.

Sie nahm die Hände von seinen Schultern. »Es kommt dir auch komisch vor, nicht?«

»Ein bisschen.«

»Ich finde es sehr rücksichtsvoll von ihm«, sagte sie.

»Stimmt.«

In diesem Moment klingelte es an der Haustür.

»Ach du liebe Güte«, sagte Hillary. »Er ist schrecklich früh dran.«

Er horchte auf ihre Schritte, als sie die Küche verließ, und hörte, wie sie vor dem Spiegel in der Eingangshalle stehen blieb.

»Ich war selbst schon einmal mit einem Mann zusammen«, hatte Ben an jenem Abend gesagt, als er ihm seine Gefühle gestand. Seine Worte waren wie ein Gebet, das erhört worden war. War es denn ein Verbrechen, dass er sich verliebt hatte?

Noch ein paar Schritte, dann das Schnappen des Riegels.

»Oh«, hörte er seine Schwester sagen. »Mrs. Giles. Hallo.«

Owen schloss die Augen, vorübergehend erleichtert. Ihr Sohn lebte in Australien; im Jahr zuvor hatte sie ihren Mann verloren. Danach hatte sie angefangen, an den Wochenenden vorbeizukommen, zuerst unter dem Vorwand, sich irgendetwas auszuborgen, und später, um ein Schwätzchen zu halten.

»Die Hitze macht Ihnen hoffentlich nicht allzu sehr zu schaffen, oder?«, fragte sie.

»Nein, nein, wir kommen zurecht«, antwortete Hillary.

Owen begrüßte sie in der Eingangshalle. Er konnte seiner Schwester am Gesicht ablesen, dass sie versuchte, all ihren Mut zusammenzunehmen, um ihr zu sagen, dass sie Besuch erwarteten.

»Hallo, Owen«, sagte Mrs. Giles. »Heute stand etwas über Ihre Kanzlei in der Zeitung.«

»Tatsächlich?«

»Ja, es ging um einen Prozess. Immer gibt es irgendwelche Nachrichten vom Gericht. Besonders im Fernsehen. Old Rumpole.«

»Stimmt«, sagte er.

»Tja, also ... ich kam zufällig vorbei ... aber Sie sind wohl gerade beschäftigt, wie?«

»Nein, nein«, sagte Hillary und warf Owen einen Blick zu. »Später erwarten wir Besuch ... aber ich wollte gerade Wasser aufsetzen.«

»Das ist aber wirklich nicht nötig«, sagte Mrs. Giles.

»Es macht überhaupt keine Mühe.«

Sie saßen im Wohnzimmer; hin und wieder warf Hillary einen Blick auf die Uhr. Eine Produktion von *Les Misérables* hatte Perth erreicht, und Peter Giles spielte eine der Hauptrollen.

»Eine verrückte Geschichte, finden Sie nicht auch?«, fragte Mrs. Giles und nippte an ihrem Tee.

Die Luft im Zimmer war stickig. Owen spürte, wie der Schweiß den Rücken seines Hemdes durchnässte.

»Peter spielt mit einer australischen Schauspielerin. Ich kann es mir nicht richtig vorstellen, mit diesem Akzent, aber so ist es. Ich habe das Gefühl, dass er sie mag, obgleich er es in seinen Briefen nicht zugibt.«

Eine Fliege summte vor dem Porträt ihrer Eltern, das über dem Kaminsims hing. Owen saß reglos auf dem Sofa und starrte über Mrs. Giles' Schulter hinweg.

Seine Schwester war immer eine Frühaufsteherin gewesen. Zwischen halb sechs und sechs war sie auf den Beinen, machte Frühstück und bereitete den Unterricht vor. Um halb acht verließ sie rechtzeitig für die allmorgendliche Konferenz das Haus. Owen dagegen brauchte als Teilhaber nie vor halb zehn in der Kanzlei zu sein. Er las die *Financial Times* zum Kaffee und überflog die Post. Er hatte nichts explizit geplant, sich nicht lange den Kopf zerbrochen. Die Gelegenheit hatte sich von selbst ergeben. Die Briefe von Ben waren gekommen. Er hatte sie mit in sein Zimmer genommen. Das war alles.

»Noch Tee?«

»Nein, danke«, sagte Owen.

Die Stadtverwaltung hatte sich für ein System aus Einbahnstraßen im Ortszentrum entschieden, und Mrs. Giles glaubte, dass damit alles nur noch schlimmer würde. »Das haben sie in Winchester schon so gemacht. Meine Schwester sagt, es ist ein schreckliches Chaos.«

»Aha«, sagte Owen.

Sie hatten sich nur ein einziges Mal geküsst, am Ende einer Augustnacht, auf dem Sofa in Bens Apartment. Das Licht der Straßenlaternen war durch die hohen Fenster ins Zimmer gefallen. Als sie zuvor über die Battersea Bridge zurückgeschlendert waren, hatte Owen ihm erzählt, wie man Hillary und ihn auf die Suche nach ihrer Mutter geschickt hatte. Sie waren über ein Feld zu einem Wald gelaufen, wo sie manchmal morgens hinging; es hatte angefangen zu regnen, und sie waren nass bis auf die Knochen, als sie endlich Schutz unter dem Blätterdach einiger Eichen gefunden hatten. Als sie aufsahen, hatten sie die schlanke Gestalt ihrer Mutter entdeckt, eingehüllt in den beigefarbenen Mantel. Das Gesicht war starr, der Körper schaukelte im Wind. Und er hatte Ben erzählt, wie seine Schwester – zwölf Jahre alt – im gleichen Moment die Arme um ihn geschlungen, seine Augen vor dem entsetzlichen Anblick verborgen und ihm ins Ohr geflüstert hatte: »Wir werden es schaffen, wir werden es schaffen.« Eine Geschichte, die er noch nie jemandem erzählt hatte. Und als Ben und er sich auf dem Sofa zurückgelehnt hatten, um die zweite Flasche Wein zu leeren, hatten sie sich umarmt und dann auch geküsst und einander zärtlich durchs Haar gestrichen.

»Ich kann das nicht«, hatte Ben geflüstert, als Owen seinen Kopf an Bens Brust legte.

»Riecht köstlich, was Sie da brutzeln«, sagte Mrs. Giles. Hillary nickte.

Einen kurzen Moment lang, bevor Ben sprach und er in seinen Armen lag, hatte Owen an die trügerische Vorstellung geglaubt, die Liebe sei eine schöpferische Kraft, die das eigene Leben formen kann wie einen Klumpen Ton.

»Ich muss nach dem Essen sehen. Zeig doch Mrs. Giles inzwischen den Garten, Owen. Den Rittersporn hat sie bestimmt noch nicht gesehen.«

»Natürlich«, sagte er und betrachtete das angespannte Lächeln seiner Schwester.

»Ich fürchte, ich habe meinen Garten vernachlässigt«, sagte Mrs. Giles, als sie das Ende des Rasens erreichten. »John hatte ein Händchen dafür. Dagegen bin ich eine richtige Stümperin.«

Die Haut auf ihrer Hand war voller Altersflecken und sah weich aus. Der goldene Ehering, den sie immer noch trug, hing lose um ihren Finger.

»Vielleicht fahren Ben und ich übers Wochenende weg«, hatte Hillary eines Abends im Wohnzimmer gesagt, während sie die Abendnachrichten sahen. Die beiden hatten sich erst wenige Wochen zuvor kennen gelernt. Eher durch Zufall – Hillary hatte in der Stadt zu tun gehabt und war in die Kanzlei gekommen, um Owen etwas zu bringen. Sie hatte erst in letzter Sekunde beschlossen, sie zum Lunch zu begleiten. Als dann mitten während des Essens die Kanzlei im Restaurant anrief, weil man ihn brauchte, hatte Owen die beiden allein gelassen.

Sie hatten ein Wochenende in dem Cottage am Windermere-See verbracht.

Owen hatte sich immer für einen rationalen Menschen mit Weitblick gehalten. Als Schüler hatte er *Othello* gelesen. *O bewahrt Euch, Herr, vor Eifersucht, dem grüngeäugten Scheusal, das verhöhnt die Speise, die es nährt!*

Aber die Literatur hatte sich als jämmerliche Hilfe erwiesen, wenn es um die eigenen Gefühle ging, statt um die der anderen.

»Komisch, er fehlt mir auf die sonderbarsten Arten«, sagte Mrs. Giles. »Wir haben das Chutney über dem Herd aufbewahrt, und da wir es nur abends brauchten, war er immer da, um es herunterzuholen. Es ist wirklich lächerlich, eine Trittleiter für das Chutney zu benötigen, wenn man es recht bedenkt. Es könnte genauso gut auf der Arbeitsplatte stehen.«

»Ja«, antwortete Owen.

Zusammen starrten sie in die blauen Blumen.

»Ich schätze, ich werde ihm bald folgen«, sagte sie.

»Aber nein, Sie sind in bester Verfassung, man sieht es Ihnen an.«

»Sie macht mir keine Angst – diese Vorstellung. Früher ja, aber jetzt nicht mehr. Ich hatte sehr viel Glück im Leben. Er war ein guter Mann.«

Owen hörte, wie im Haus das Telefon klingelte.

»Kannst du rangehen?«, rief Hillary aus der Küche.

»Entschuldigen Sie, ich –«

»Aber nein, gehen Sie nur«, sagte Mrs. Giles.

Er ließ sie dort stehen und lief durchs Esszimmer in die Eingangshalle zum Telefon.

»Owen, ich bin es, Ben Hansen.«

»Ben.«

»Hör mal, es tut mir entsetzlich Leid, aber ich schaffe es nicht, heute Abend zu euch rauszukommen.«

»Oh.«

»Ja, die Sitzungen dauern länger, als ich dachte, und ich muss eine Rede halten, alles zieht sich in die Länge. Grässliches Timing, fürchte ich.«

Owen hörte, wie seine Schwester die Ofentür schloss, dann rauschte Wasser ins Spülbecken.

»Das tut mir Leid. Es ist wirklich sehr schade. Hillary hat sich so auf dich gefreut. Wir beide haben uns gefreut.«

»Ich auch, ich kann dir gar nicht sagen, wie«, sagte Ben. »Geht es dir gut?«

Owen lachte. »Mir? Ja. Sehr gut. Hier hat sich nicht viel getan … Es scheint schrecklich lange her, dass du hier warst.«

Einen Augenblick sagte keiner von beiden etwas.

Während er dort im Flur stand, überwältigte Owen plötzlich die Sehnsucht. Er stellte sich Ben vor, so wie er oft an ihn dachte, groß und hager, einen halben Schritt vor ihm auf der Battersea Bridge, die Hände in den Taschen vergraben. Und dann dachte er an die Männer, die er manchmal Händchen haltend in Soho oder am Picadilly beobachtete. Im Juni, vielleicht sogar an diesem Sonntag, gingen Tausende auf die Straße. Er hätte Ben gern erzählt, was es für ein Gefühl war, diese Männer so auf der Straße vorbeigehen zu sehen, und wie er sich in gewissem Sinne immer davor gefürchtet hatte.

»Bist du noch in der gleichen Kanzlei?«

»Ja«, antwortete Owen, »immer noch die gleiche.« Und er wollte erzählen, wie viel Angst er gehabt hatte, als er den ausgezehrten Körper seines Freundes Saul sterben sah, wie das Gespenst der Krankheit ihn eingeschüchtert hatte. Und wie er, Ben, ihm als Zuflucht erschienen war.

»Und du, wie ist es dir ergangen?«

Er lauschte, als Ben sein Leben schilderte – mittlerweile war er Kolumnist für die Zeitung, die Kinder fingen gerade mit der Schule an –, und bemerkte den unbeschwerten, leicht erschöpften Ton in seiner Stimme, die Müdigkeit eines Vaters. Und er fragte sich, wie Ben wohl sie in Erinnerung hatte. Waren Hillary und Owen Simpson einfach zwei Menschen, die er vor einer Ewigkeit während eines einjährigen Auslandsaufenthaltes kennen gelernt hatte? War er hergekommen, weil er Antworten suchte, oder hatte er nur einen freien Abend und wollte sehen, was aus ihnen geworden war?

Was spielte das jetzt für eine Rolle? Heute Abend würde keine Offenbarung kommen. Er war wieder in Sicherheit.

»Könnte es sein, dass es dich wieder mal hierher verschlägt?«, fragte er. Das Gefühl, das Gespräch könnte im nächsten Moment enden, versetzte ihn in Panik.

»Ganz bestimmt. Darüber wollte ich auch mit euch sprechen. Judy und ich dachten daran, mit den Kindern zu kommen, vielleicht nächsten Sommer, und dann fiel mir ein, dass ihr da oben im Norden etwas gemietet hattet. Gibt es dort jemanden, den man deswegen anrufen könnte?«

»Du meinst wegen der Cottages? ... Ja, natürlich.«

»Tja, das wäre großartig. Ich versuche, euch anzurufen, wenn wir so weit sind, dass wir feste Pläne machen können.«

»Und Judy? Geht es ihr gut?«

»Ja, sicher, ich habe ihr viel von euch erzählt, und sie möchte euch unbedingt kennen lernen.«

»Das wäre fantastisch«, sagte Owen, und die Sehnsucht war wieder da.

»Ben?«

»Ja?«

»Wer ist dran?«, fragte Hillary, als sie durch den Flur kam und sich die Hände an einem Geschirrtuch abtrocknete. Ein rotes Amulett, das ihre Mutter immer getragen hatte, hing um ihren Hals, über ihrem hellen Leinenkleid.

»Ben«, formte er mit dem Mund.

Ihr Gesicht erstarrte ein wenig.

»Hier kommt Hillary«, erklärte er Ben. »Sag ihr doch hallo.« Er hielt ihr den Hörer hin.

»Er kann nicht kommen.«

»Ach ja?«, sagte sie und sah durch ihn hindurch. Sie nahm den Hörer. Owen ging zurück ins Esszimmer und blieb vor dem Buffet stehen.

»Aber nein, sei nicht albern«, hörte er seine Schwester sagen. »Das macht überhaupt nichts.«

»Ein herrlicher Abend, nicht wahr?«, sagte Mrs. Giles, als er wieder auf die Terrasse kam. Die Luft war jetzt mild, und die

Sonne verschwand allmählich in den Bäumen. Am Horizont hatten sich Wolken gebildet, wie ferne Berge.

»Ja«, sagte er, und dachte an den abendlichen Blick vom Garten ihres Cottages auf den See und wie sie das Fortschreiten der Jahreszeit an dem Einschnitt der Berge maßen, in dem die Sonne unterging.

Mrs. Giles erhob sich von der Bank. »Ich muss jetzt los.«

Er brachte sie um das Haus herum zum Tor. Obwohl der Himmel noch hell war, flackerten bereits die Straßenlaternen auf. Etwas weiter die Straße hinauf sprengte eine Nachbarin den Rasen.

»Vielen Dank für den Tee.«

»Keine Ursache«, antwortete er.

»Hoffentlich waren es keine schlechten Nachrichten.«

»Nein, nein«, sagte er, »nur ein Freund.«

»Dann ist es ja gut.« Sie zögerte an dem niedrigen Steinmäuerchen, das ihre beiden Vorgärten voneinander trennte. »Da ist noch etwas, das ich Ihnen sagen wollte, Owen. Im Wohnzimmer, in der obersten Schublade des Schreibtischs in der Ecke, habe ich einen Brief deponiert. Sie verstehen. Ich wollte sichergehen, dass jemand weiß, wo er ist. Kein Anlass zur Sorge, nein, nein, und nichts Dramatisches … nur für den Fall … Sie verstehen?«

Er nickte, und als sie ihm ein Lächeln zuwarf, hatte sie Tränen in den Augen. Owen sah der kleinen Gestalt nach, als sie sich umdrehte und durch ihr eigenes Gartentor die Treppe hinauf ins Haus ging. Er blieb noch eine Weile auf dem Bürgersteig stehen und sah auf den Park: die große Rasenfläche, die weißen Pfosten des Fußballtors vor den Bäumen. Der lange Schatten, der von den Häusern auf ihrer Straßenseite gebildet wurde, fiel über das Spielfeld. Er beobachtete, wie er sich langsam auf die Kastanien zubewegte, wie die Dunkelheit langsam die Stämme hochkletterte und das Laub der unteren Zweige in Schatten tauchte.

Im Haus fand er Hillary mit den Händen im Schoß in der Küche. Sie saß reglos da und blickte in den Garten. Owen lehnte sich an die Arbeitsplatte, und ein paar Minuten vergingen, ohne dass einer etwas sagte. Dann stand seine Schwester auf, ging an ihm vorbei, als sei er gar nicht da, und öffnete die Ofentür.

»Gut«, sagte sie. »Es ist fertig.«

Sie aßen im schwindenden Licht im Esszimmer, mit dem Silber und den Kristallgläsern. Rosafarbene und weiße Rosen standen in einer Vase auf dem Tisch. Da er fertig gedeckt war, servierte Hillary ihr Marsalahühnchen auf dem Service ihrer Mutter. Die Kerzen in den silbernen Leuchtern zündeten sie nicht an.

»Er kommt wieder«, sagte Owen. Hillary nickte. Sie beendeten ihr Essen schweigend. Danach hatte keiner mehr Lust auf die Erdbeeren, die auf dem glänzenden Silbertablett standen.

»Lass mich das machen«, sagte er, als sie das schmutzige Geschirr auf der Arbeitsplatte abgestellt hatten. Er spritzte ein paar Tropfen grünes Spülmittel in die Auflaufform und schaute zu, wie das Wasser hineinlief. »Ich könnte dir einen Brandy eingießen, wenn du magst«, sagte er über die Schulter. Doch als er sich umdrehte, sah er, dass seine Schwester die Küche verlassen hatte. Er ließ Wasser über die Teller und Schüsseln laufen und stapelte sie dann ordentlich in die Fächer der Spülmaschine. Unter heißem Wasser wusch er die Weingläser ab und stellte sie in den Abtropfständer. Als er fertig war, drehte er den Hahn zu, und dann war es still in der Küche.

Er schenkte sich einen Scotch ein und setzte sich an den

Tisch. Die Tür zum Garten stand offen, und in den Schatten konnte er die Azalee und die Blütenstauden des Rhododendrons erkennen. Etwas weiter die Straße hinauf, wo sie als Kinder gewohnt hatten, gab es eine alte Burg mit weitläufigen Gärten und einem Wassergraben. Eine alte Frau, die sie Mrs. Montague genannt hatten, lebte dort. Sie hatte nichts dagegen gehabt, wenn sie in den sanft gewellten Wiesen und im Labyrinth der kunstvoll beschnittenen Hecken herumtobten. Dort hatten sie im Sommer Stunden verbracht, auf den Dämmen neben dem Wassergraben Fangen gespielt oder mit einem Stock und einer Schnur geangelt. Er hatte beim Verstecken immer gewonnen, weil er die Augen nie ganz zumachte und sehen konnte, in welche Richtung sie rannte. Er erinnerte sich noch an sein merkwürdiges Gefühl von Wut und Frustration, wenn er sie in ihrem Versteck entdeckte und ihr auf den Kopf schlug. Diesen Garten stellte er sich jetzt vor, wo die Blüten der Blumen die kühle Nachtluft in sich aufnahmen und sich die Zweige der Bäume im Dunkeln verjüngten.

Dann hörte er aus dem Wohnzimmer ein leises Geräusch – ein trockenes Schluchzen – und begriff, dass seine Schwester weinte.

Er hatte ihr Leben ruiniert. In diesem Augenblick wusste er es auf eine Art, wie er es nie hatte wissen wollen – mit absoluter Sicherheit. Jahrelang hatte er sich vorgemacht, dass sie Ben vergessen hatte oder zumindest nicht mehr an ihn dachte. Er stand auf und ging durch die Küche, blieb jedoch in der Tür zum Flur stehen. Welchen Trost konnte er ihr jetzt schon spenden?

Während er dastand und ihrem Schluchzen lauschte, erinnerte er sich an das letzte Mal, dass er sie hatte weinen hören. Es war so lange her, dass es wie eine Erinnerung an ein früheres Leben schien: Ein Sommermorgen, als sie von der Universität nach Hause gekommen war und sie bei strahlendem Sonnenschein zusammen über die Felder zu den Eichen wanderten, deren Äste schwer von Eicheln waren. Da hatte sie zum ersten Mal in all den Jahren, seit ihre Mutter sich das Leben genommen hatte, geweint. Und Owen war da, um sie zu trösten – diesmal war er an der Reihe gewesen, nach allem, was sie getan hatte, um ihn zu beschützen.

Beim Geräusch seiner Schritte im Flur verstummte Hillary. Vor der Tür zum Wohnzimmer blieb er erneut stehen. Als er am Frühstückstisch saß und diese Briefe aus Amerika las, hatte es nicht nur die Eifersucht auf Bens Zuneigung gegeben. Ersetzt zu werden. Das war seine Angst gewesen – eine Angst, die er nicht besiegen konnte.

Er hielt sich am Treppengeländer fest und stieg langsam auf den abgetretenen Stellen des Teppichs die Stufen hinauf. In diesem Schweigen könnten sie den Rest ihres Lebens verbringen, dachte er.

In seinem Zimmer trat er ans Fenster und sah erneut auf den Park.

Als Kinder waren sie sonntags ins Dorf gegangen, um den Geistlichen predigen zu hören. Er sprach über Nächstenliebe und Opfer. Es war eine normannische Kirche, in deren steinernem Fußboden sich kleine Vertiefungen gebildet hatten, nachdem die Gläubigen jahrhundertelang darüber gegangen waren. Er konnte heute noch die Gemeinde singen hören: *Bring me my bow of burning gold, bring me my arrows of desire!* Ihre Mutter hatte mitgesungen. Klagende Stimmen, die sich in die Höhe schwangen. Und waren diese Füße in alten Zeiten auch über Englands grüne Hügel gegangen? Owen konnte sich erinnern, wie er an irgendetwas davon hatte glauben wollen, wenn nicht an die Worte der Bibel, dann vielleicht an die Trauer, die er in der Musik erkannte, an die Sehnsucht im Gesang der Menschen. Seit der Beerdigung seiner Mutter war er nicht mehr in der Kirche gewesen. Mit den Jahren war der Blick aus dem Zug oder die Aussicht auf diesen Park am Abend zu seiner Religion geworden und hatte den Wunsch, sich Größeres vorzustellen, verdrängt.

Als jetzt sein Blick darüber streifte, war er erstaunt über die Neutralität des Grases, der Bäume und der jenseitigen Häuser, die in ihrer Unbewegtheit weder verurteilten noch vergaben. Er blickte noch einen Augenblick über das Spielfeld. Dann trat er ruhig zum Schrank und nahm die Schuhschachtel heraus.

Hillary saß im Wohnzimmer und hörte die Schritte ihres Bruders über sich und dann, wie seine Tür ins Schloss fiel. Ihre Tränen waren getrocknet; sie war von einer steinernen Ruhe erfüllt, als sie auf den Ohrensessel gegenüber starrte, ein altes Stück aus dem Mobiliar ihrer Eltern. Die Armlehnen waren abgewetzt, und an der Vorderkante hatte sich der Bezug gelöst. Zuerst hatten sie so vieles wegwerfen wollen, die abgetretenen Teppiche, die schweren Filzvorhänge, doch diese Sachen ihrer Eltern waren mit dem Haus verwachsen, und später schien es nicht mehr wichtig zu sein.

Wenn sie vor der Supermarktkasse in der Schlange stand, fiel ihr Blick manchmal auf eins dieser Magazine für Wohnkultur, einen sonnigen Raum mit warmem, hellem Holz, bunten, kräftigen Farben, ein weißes Laken auf einem weißen Bett. Die Sehnsucht danach dauerte meistens nur einen kurzen Augenblick. Sie wusste, dass sie in einem solchen Raum eine Fremde sein würde.

Sie trank ihren Wein aus und stellte das Glas auf den

Couchtisch. Mittlerweile war es ganz dunkel geworden, und sie sah, wie sich die Lampe, das Kaminsims und das Bücherregal in der Fensterscheibe spiegelten.

»Komisch nicht? Es hat sich eben so ergeben.« Das war alles, was ihre Freundin Miriam Franks sagte, wenn das Gespräch darauf kam, warum keine von beiden geheiratet hatte. Hillary nickte dann und dachte an einen der Abende, die sie mit Ben im Cottage verbracht hatte, wo sie im Garten gesessen und über Owen gesprochen hatten. Damals hatte sie gedacht, dass sie nur mit jemandem zusammen sein könnte, der ihren Bruder so gut verstand, wie Ben es getan hatte.

Sie schaltete die Lampe im Wohnzimmer aus und ging in die Küche. Owen hatte die Arbeitsplatte abgewischt und alles wieder aufgeräumt. Einen Augenblick glaubte sie, erneut weinen zu müssen. Ihr Bruder hatte ein solch verkorkstes Leben gehabt, seine Freunde verloren, sich gefürchtet, was die Leute vielleicht wissen könnten. Sie hatte ihn in all den Jahren so heftig geliebt, dass seine Ängste und Beeinträchtigungen sich angefühlt hatten, als wären es ihre eigenen. Aber was hatte er schon von ihrer Liebe gehabt?, fragte sie sich und schloss die Terrassentür.

In Owens Zimmer brannte noch Licht, aber sie klopfte nicht oder sagte ihm Gute Nacht, wie sie es sonst immer tat. Am anderen Ende des Flurs schloss sie die Tür zu ihrem Zimmer. Der kleine Stapel Briefe lag auf ihrem Bett. Vor Jahren hatte sie sie gelesen, als sie um Weihnachten nach einer Schachtel gesucht hatte. Ben war damals schon verheiratet, wie sie erfahren hatte, als sie ihn anrief. Ihre Wut hatte ein paar Monate gedauert, aber sie hatte den Mund gehalten, weil sie an die Gelegenheiten dachte, die Owen gehabt hatte, sie zu verlassen, und dass er es nicht getan hatte.

Jetzt stand sie vor dem Bett, blickte hinab auf die blassblauen Umschläge und war froh, dass ihr Bruder sie endlich losgelassen hatte. Morgen würden sie in der Küche zu Abend essen. Er würde ihr anbieten auszuziehen, und sie würde ihm sagen, das sei das Letzte, was sie wollte.

Sie legte die Briefe zur Seite und zog sich aus. Als sie ins Bett stieg, streckte sie den Arm aus und schaltete die Lampe auf dem Nachttisch aus. In der plötzlichen Dunkelheit hatte sie einen Augenblick lang das Gefühl, wieder im Wald zu stehen und ihrem Bruder die Augen zuzuhalten, während sie in die mächtige Eiche emporstarrte.

Kriegsende

Er kennt diese Klippen bereits, aus Bildbänden. Er hat die weiten Strände und die verfallene Kathedrale gesehen. Ellen, seine Frau, hat sie ihm gezeigt. Auf der Taxifahrt vom Bahnhof sieht er den Golfplatz, und da ist St. Andrews: der Glockenturm, Reihen von zusammengedrängten Steinhäusern. Die Stadt liegt auf einem Vorsprung hoch über dem schwarzblauen Meer, in der Ferne eine niedrige Wolkenbank über dem Wasser, Wellen tauchen aus dem Dunst hervor. Er verfolgt sie bis an die Küste, beobachtet, wie sie anschwellen und wogen und gegen die Felsen klatschen.

Ellen streckt den Arm über den Rücksitz aus und nimmt seine Hand.

Sie sind hergekommen, damit sie die Universitätsbibliothek benutzen kann. Die Reise haben sie mit dem letzten Rest ihres Stipendiums und einer Kreditkarte bezahlt. Pauls jetziger Psychiater, den sie sich eigentlich nicht leisten können, hat gemeint, ein Tapetenwechsel könnte helfen, eine Unterbrechung seiner Routine aus leeren Tagen. Seit einem Jahr arbeitet er nicht mehr, er ist deprimierter und erschöpfter als je zuvor. In ihrem Apartment in einer Universitätsstadt von Pennsylvania hat er morgens neben seiner schlafenden Frau gelegen und gewusst, dass sie es leichter hätte, wenn er nicht da wäre. Aber er war zu müde, um Pläne zu machen.

Bis jetzt.

Als er auf die dunkle Fassade der Klippen starrt, erwacht sein Bewusstsein so weit, dass er sieht, wie es sein könnte, und einen Moment lang empfindet er hier im Taxi, als er die Hand seiner Frau hält, Erleichterung.

Nachdem sie sich im Hotel angemeldet und die Koffer ausgepackt haben, machen sie sich auf die Suche nach einem Restaurant. Die Hauptstraße hat ein Kopfsteinpflaster und ist von zweistöckigen, schmutzig braunen oder grauen Steinhäusern gesäumt. Ein leichter Nieselregen hat eingesetzt und verschleiert die Schaufensterscheiben der Geschäfte, die schon geschlossen haben. In den Pubs bekommt man zu dieser Zeit nichts mehr zu essen. Sie gehen weiter und kommen zu einem Restaurant am Marktplatz, einem pseudo-amerikanischen Lokal, das von Verkehrsampeln erleuchtet wird. An den Wänden hängen Straßenschilder nach San Diego und Gary, Indiana.

»Reizend«, sagt Ellen und stößt die Tür auf.

Paul bleibt zurück, wie gelähmt aus Angst vor dem, was ihn dort erwartet, die deprimierenden Imitationen, die er durch die Fensterscheiben sieht, aus Furcht vor dem Gefühl, dass es ein Fehler sein könnte, sich dem auszusetzen, weil er nicht weiß, wie er sich fühlen wird und es vielleicht besser wäre, weiterzugehen. Aber das will er auch nicht, da er bereits die Einsamkeit in dieser Stadt spürt: Die Studenten haben Osterferien, die Pubs sind so gut wie leer. Der schmutzige rechte Winkel, wo der Bürgersteig auf das steinerne Fundament eines dunklen Bankgebäudes trifft, der zerknüllte Reklamezettel, der da liegt, die ganze Szene, diese Objekte und ihre Feindseligkeit überwältigen ihn. Er versucht, die Erleichterung zurückzuholen, die er noch vor einer Stunde empfunden hat: dass all dies bald ein Ende haben wird, der anklagende, wütende Blick der unbeseelten Welt. Doch da, auf dem Pflaster, im Halogenlicht der Straßenlaterne, liegt ein Häufchen Sand, und es kommt ihm vor, als betrachtete er es durch den hellen Sucher einer Kamera, schärfer, als seine Augen es ertragen.

Er holt tief Luft, um sich zu beruhigen, wie der Arzt es ihm beigebracht hat, wenn die Welt der Gegenstände so klar wird, dass er das Gefühl hat, von ihrer Präsenz erdrückt zu werden.

»Bist du sicher?«, fragt er.

»Es ist schon spät, probieren wir es«, sagt Ellen. »Morgen suchen wir uns was Besseres.«

Er könnte sie zurückhalten, versuchen, es ihr zu erklären, doch als sie sich auf der Türschwelle umdreht, erkennt er an der schrägen Haltung des Kopfes ihre aufkommende Besorgnis. Sie wird nach Zeichen der Besserung forschen, nach einem Hinweis darauf, dass die Reise eine gute Idee war. Und er wird in den nächsten Tagen Zeit für sich brauchen. Wenn sie sich jetzt zu viele Sorgen macht, zögert sie vielleicht, allein in die Bibliothek zu gehen. Es ist das erste Mal seit Monaten, dass er zu einem praktischen Gedanken, dem Abwägen von Bedürfnissen imstande ist.

»Na schön«, sagt er, und folgt ihr durch die Tür.

Beim Anblick der Kaffeeflecken und Salzkristalle auf dem rot-weiß karierten Tischtuch weicht er zurück und drückt sich an die Rückenlehne des Stuhls. Er lässt den Blick durch den Raum schweifen und entdeckt eine alte Frau mit grobem Gesicht. Ihr Teint ist weißlich wie der Mond. Sie sitzt an einem Tisch in der Nähe der Küche und nippt an einer Tasse Tee. Einen Augenblick lang treffen sich ihre Blicke, und keiner von beiden schaut weg. Sie starren sich ganz offen an, ausdruckslos, merkwürdig intim, wie zwei Spione, die sich in einem Raum mit Fremden gegenseitig erkannt haben. Sie nickt, lächelt schwach und wendet sich dann ab.

Als die Kellnerin kommt, bestellt Ellen ihr Essen. Dann folgt Schweigen. Paul liest die Beschreibung des Hühnchen-Sandwichs ein zweites Mal. Aus den Lautsprechern dringen die weichen, schmachtenden Stimmen der Doobie Brothers.

Die Zeit scheint stillzustehen.

»Paul, weißt du, was du möchtest?«

Er bemerkt in Ellens Gesicht die leicht gehobenen Brauen, ein Zeichen von Besorgnis, das ihm so vertraut ist, seit sie ihn zum ersten Mal deprimiert erlebte, ein Jahr vor ihrer Hochzeit, als sich ohne erkennbaren Anlass sein Grundvertrauen in die Welt, die feste Überzeugung, dass ein Sinn im Arbeiten oder im Essen liegt, in Luft auflöste und sie geduldig und liebevoll Tag für Tag mit ihren Büchern, Gesprächen und Neuigkeiten zu ihm in die Wohnung kam. Immer wieder hat er sich gefragt, warum sie ihn geheiratet hat, obwohl sie ihn so gesehen hatte. Es war ein Fehler, das weiß er jetzt, als er ihre abgespannten Augen und geschürzten Lippen sieht, die Art, wie sich das ursprüngliche Mitgefühl gegen die Frustration zur Wehr setzt. Er ist die Kette und das Gewicht. Sosehr sie sich auch sträubt, am Ende wird er sie mit in die Tiefe reißen. Jetzt, da er das Haus, den Solipsismus unausgefüllter Tage verlassen hat und an diesen fremden Ort gekommen ist, sieht er das alles nur noch deutlicher.

Die Kellnerin starrt ihn an.

»Was möchtest du essen, Schatz?«, fragt Ellen und versucht, ihre Ungeduld nach einem langen, anstrengenden Reisetag zu verbergen.

Das Schweigen dauert an.

»Er nimmt das Hühnchen-Sandwich«, sagt Ellen schließlich.

Im Badezimmer des Hotels steht er vor dem Spiegel und versucht, sich zu erinnern, warum er hier ist. Das elektrische Licht fällt gleichmäßig auf das weiße Porzellan des Waschbeckens. Kühle Luft streicht vom Fenstersims über den Fußboden und seine nackten Füße. Das Becken läuft fast über.

Aus dem Zimmer hört er Ellens Stimme. Sie scheint mit irgendeiner Freundin zu sprechen, einer Frau am College, die wie Ellen keinen festen Lehrauftrag hat und offenbar gerade gefeuert wurde. Es geht um Kurse, für die sich nicht genügend Studenten angemeldet haben. Sie stellt eine Frage, die er nicht versteht. Er versucht zusammenzufügen, was er gehört hat, aber es ergibt keinen Sinn.

»Alles in Ordnung mit dir?«

Er öffnet die Faust und sieht, wie sich die Tablette, die er nehmen soll, im Schweiß seiner Handfläche auflöst. Zehn-, vielleicht sogar zwanzigmal hat er auf der Couch des Arztes gesessen und denselben Schwall von Fragen beantwortet, die sich um seinen Schlaf, sein Interesse an Sex, seinen Appetit und das Gefühl von Verzweiflung drehten, und er hat gesagt, ja, es gab einen Onkel und eine Großmutter, die im Rückblick unglücklicher waren, als es normal ist, und ja, seine Eltern haben sich scheiden lassen, und seine Mutter brauchte nach dem Abendessen immer ein paar Drinks, und nein, er hört keine Stimmen und glaubt auch nicht, dass eine Verschwörung gegen ihn im Gang ist. Am Ende solcher Stunden hat er sich die kurze Erklärung des Arztes über eine neue Kombination von Medikamenten angehört, die dieser ausprobieren will, und dass sie am Anfang Übelkeit, Müdigkeit oder Unruhe auslösen kann. Jahrelang hat er getan, was man ihm gesagt hat, und manchmal gab es Phasen, in denen er sich wieder lebendig fühlte. Aber dann kehrte der Sog zurück. Ellen hört von einem besseren Arzt. Wieder muss er dieselben Fragen beantworten. Er hat den Sinn der Medikamente immer angezweifelt. Trotz aller Erklärungen war er nicht imstande, die Überzeugung abzuschütteln, dass seine Erfahrung eine Bedeutung hat. Dass der erdrückende Puls der Vereinzelung, von dem er die physische Welt so oft durchdrungen sieht, keine Verzerrung ist. Dass man ihn sehen kann, wenn man Augen dafür hat. Man hat ihm erklärt, das sei eine romantische Vorstellung, es sei gefährlich, sich daran zu klammern, ein schlechter Rat für psychisch Kranke. Vielleicht stimmt das. Aber das Gegenteil erschien ihm seit jeher noch viel erschreckender und trostloser – die Vorstellung, dass so vieles an ihm reine und sinnlose Verschwendung sein soll.

»Alles in Ordnung«, sagt er leise und spült die feuchten Krümel in den Ausguss.

Im Bett legt Ellen den Kopf auf seine Brust und die Hand auf seinen Bauch. Diese Berührung hat nichts mit Sex zu tun. Sex gibt es schon lange nicht mehr. Sie ist vierunddreißig und wünscht sich ein Kind. Er fängt an, wie so oft, darüber nachzudenken, was er ihr alles nicht bieten kann, doch da er weiß, wie endlos diese Liste ist, gibt er schnell wieder auf.

»Du bist schön warm«, sagt sie.

Er streicht ihr durchs Haar. Sie mag weder Parfum noch Make-up, was in seinen Augen immer zu ihrer Schönheit beigetragen hat, dieser Mangel an Fassade.

»Hast du alles fertig für die Bibliothek morgen?«

»Ja«, sagt sie und nickt, den Kopf noch immer auf seiner Brust.

Sie ist hier, um Korrespondenz aus dem Zweiten Weltkrieg zu lesen, Teil ihrer Recherche über das Leben der Frauen an der Heimatfront. Ihr wirkliches Interesse gilt der politischen Geschichte dieser Zeit, doch der Studienberater hat ihr erklärt, dass es zu diesem Thema bereits eine Fülle von akademischen Untersuchungen gibt und es daher keine gute Idee sei, falls sie einen festen Lehrauftrag anstrebe. Sie hat mit dem Gedanken gespielt, seinen Rat zu ignorieren, doch als Paul aufhörte zu arbeiten, kam sie zu dem Entschluss, es sei besser, praktisch zu denken.

Er erinnert sich daran, wie sie sich kennen lernten, im Haus eines Freundes, wo sie in einem Erker mit Blick auf den Garten saßen. Egal, worüber sie sprach, immer wirkte sie unglaublich optimistisch. Ihre Arbeit, ihre Freunde auf der Party, der Schnitt seines Jacketts – alles war gut. In diesen ersten Monaten kam er nachmittags in ihr Apartment, wenn er seinen Unterricht an der Highschool beendet hatte, und korrigierte am Küchentisch die Arbeiten seiner Schüler, während sie am Schreibtisch in ihrem Schlafzimmer saß. Es war, als sei er in eine Parallelwelt eingeladen, an einen Ort, wo ihn täglich kleine Freuden erwarteten – etwa das Wissen, dass sie im Nebenzimmer arbeitete. Sie hatte ein verwirrtes Gesicht gemacht, als er ihr eines Abends zu erklären versucht hatte, dass es ihm nicht gut ging. Sie hatten nach dem Abendessen auf der Veranda ihres Apartments gesessen, und er wusste noch, dass aus dem Fenster der Nachbarn unter ihnen ein Popsong heraufschwebte.

»Du bist zu streng mit dir«, hatte sie gesagt. »Die Schule laugt dich aus. Du brauchst mehr Schlaf.« Ihre Stimme war mitfühlend gewesen. Wenn er es bis dahin nicht gewusst hatte, so war ihm in diesem Augenblick klar geworden, dass sie die Art von Angst, die er ihr zu beschreiben versuchte, noch nie erlebt hatte. Das macht nichts, hatte er sich damals gesagt. Dass sie ihn liebte, genügte. Es war nicht realistisch zu erwarten, dass man je ganz verstanden wird.

»Ich fange morgen nur an, bloß ein paar Stunden am Vormittag«, sagt sie und streckt sich, um ihm einen Gute-Nacht-Kuss zu geben. »Dann können wir einen Spaziergang durch den Ort machen, uns den Strand ansehen.« Er berührt ihr Gesicht.

»Okay«, sagt er und löscht die Nachttischlampe.

Am nächsten Morgen hängt zinngraues Licht in der Mitte des Zimmers. Es lässt die Ecken im Dunkeln und verwischt die Konturen von Sessel und Schreibtisch.

Er zieht sich leise an, schließt leise die Tür hinter sich. Die Luft draußen ist kalt, Nebel hüllt die Straßen ein. Er findet den Weg hinauf zum Schloss und von da aus einen Pfad, der an der Ummauerung der Kathedrale entlangführt. Gegenüber erhebt sich die Klippe, die bis zum Rand mit Gras bewachsen ist. Er geht weiter und steht vor dem Abgrund. Man hört das Rauschen und Gurgeln der See unterhalb, den dumpfen Widerhall eines Felsens, der von den Wellen hin und her geschaukelt wird. Alles unsichtbar da unten im Nebel.

So ist es besser, denkt er.

»Entschuldigung, mein Junge, könnten Sie mir kurz helfen?«, sagt plötzlich eine Stimme hinter ihm.

Er dreht sich um und entdeckt eine alte Frau mit einem zugeknöpften grünen Wollmantel. Sie steht keinen Meter von ihm entfernt und hält eine Einkaufstasche in der Hand. Er kann sich nicht erklären, wie sie sich ihm unbemerkt so weit nähern konnte. Als er genauer hinschaut, entdeckt er, dass es die alte Frau aus dem Restaurant ist. Ihre braunen Augen sind von runzeliger Haut umgeben.

»Ich wollte Sie nicht erschrecken, mein Junge. Aber mir ist etwas aus der Tüte gefallen. Ich hätte doch erst zu Hause vorbeigehen sollen, bevor ich mit Polly herkomme.« Sie wirft einen Blick zurück über die Klippe, wo ein weißer Terrier aus dem Dunst auftaucht. Eine braune Papiertüte liegt vor der alten Frau auf dem Boden.

Stumm kniet er sich hin, um sie aufzuheben.

»Der Apotheker – immerzu haben sie was Neues auf Lager«, murmelt sie. Als sie die Tüte wieder in der Hand hält, sagt sie: »Sie sind Amerikaner.«

Paul starrt sie an wie eine Halluzination.

»Sie wollen sich den Platz ansehen, nicht wahr? ... Spielen Sie Golf, sind Sie deswegen gekommen?«

Er schüttelt den Kopf.

»Air Force? Sind Sie in Leuchars stationiert?«

»Nein. Meine Frau. Sie ist ...«

»Sie ist was, mein Junge? ... An der Universität?«

Er nickt.

»Aha. Viele Fremde kommen wegen der Universität. Aber das ist nichts gegen Golf. Im letzten Sommer war es schrecklich. Die British Open wurden hier ausgetragen. Man hätte glauben können, Jesus sei am achtzehnten Loch wieder auferstanden. Es gab mehr Fernsehreporter als Putter, wenn Sie mich fragen. Grässlich. Leben Sie in Texas?«

Er schüttelt den Kopf. »Pennsylvania.«

»Ist das in der Nähe von Texas?«

»Nein.«

Sie beugt sich herab, um den Kopf des Terriers zu tätscheln, der inzwischen gekommen ist, um sie zu begrüßen. »Ihre Frau ist mit ihren Büchern beschäftigt, und Sie haben den Tag für sich.«

Paul sagt nichts. Sie kommt einen Schritt auf ihn zu, bis sie nur noch wenige Zentimeter von ihm entfernt ist. »Hier gibt es nicht viel Ablenkung«, sagt sie, und beugt sich noch ein wenig zu ihm herüber. »Bis auf Golf, meine ich.« Sie mustert forschend sein Gesicht, als strengte sie sich an, das Kleingedruckte auf einer Landkarte zu lesen. »Haben Sie Lust auf eine Tasse Tee?«

Er hat keine Ahnung, warum er mitgeht. Sie ist da und hat ihn eingeladen, und so geht er mit.

Sie wandern am Uhrturm vorbei die Straße hinunter. Sie bewegt sich langsam und bleibt immer wieder stehen, um nach dem Hund zu schauen oder sich ihrer diversen Tüten und Päckchen zu vergewissern. Sie erzählt von den Studenten, klagt über den Lärm, den sie während des Trimesters machen, und erklärt, die Touristen seien im Allgemeinen höflich, aber die vielen Reisebusse könne sie nicht ausstehen.

Sie biegen nach rechts ab, dann nach links und gehen eine schmale Straße mit zweistöckigen Häusern entlang. Vor einer der Türen bleibt die Frau stehen, kramt nach dem Schlüssel in ihrer Manteltasche und steckt ihn ins Schloss. Der Hund rennt schon vor in den dunklen Flur, die alte Frau geht hinterher und lässt Paul an der Haustür stehen.

Als er das Haus betritt, umfängt ihn ein schwerer, warmer Geruch. Seine erste Reaktion ist es, die Nase davor zu verschließen und nur durch den Mund zu atmen. Dann schnüffelt er noch einmal. Es riecht nach Fleisch, nicht nach Schweiß oder der dumpfen Feuchtigkeit eines Umkleideraums, aber nach etwas Ähnlichem. Etwas Fauligem.

Er atmet wieder durch den Mund und tastet sich durch den Flur auf ein Licht zu, das im nächsten Raum aufgeflammt ist. Er wird sicher nicht lange bleiben, denkt er und fragt sich, wie man mit einem solchen Gestank leben kann. Bestimmt wird sie eine Erklärung, irgendeine Art von Entschuldigung, abgeben. Doch als er in die Küche kommt, ist sie ruhig damit beschäftigt, ihre Einkäufe wegzuräumen.

»Setzen Sie sich, mein Junge. Der Tee ist gleich fertig.«

Obwohl es Tag ist, sind die Vorhänge geschlossen; das einzige Licht kommt von einer nackten Glühbirne. Er setzt sich auf die Kante eines Stuhls am Küchentisch und schnüffelt erneut. Der Gestank reizt seine Nase.

Die Küche wirkt ein bisschen chaotisch, auf den Arbeitsplatten stapeln sich Kannen und Becher, aber ansonsten ist sie genauso wie jede andere Küche. Es gibt nichts, das diesen Gestank erklären könnte. Er stellt sich nackte, schwitzende Körper vor, die in die anderen Räume des Hauses gepfercht sind.

»Irgendwo hatte ich doch noch Kekse, was hab ich bloß damit gemacht? Nehmen Sie Milch und Zucker?«

Als er der alten Frau zusieht, die an der Spüle vorbeischlurft, weiß er nicht mehr, wo er ist, und versucht, sich an den Wochentag zu erinnern und in welchem Land sie sich befinden.

»Milch, mein Junge?«

»Ich habe Sie gestern Abend in dem Restaurant gesehen, stimmt's?«, fragt er.

»Ja, mein Junge, das stimmt. Manchmal gehe ich abends hin und bleibe ein bisschen, wenn ich jemanden für Albert finden kann. Albert ist mein Enkel. Sie werden ihn noch kennen lernen.«

Sie legt die Kekse auf einen Teller. »Wo waren Sie denn noch überall?«

»Wir sind durch Edinburgh gefahren«, sagt er.

»Schreckliche Stadt. Voller Fremder. Was machen Sie in den Staaten?«

Paul muss sich ihre Worte insgeheim wiederholen, bevor er antwortet.

»Ich war Lehrer«, antwortet er.

Einen Augenblick lang sieht er den Klassenraum im zweiten Stock der Highschool vor sich, die zerkratzten Plastikfenster, die Chromstühle, die beigefarbenen, festgeschraubten Pulte, eine Karte von Amerika, das an die hintere Wand getackerte Lincoln-Porträt. Die Schüler starren ihn an und warten, dass er etwas sagt.

»Wie schön! Lehrer ist ein ehrenwerter Beruf«, sagt sie und stellt einen Becher auf den Tisch neben ihn. »Es gibt auch Zucker, wenn Sie mögen.«

Sie stellt ihren eigenen Becher auf den Tisch und setzt sich ihm gegenüber.

»Und was haben Sie unterrichtet?«

»Geschichte«, sagt er.

»Jahreszahlen. Ja. Albert kennt sich sehr gut aus mit Jahreszahlen … Haben Sie Kinder?«

»Nein«, antwortet er und fragt sich, warum er hier ist.

»Natürlich, Kinder haben Vor- und Nachteile. Sie stellen alles Mögliche an. Aber wenn sie klein sind – gibt es nichts Schöneres. Sie haben bestimmt die unteren Klassen unterrichtet, was?«

»Teenager.«

»Die sind schwierig.«

Es folgt eine Pause. Die alte Frau beugt sich vor. »Sie sind müde«, sagt sie.

»Wie bitte?«

»Sie sind müde, mein Junge, unter den Augen. Sie haben schlecht geschlafen.«

Paul spürt, wie die Wut in ihm aufsteigt. Am liebsten hätte er die alte Frau angeschrien. Was nimmt sie sich heraus? Aber ihr Ausdruck hat etwas so Offenes, so Unvoreingenommenes, dass er es nicht fertig bringt.

»Jetlag vermutlich«, antwortet er.

Er nimmt einen Schluck Tee. Selbst der schmeckt nach dem Geruch. Er hat das Gefühl, als käme ihm die Flüssigkeit wieder hoch.

»Haben Sie schon mal frischen Lammbraten gegessen?«, fragt sie.

Er schüttelt den Kopf.

»Es ist ausgezeichnetes Fleisch. Meine Freundin Sybil bekommt es direkt vom Schlachthof. Rosmarin und ein winziger Löffel Minzsauce. Köstlich. Vielleicht haben Sie Lust, zum Essen zu kommen. Ich bezweifle, dass man Ihnen in den Hotels schottisches Fleisch vorsetzt.«

Der Gestank ist mittlerweile unerträglich; allmählich wird ihm übel. »Wie spät ist es?«

»Noch früh, mein Junge. Gerade halb acht.«

»Ich muss zurück.«

»Kein Grund zur Eile.« Sie rührt in ihrem Tee. »Sie wollten doch einen Morgenspaziergang machen, nicht wahr?«

Er schaut zu ihr auf. »Meine Frau«, sagt er. »Sie wird aufwachen. Ich muss wirklich gehen.« Er steht auf.

»Nun, wenn Sie es so eilig haben – aber es ist schade, Sie sind ja gerade erst gekommen. Wie auch immer, kommen Sie morgen. Zum Essen – um zwei. Vormittags wird es regnen.«

»Nein … ich weiß nicht.«

»Sie können es sich ja noch überlegen«, sagt sie und klopft ihm auf die Schulter. Sie treten in den Flur. »Es ist noch ziemlich frisch um diese Jahreszeit. Bis zum Wochenende wird der kalte Nebel von der See die ganze Stadt bedeckt haben. Da bleibt man lieber im Haus.«

Sie hält ihm die Tür auf. Als er auf die Straße hinaustritt, atmet er die kalte Luft ein und findet, dass sie weniger Erleichterung bringt, als er gehofft hatte.

Er geht bis zum Ende der kopfsteingepflasterten Straße, schaut nach rechts und links und hat vergessen, wie er hierher gekommen ist. Treppen führen zu Türen im zweiten Stock der Reihenhäuser, Rauch steigt aus klobigen Schornsteinen. Ein Kind überholt ihn auf einem Fahrrad. Er sieht, wie die kleine Gestalt um eine Ecke verschwindet, und geht in dieselbe Richtung.

Er folgt dem Stimmenlärm bis hinunter zur Market Street. Auf dem Marktplatz bauen Händler ihre Blumenstände und Tische mit antiquarischen Büchern auf. Ein Mann hält ein Transparent hoch und liest aus der Offenbarung, während seine Frau stumm daneben steht und Flugblätter an Interessierte verteilt. Im leeren Becken des Springbrunnens liegen Radierungen von der Küste zum Verkauf aus. Er schlendert langsam an Tischen mit Backwerk und Geschirr vorbei und prüft den Geruch, der in der Luft hängt.

»Wo warst du?«, ruft Ellen, als er die Hotelhalle betritt. »Wo, um alles in der Welt, hast du gesteckt?«

Er sieht sie mit einem flehenden Ausdruck an; jedenfalls stellt er sich vor, dass er flehend ist.

»Paul«, sagt sie mit zitternder Stimme. Sie schlingt die Arme um ihn und drückt seinen Kopf an ihre Schulter.

»Warum hast du mich nicht geweckt? Was ist los?«

Er hat alle Worte aufgebraucht, die er hatte, um ihr diesen Zustand zu beschreiben. Er hätte sie auch jetzt nur wiederholen können. Eine egoistische Wiederholung. Wie oft wird er noch um Beteuerungen bitten, an die er dann doch nicht glauben kann?

Das alles muss ein Ende haben.

Er klammert sich an sie und drückt sie fester an sich, weil er nicht weiß, was er sagen soll.

Den Rest des Vormittags verbringen sie im Zimmer. Paul sitzt in einem Sessel am Fenster, während Ellen die Zeitung liest. Sie hat in der Bibliothek angerufen, um dem Leiter Bescheid zu sagen, dass sie einen Tag später anfangen wird.

Ihre Art, mit ihm umzugehen, hat sich im Lauf der Jahre verändert. Sie hat Bücher und Aufsätze über Depressionen und ihre Symptome gelesen, mit den Psychiatern gesprochen, die ihn behandeln, hat sich wissenschaftlich mit dem Problem beschäftigt, so wie es ihr nun mal entspricht. Sie kennt die klinischen Fakten und erinnert ihn immer wieder daran, dass es ein Problem des Stoffwechsels ist, eine Krankheit, die sich behandeln lässt: Irgendwann wird ein Arzt die richtige Formel finden.

Aus dem Fenster sieht er einen Mann auf der anderen Straßenseite einen Brief einwerfen und fragt sich, wie wohl das Innere seines Lederhandschuhs riecht. Er hält sich die Hand an die Nase und schnuppert daran.

»Möchtest du Dr. Gormley anrufen?«, fragt Ellen.

Er senkt den Blick, bis er am Wollbezug des Sessels hängen bleibt, in dessen blauem Gewebe sich Staub festgesetzt hat. Er schüttelt den Kopf.

Als er in dieser Nacht nicht schlafen kann, geht er ins Bad, um zu pinkeln. Ein paar Urintropfen spritzen auf den Rand der Kloschüssel. Er hockt sich auf alle viere und beschnüffelt den Rand. Er riecht an den Rissen in den Kacheln, der feuchten Fußmatte, der Unterwäsche seiner Frau, Haar und Haut im Abfluss der Badewanne. Er streicht mit dem Finger unter dem Regal im Medizinschrank entlang und schnuppert an dem grauweißen Staub. Nichts davon erinnert auch nur im Entferntesten an den Gestank in dem Haus.

Den ganzen nächsten Vormittag regnet es, wie die Frau vorhergesagt hatte. Sie essen in dem fast leeren Speisesaal des Hotels zu Mittag. Am anderen Ende streitet sich ein deutsches Paar leise über einer Landkarte. Ellen schlägt vor, dass Paul mit ihr zur Bibliothek kommt, er könne dort die englischen Zeitungen lesen. Sie braucht nur ein oder zwei Tage, sagt sie, dann können sie den Zug zurück nach Edinburgh nehmen und sich die Stadt ansehen.

Am Rand ihrer Tasse klebt ein Stück Teeblatt, die schmelzende Butter glänzt, auf dem weißen Tischtuch sitzt eine schwarze Fliege und reibt die Fühler gegeneinander. Bei der Vorstellung der Bibliothek beschleicht ihn sofort ein Gefühl von Eingeschlossensein, das er dort haben wird. Es ist die vertraute Angst, überhaupt irgendwo zu sein, an der Entscheidung festzuhalten, irgendwo zu bleiben.

»Ich glaube, ich gehe spazieren«, sagt er.

»Hast du heute Morgen deine Tablette genommen?«, fragt sie. In ihrer Stimme versteckt sich nicht die geringste Spur von Ungeduld. Sie hat sich mit den Jahren angewöhnt, sie zu kontrollieren, was ihn nur noch mehr daran erinnert, welche Last er für sie ist, nachdem er sie auf diese vorsichtige Fürsorge zurechtgestutzt hat. Er nickt, obwohl er die Tablette erneut im Bad entsorgt hat, in der Gewissheit, dass sie sie zählen wird.

Nachdem sie zur Bibliothek aufgebrochen ist, geht Paul über den Marktplatz, an den Tischen mit Büchern und Geschirr vorbei, und taucht in das Gewirr der schmalen Straßen ein. Als er vor dem Haus steht und die Hand ausstreckt, um zu klopfen, öffnet sich die Tür, und die alte Frau macht einen Schritt zur Seite, um ihn hereinzulassen.

»Guten Tag«, sagt sie. »Wir haben uns gestern gar nicht vorgestellt. Ich bin Mrs. McLaggan.«

»Paul Lewis«, antwortet er.

»Aha. Mr. Lewis. Ich freue mich, dass Sie gekommen sind.« Sie gehen durch den Flur in die Küche. »Ich brauche nur eine Sekunde«, sagt sie und geht ins Nebenzimmer. Erst jetzt holt er tief Luft und merkt, dass sie genauso schwer und durchdringend ist wie gestern. Im Nebenzimmer geht ein Licht an, dann ruft die alte Frau nach ihm, und Paul tritt ein.

Am anderen Ende des Raums erhebt sich eine Wand aus durchsichtigen Fünf-Liter-Plastikeimern, die mit etwas gefüllt sind, das aussieht wie Vaseline. Sie stehen dort in einer einzigen Reihe, die vom Fußboden bis zur Decke reicht und die Fenster verbirgt. An der angrenzenden Wand steht ein fahrbarer Kleiderständer aus Metall mit zwanzig oder mehr völlig gleichen blauen Trainingsanzügen. An der Wand gegenüber entdeckt er Schüsseln mit Lamm, Kartoffeln und grünen Bohnen auf einer Anrichte. In der Mitte des Zimmers erwartet ihn Mrs. McLaggan unter einer weiteren nackten Glühbirne. Der Tisch ist für zwei Personen gedeckt.

Die niedrige Decke, das Kunstlicht, die blassbraunen Wände, die merkwürdigen Vorkehrungen – all das verleiht dem Raum die Aura einer Zwischenstation auf irgendeiner vergessenen Handelsroute oder einem Bunker, den die Nachricht vom Kriegsende noch nicht erreicht hat.

»Nun, mein Junge, ich hoffe, Sie bedienen sich selbst«, sagt Mrs. McLaggan und bleibt neben ihrem Stuhl stehen.

Er hat keinen Hunger, nimmt sich aber trotzdem und setzt sich an den Tisch.

»Mrs. Lewis kommt also gut voran mit ihrer Arbeit?«, sagt sie, nachdem sie sich ebenfalls aufgetan und Platz genommen hat.

»Ja.«

Ein paar Minuten essen sie schweigend.

»Ich dachte, dass Sie heute vielleicht Albert kennen lernen könnten«, sagt sie. »Ich habe ihm von Ihnen erzählt. Manchmal ist es schwierig zu sagen, aber ich glaube, er würde Sie furchtbar gern sehen.«

»Machen Sie so was oft?«

»Was meinen Sie, mein Junge?«

»Leute zum Essen einladen, die Sie nicht kennen – wildfremde Leute.«

Mrs. McLaggan sieht auf ihren Teller und lächelt. »Sie sind kein Fremder«, sagt sie. »Neulich Abend im Restaurant … wie soll ich sagen? … da habe ich Sie irgendwie erkannt, nicht so, als wären wir uns vorher schon einmal begegnet, aber trotzdem. Und dann, gestern Morgen …« Ihre Stimme verebbt.

»Darf ich Ihnen ein Glas Wein anbieten?«, fragt sie. Seit Jahren trinkt er keinen Alkohol mehr wegen der Medikamente – ihrer Risiken und Nebenwirkungen.

»Klar«, antwortet er.

Sie schenkt ihnen beiden ein. »Mein Enkel ist krank, wissen Sie.« Nachdem sie das gesagt hat, hält sie inne, und ihr Blick wandert nach links und nach rechts, als wüsste sie nicht, wie sie fortfahren soll.

»Meine Tochter Glenda war schrecklich jung, als sie ihn bekam. Den Vater habe ich nie zu Gesicht bekommen. Natürlich werden die komischen alten Käuze hier nicht müde, zu sagen: ›Zu unserer Zeit war alles viel besser.‹ Aber ich weiß nicht. Mir scheint, dass die Welt schon immer eine Menge Probleme für junge Mädchen bereithielt … Der Unterschied ist nur, dass sie weggegangen ist und Albert bei mir gelassen hat. Das wäre nicht so einfach gewesen, als ich jung war, wissen Sie – eine Frau, die einfach so in die Welt hinauszieht. Aber so war es nun mal. Zuerst ging sie nach Manchester. Und dann eine Weile nach London.«

Sie nimmt einen Schluck Wein.

»Man versucht ja, Verständnis zu haben … Als Albert krank wurde, habe ich natürlich angerufen. Um ihr zu sagen, dass er im Krankenhaus liegt. Ich versuchte die letzte Nummer, die ich von ihr hatte. Aber ich erreichte sie nicht, die Verbindung existierte nicht mehr. Jetzt ist er schon seit drei Jahren krank.«

Sie blickt zu Paul auf und lächelt matt. »Ach, was langweile ich Sie mit meinen Angelegenheiten.«

»Das macht nichts.« Er hat ein halbes Glas Wein getrunken. Sein Aroma hat ihm den Gestank im Haus wieder stärker bewusst gemacht, doch jetzt kämpft er weniger dagegen an.

»Sie scheinen sehr verständnisvoll zu sein«, stellt sie fest.

Als sie fertig gegessen haben, kehren sie in die Küche zurück, und Mrs. McLaggan stellt einen Teekessel auf den Herd. »Sollen wir hinaufgehen und nach Albert sehen?«

»Gut.«

Sie kocht Tee und stellt ihn auf ein Tablett. Paul folgt ihr die Treppe hinauf. Sie gehen durch einen langen, schmalen Flur. Hier oben ist der Gestank stärker. Vor einer Tür bleiben sie stehen, und sie macht ihm ein Zeichen, sie zu öffnen.

»Am Anfang ist es schwierig«, warnt sie.

Die Luft im Raum ist dermaßen von dem Gestank durchdrungen, dass er das Gefühl hat, in den Körper eines fremden Mannes gezwängt worden zu sein und durch den Filter seiner Haut atmen zu müssen – ein vertrauter Geruch, der eine widerliche Gewalt angenommen hat. Es ist ein kleines Zimmer mit einem halb geöffneten Dachfenster. In einer Ecke liegt ein Junge von zehn oder zwölf Jahren auf dem Bett. Er trägt einen blauen, mit Fettflecken beschmierten Trainingsanzug. Gesicht und Hals sind gerötet, die Haut ist schuppig. Handgelenke und Handrücken sind mit nässenden Wunden und entzündeten Stellen bedeckt. Er regt sich kaum, als sie eintreten, bewegt nur den Kopf ein wenig zur Seite.

»Albert, das ist Mr. Lewis. Der Mann, von dem ich dir erzählt habe. Er kommt uns besuchen.«

Mrs. McLaggan stellt das Tablett auf den Nachttisch. Der Junge blickt zu Paul hinüber. Seine Augen verschwinden fast in den blassrosa und roten Falten der Haut.

»Setzen Sie sich in den Sessel, ja?«, sagt die alte Frau. Sie selbst nimmt auf einem niedrigen Schemel neben dem Bett Platz und schenkt eine Tasse Tee ein. Sie hält sie in einer Hand und flößt dem Jungen mit einem Löffel die Flüssigkeit in den geschwollenen Mund.

»Es ist Kamille«, sagt sie leise. »Du magst doch Kamille.«

Der Junge strengt sich an, um den Kopf vom Kissen zu heben; seine Lippen zittern, als er schluckweise trinkt.

»Entschuldigen Sie, Mr. Lewis, wenn er nicht viel sagt. Die Schmerzen sind in letzter Zeit sehr schlimm, nicht, Albert?« Sie wendet sich zu Paul um. »Ich schwöre, dass nicht mal Hiob so gelitten hat.«

Am Ende des Bettes kann er die Füße des Jungen sehen, deren Sohlen von bräunlich weißer Hornhaut bedeckt sind, so dick wie Leder.

»Erinnerst du dich, Albert? Ich habe dir erzählt, dass Mr. Lewis sich mit Geschichte auskennt. Ich wette, er weiß alles Mögliche.«

Als sie mit dem Tee fertig ist, stellt sie ihn beiseite und öffnet den Reißverschluss von Alberts Trainingsjacke. Seine Brust ist von derselben roten Mischung aus offenen Wunden und trockener, schuppiger Haut bedeckt. Sie nimmt ein Tuch, tupft es in einen Eimer neben ihrem Schemel und fängt an, die Salbe vorsichtig auf Alberts Bauch zu streichen. Er seufzt, als sie die Masse auf dem Oberkörper verteilt.

»Heinrich II. ist Alberts Liebling. Wir haben gerade angefangen, über ihn zu lesen, nicht wahr, Albert? Wissen Sie etwas über Heinrich II., Mr. Lewis?«

Der Gestank und der Anblick des Jungen sind so überwältigend, dass Paul das Gefühl hat, ohnmächtig zu werden.

»Ich … ich habe mich schon lange nicht mehr damit beschäftigt … seit dem College nicht mehr«, bringt er nach einer Weile heraus. »Ich habe amerikanische Geschichte unterrichtet.«

»Aber Sie werden sich doch sicher noch an ein paar Einzelheiten aus dem Mittelalter erinnern, oder?«, fragt sie hoffnungsvoll.

Er atmet durch den Mund und schafft es, das Flattern in seinem Magen unter Kontrolle zu bringen. Der Junge starrt ihn mit einer Sehnsucht an, die Paul weder verzweifelt noch furchtsam erscheint. Es ist einfach nur Sehnsucht, ein Verlangen.

»Er war ein bemerkenswerter König«, sagt Paul, wie gebannt von dem Blick des Jungen. »Daran kann ich mich noch erinnern.«

»Da siehst du es. Er weiß alles über ihn. Ich wette, er kennt Geschichten, die du bisher noch nicht gehört hast. Vielleicht erzählt er dir eine. Wollen Sie Albert eine Geschichte erzählen?«

Paul nickt, obwohl er keine Ahnung hat, was er sagen wird.

»Hat deine Großmutter dir von Stephan erzählt?«, fragt

er. Der Name ist ihm aus einem Geschichtsseminar eingefallen, das er vor Jahren belegt hatte.

Albert schafft es, kaum merklich den Kopf zu schütteln.

»Nun … das ist der König, der Heinrich voranging, und er war der Sohn von …« Plötzlich ist sein Kopf leer. Mrs. McLaggan hebt das Tuch und legt es auf die Brust des Jungen. Paul sieht die kleinen weißen Pusteln auf der roten Haut, den angelaufenen goldenen Ring am Finger der alten Frau, hinter dem Bett Comic-Figuren auf der verblassten Tapete.

»Ich weiß nicht mehr, wessen Sohn er war, aber auf alle Fälle schlossen sie einen Pakt … Stephan sollte die Herrschaft übernehmen, doch wenn seine Linie mit ihm ausstarb, würde Heinrich den Thron besteigen …«

Wieder kommt Paul ins Stocken, als er sich an die große Aula erinnert, wo ein Mann mit deutschem Akzent frühe europäische Geschichte gelehrt hatte.

»Es dauerte nicht lange, bis Stephan starb. Und dann war Heinrich König, mit achtzehn oder zwanzig, glaube ich, Herrscher über das größte Reich in ganz Europa.«

Wenn seine Stimme verstummt, scheint es stiller im Raum zu sein als vor seiner Erzählung, die Augen des Jungen ruhiger.

»Er heiratete«, sagt Paul. Und wieder fällt ihm etwas ein, das er längst vergessen geglaubt hatte.

»Eleonore von Aquitanien. Sie war die Tochter eines Mannes, der einen Teil von Frankreich regierte, und durch diese Heirat vergrößerte Heinrich sein Herrschaftsgebiet. Sie bekamen viele Kinder. Die Söhne begehrten jedoch schrecklich gegen ihren Vater auf. Und auch Eleonore ergriff gegen Heinrich Partei …«

Er erzählt dem Jungen von Eleonores erster Einkerkerung

in der Normandie; er beschreibt ihre Zelle, schmückt seine Erzählung aus und schildert, wie Heinrich sie jahrelang in Winchester und Salisbury gefangen hielt. Während er spricht, streicht die alte Frau mit dem Tuch über die Stirn des Jungen. Paul erinnert sich an Thomas Becket, der in der Kathedrale von Canterbury ermordet wurde, an die Ritter, die Heinrichs wütendem Befehl folgten. Paul wiederholt seine Worte, so wie sein Lehrer sie ihm wiederholt hatte: »›Will mir niemand diesen lästigen Priester vom Hals schaffen?‹ Und so kehrten sie nach England zurück und erdolchten ihn in seiner eigenen Kathedrale. Heinrichs Freund aus Kindertagen, sein Gewissen.«

Nun reiht Paul eine Erinnerung an die nächste und zeichnet das Bild eines rastlosen Königs, der fünfunddreißig Jahre lang nie länger als zwei Wochen hintereinander im gleichen Bett schlief, der über immense Reichtümer verfügte und gegen seine undankbaren Söhne zu Felde zog. Er erzählt von den Kämpfen mit den Baronen, dem Krieg um Frankreich, der letzten Einkerkerung Eleonores. Bald kommt ihm die Geschichte ganz leicht über die Lippen, er spricht von Überquerungen des Ärmelkanals und gebrochenen Verträgen und öffnet dem Jungen die Welt der Plantagenets wie eine Blüte, denn er kennt den Hunger nach dramatischen Verlautbarungen, Kriegserklärungen, Belagerungen von Burgen, Männern, die bis zum letzten Blutstropfen kämpfen, Siegern, die auf den Brustwehren stehen und Breitschwerter über ihren Köpfen schwenken – die ganze herrliche Fülle und Gewalt einer Jungenfantasie.

»Besser als jedes Buch war das«, sagt Mrs. McLaggan, als er fertig ist. Sie faltet das Tuch zusammen und legt es in den Abfalleimer. »Das könnte deine Großmutter nicht, was, Albert?«

Albert antwortet mit der Andeutung eines Nickens.

»Bestimmt habe ich da einiges durcheinander gebracht«, sagt er. »Es gibt so viele Geschichten – Richard und die Kreuzzüge.«

Das Licht im Zimmer schwindet allmählich. Ellen ist vermutlich schon aus der Bibliothek zurück, denkt er. Sie wird zum Hotel gegangen sein und ihn dort nicht angetroffen haben. Es scheint ihm so seltsam, dass sie immer noch in derselben Stadt sind, dass er nicht weiter als bis hierher gekommen ist.

»Wir lassen dich jetzt ein bisschen ausruhen«, sagt die alte Frau. »Vielleicht kommt Mr. Lewis morgen wieder. Würde dir das gefallen?« Sie beugt sich über ihn und berührt mit den Lippen die Wange des Jungen.

Unten im Flur, auf dem Weg zur Haustür, bleibt Mrs. McLaggan plötzlich stehen.

»Es tut mir Leid«, sagt sie. »Ich hätte Ihnen das mit dem Geruch erklären müssen. Ich wollte Sie nur nicht erschrecken.«

»Das macht nichts.«

»Sie müssen das verstehen, Mr. Lewis: Mein Enkel wird sterben. Sie werden mich für grausam halten, Sie werden denken, er gehört ins Krankenhaus, und Sie hätten sogar Recht. Aber er war da, verstehen Sie, er war achtzehn Monate im Krankenhaus. Ich hatte schon vorher von Schuppenflechte gehört, und ich wusste, dass Traurigkeit und Kummer sie verschlimmern können. Aber ich hätte nicht gedacht, dass es so schlimm würde.«

Sie packt Paul am Arm.

»Mr. Lewis, er *wollte* nach Hause. Er wusste, was es bedeutet, von da wegzugehen, aber er *wollte* nach Hause.«

Draußen ist es schon beinahe dunkel. In den Häusern sind Lichter aufgeflammt, die Verkaufsstände auf dem Marktplatz verschwunden. Er geht langsam durch die zunehmende Dämmerung. Am Ende der Straßen, an denen er vorbeikommt, erhascht er einen Blick auf offenen Himmel und Wasser, Wolkenbänke hängen am Horizont. Im Hotelzimmer wartet Ellen auf ihn. Sie hat geweint, das sieht man, inzwischen aber aufgehört. Es ist nicht mehr derselbe panische Ausdruck wie gestern. Sie hat die Reisetaschen herausgeholt, einige zusammengefaltete Kleidungsstücke sind schon eingepackt. Ein paar Minuten lang sagt keiner von beiden etwas.

»Ich habe an der Rezeption nach dem Fahrplan gefragt«, sagt sie schließlich. »Wir können einen Zug am Morgen nehmen.«

»Was ist mit den Briefen, die du hier lesen wolltest?«

Sie blickt zu ihm auf. Noch nie war ihm ihr Ausdruck so erschöpft erschienen.

»Ich habe sie gesehen«, sagt sie. Sie sitzt auf der Bettkante; ihre Hände liegen gefaltet im Schoß. Ihre Gesten – sie waren Teil dessen, in was er sich verliebt hatte. Wie sich ihre Hände öffneten, die Finger spreizten, wie die Arme rasche Bögen und Kreise beschrieben. Eine Energie, die ihm unglaublich erschien.

»Es tut mir Leid.« Das ist alles, was ihm einfällt.

Sie kniet sich auf den Boden und fängt an, den Rest ihrer Sachen zu packen. Tränen strömen über ihr Gesicht.

Mitten in der Nacht wacht er auf und setzt sich neben das Fenster. Im Hotel ist es ruhig, und auf der Straße gibt es keinen Verkehr. Er kann das gleichmäßige Rauschen des Meeres hören und stellt sich die Leere der Nacht draußen in den Gewässern des Nordens vor.

Als er noch klein war, nahmen seine Eltern ihn einmal auf eine Kreuzfahrt mit. Eines Abends, nach dem Essen, stand er mit seinem Vater an Deck und stellte sich vor, wie es wäre, hinunterzufallen, in der weiten, anonymen Dunkelheit zu verschwinden. Er kann sich noch genau erinnern, wie das Herz in seiner Brust klopfte, wie er sich an die Reling klammerte, die ihn vom Tod trennte.

Wer hätte damals wissen können, was seitdem geschehen war oder warum?

Als Erwachsener hat er sich sein Ende so oft vorgestellt, dass dieser Gedanke ihm wie ein alter Freund erscheint, der gekommen ist, um ihn zu beruhigen.

Eine Stunde oder länger sitzt er da und horcht auf das Wasser. Er ist ruhig, als er sich an den Schreibtisch setzt, ruhig, als er seine Nachricht an Ellen schreibt.

Ich war dir lange genug eine Last. Ich hoffe, dass du dich am Ende an die besseren Zeiten erinnern wirst. Bitte vergib mir.

Ein Taxi holt sie nach dem Frühstück ab und fährt sie zum Bahnhof. Sie steigen in den vordersten Waggon des Zuges ein, verstauen ihr Gepäck in einem Gestell an der Tür und finden ein leeres Abteil.

Aus dem Lautsprecher kommt die Ansage, dass der Zug zehn Minuten Aufenthalt hat, genau wie es im Fahrplan stand, den Paul vorher studiert hat.

Ellen kramt in ihrer Handtasche. Paul umklammert den Briefumschlag in seiner Jackentasche.

Als sie sich vorbeugt, fällt ihr das in der Mitte gescheitelte, hinter die Ohren gestrichene Haar ins Gesicht. Er hat dieses samtschwarze Haar gewaschen, damals, in der Woche, als sie geheiratet haben. Sie lagen in der Badewanne in ihrem Apartment, und er schäumte ihr den Kopf ein, der auf seiner Brust ruhte. Sie würden drei Kinder haben, hatte sie gesagt. Sie würden Schränke voller Spielzeug und Wintermäntel und Sommerferien und ein Zuhause haben, zu dem sie immer zurückkommen könnten.

Genug, denkt er und hört auf, sich zu erinnern. Der Kleiderständer in Dr. Gormleys Wartezimmer würde bleiben. Der beigefarbene Wasserspender. Die eselsohrigen Zeitschriften. Das Summen. Die geruchlose Luft. Er sieht Ellen, allein, wie sie durch den Gang eines Supermarkts geht, wie sie stehen bleibt, eine Dose aus dem Regal nimmt. Er ist unsäglich müde.

Aus dem Fenster beobachtet Paul, wie die letzten Fahrgäste am anderen Ende des Bahnsteigs einsteigen. Das Rumpeln der Lokomotive wird lauter. Er steht auf, beugt sich hinab und küsst Ellen auf die Wange.

»Ich gehe mal pinkeln«, sagt er, und setzt dann, ohne es eigentlich zu wollen, hinzu: »Du kommst schon zurecht.«

»Klar«, sagt sie zerstreut und studiert ihre Fahrkarten.

Er läuft rasch den Gang entlang. Am Ende des Waggons nimmt er seine Tasche aus dem Gestell und steigt aus. Der Schaffner steht direkt neben ihm auf dem Bahnsteig.

»Im Abteil Nummer zwölf sitzt eine Frau«, sagt Paul. »Würden Sie ihr das bitte geben?«

Der Schaffner nimmt ihm den Umschlag ohne erkennbares Interesse ab.

»Ich sorge dafür, dass sie ihn bekommt«, sagt er und steckt die Trillerpfeife in den Mund.

Mrs. McLaggan kommt gerade vom Einkaufen, als er in ihre Straße einbiegt. Sie bemerkt ihn erst, als er vor der Tür steht.

»Mr. Lewis«, sagt sie und wirft einen Blick auf seine Reisetasche. »Sie kommen uns besuchen. Wie nett von Ihnen, Albert wird sich sehr freuen.«

Wieder umfängt sie der durchdringende, faulige Gestank, als sie, gefolgt von dem Terrier, durch den Flur gehen. In der Küche schaut er zu, wie Mrs. McLaggan die Dosen und das Gemüse aus ihrer Einkaufstasche nimmt.

»Heute Morgen ist es schon kälter«, sagt sie. »Bald ist der Nebel da. Dann kann man das Meer für ein, zwei Tage überhaupt nicht mehr sehen.«

Nachdem sie die Einkäufe in die Schränke geräumt hat, füllt sie den Teekessel mit Wasser. »Das hat Albert gestern großen Spaß gemacht, ja wirklich.«

»Wie schaffen Sie das nur?«, fragt Paul. »Obwohl Sie wissen, dass er sterben wird.«

Sie stellt Milch und Zucker auf ein Tablett.

»Es klingt vielleicht komisch, aber eigentlich ist mir die Vorstellung gar nicht so fremd. Ich habe als Krankenschwester gearbeitet, verstehen Sie? Bevor Sie geboren waren, mein Junge, während des Krieges. Damals wurde jeder gebraucht. Überall Anzeigen in den Schaufenstern, dass die jungen Frauen in den Süden kommen sollten. Ich nicht. Ein Krankenhaus außerhalb von Southampton, da haben sie mich hingesteckt. Wir bekamen diejenigen, die nicht mehr zurückgingen. Die meisten waren noch einigermaßen gesund, hatten nur einen Arm oder ein Bein verloren … Aber es gab auch andere, Sterbende. Man konnte nicht viel für sie tun, außer dafür zu sorgen, dass sie es so bequem wie möglich hatten. Manche Schwestern, sie waren so jung, verstehen Sie – wir alle waren jung –, erzählten den Sterbenden, dass alles wieder gut würde. Aber ich muss sagen, Mr. Lewis, ich konnte mich nie dazu durchringen, diese Männer so zu beruhigen. Es kam mir vor wie eine Lüge.«

Sie gießt kochendes Wasser in die Teekanne.

»Die Betten hatten Räder unter den Füßen. Nach der Visite rollte ich die Schwerkranken nebeneinander, damit sie sich unterhalten konnten. Sie waren einfach froh, dass jemand davon erfuhr, glaube ich.«

Die Teekanne wird ausgespült und auf die Arbeitsplatte gestellt.

Wieder steigen sie die Treppe hinauf. Mrs. McLaggan trägt das Tablett. Albert schläft. Sein rotes Gesicht liegt abgewandt auf dem Kissen. Mrs. McLaggan stellt das Tablett auf einen kleinen Tisch.

»Ich lasse Sie mit ihm allein«, sagt sie und legt eine Hand auf Pauls Schulter.

Als sie gegangen ist, setzt er sich auf den Schemel am Bett. Hier kann er die Züge des Jungen erkennen, die sich unter der entzündeten Haut verbergen: die schmalen Lippen und die spitze Nase, die knochige Stirn seiner keltischen Vorfahren, die Schädelecken, die sich an den Schläfen zeigen. Paul wehrt sich nicht mehr dagegen, dass ihm der Gestank in die Nase steigt, und atmet ihn ohne Scheu ein.

Es wird nicht mehr lange dauern, denkt er, für keinen von beiden.

Der Kopf des Jungen bewegt sich leicht auf dem Kissen, dann schlägt er die Augen auf.

»Möchtest du noch eine Geschichte hören?«, fragt Paul.

Albert nickt. Es ist nicht Dankbarkeit, was Paul in seinem Ausdruck erkennt, sondern Vergebung.

»Erzähl mir von den Königen.«

Wiedersehen

Als der Brief des Pfarrers endlich kam, steckte er in einem getippten Umschlag ohne Absender und war am Ende der Seite sorgfältig unterschrieben. Seinem Antrag war entsprochen, die erforderlichen Vorkehrungen waren getroffen worden. Die örtliche Gemeindeverwaltung erwartete einen Scheck; die Adresse war beigefügt. James las den Brief auf der Treppe zu seinem Apartment. Er suchte nach dem Wohnungsschlüssel, schloss auf und stellte den Brief auf das Kaminsims, um ihn nicht zu vergessen.

Simon, sein Vorgesetzter im Maklerbüro, war zunächst verwundert gewesen, dass James seinen Urlaub so kurzfristig beantragt hatte, und dann auch noch alle vier Wochen auf einmal. Doch es war Hochsommer, und die Geschäfte liefen ohnehin flau. Er hätte sich keine bessere Zeit aussuchen können. Er hatte James gesagt, er könne gleich gehen, wenn seine Arbeit erledigt sei, und das war sie – dafür hatte er gesorgt, bevor er den Antrag stellte. Jetzt stand er im Wohnzimmer und nahm seine Unterlagen aus der Aktentasche, die er aus dem Schreibtisch mitgenommen hatte. Das gerahmte Foto seines Vaters stellte er auf den Beistelltisch.

»Wie wäre es mit einem Drink, bevor du gehst?«, hatte sein rothaariger Kollege Patrick vorgeschlagen. Er war von Anfang an sehr nett und hilfsbereit gewesen, doch James fühlte sich von diesem Angebot überrumpelt – es war das

Erste in ihrer einjährigen Bekanntschaft. Was hätte er sagen sollen, wenn er mit diesem Typen, an den er so oft gedacht hatte, in einem Pub saß? Über die Trennwand hinweg hatten die Kollegen sie beobachtet. »Vielleicht ein anderes Mal« – mehr hatte James in diesem Augenblick nicht herausgebracht.

Nachdem er die Lebensmittel weggeräumt hatte, nahm er eine Dusche, und danach stand er in ein Badetuch gehüllt vor dem Spiegel. Drei- oder viermal zog er das Rasiermesser über die gespannte Haut am Kinn, bis er sicher war, dass alle Stoppeln verschwunden waren. Die Rasur machte ihn jünger als fünfundzwanzig; solange er sein Haar auf die richtige Art schneiden ließ, konnte er immer noch als Student durchgehen. Er untersuchte die Haut unter seinen Augen und entdeckte eine raue Stelle, die Andeutung eines Ausschlags gleich unter der Oberfläche. Wenn er vom Spiegel zurücktrat, verschwand sie, und er betrachtete sein glattes Gesicht mit einem Hauch von Befriedigung. Gar nicht übel, dachte er.

Im Schlafzimmer fand er ein sauberes T-Shirt und frische Boxershorts, die ordentlich zusammengefaltet in der Schrankschublade lagen. Das Zimmer war aufgeräumt, wie üblich: das Bett gemacht, die Vorhänge zurückgezogen, die schmutzige Wäsche ordentlich im Wäschekorb in der Ecke verstaut. Er hängte den Anzug in den Schrank, versorgte seine Straßenschuhe mit Schuhspannern und schob die Krawatte über die Halterung, die an der Innenseite der Schranktür angebracht war, während er sich die ganze Zeit fragte, wie lange diese Ordnung wohl anhalten würde.

Im Park liefen Kinder über die öffentlichen Tennisplätze und schlugen nach Bällen, die träge Bögen durch die feuchte Luft beschrieben. Auf einem asphaltierten Weg drehten ein paar Jogger ihre Runden um den Park. James ging über die Wiese und steuerte auf ein paar Bäume zu, deren Äste vor dem dämmrigen Himmel schwankten. Im Kühlschrank gibt es etwas zu essen, ermahnte er sich, und die Zeitung mit dem heutigen Fernsehprogramm wartete auf ihn, falls er die Nerven verlieren sollte. Unter den Bäumen setzte er sich auf eine Bank. Hin und wieder fuhr ein Wagen auf der anderen Seite der Mauer vorbei, die den Park eingrenzte. Musik drang, mal leise, dann wieder anschwellend, je nach Stand des Windes, aus einem offenen Fenster und verlor sich im Raunen der Bäume. Ein Pärchen ging Hand in Hand am Rand des Parks entlang. Die beiden hatten gerade erst die U-Bahn verlassen, ihre Aktentaschen wogen schwer; er hatte die Krawatte gelockert, sie trug Turnschuhe. James sah, wie sie durchs Tor verschwanden und auf das Gewirr der Reihenhäuser zusteuerten, das sich über den Süden von London bis zum Fluss hinunter erstreckte.

Es war halb acht, das Licht wurde schwächer, und die Eltern holten ihre Kinder vom Fußballplatz ab. In der Nähe verstaute ein Gärtner seine Werkzeuge im Gemeindeschuppen, bevor er ein Vorhängeschloss an die Tür hängte. Eine Frau mittleren Alters im Abendkleid scheuchte einen Terrier an der Wiese entlang und zerrte ihn dann zurück zu den Lichtern der Häuser, die jetzt hinter dem Torbogen sichtbar wurden.

James schlug seinen Briefblock auf und schrieb auf die kleinen linierten Seiten:

Lieber Vater,
heute habe ich aufgehört, bei Shipley's zu arbeiten. Wir hatten kaum etwas zu tun, und sie werden mich nicht vermissen. Das liegt nicht an meinem mangelnden Ein-

satz. Ich habe mich mächtig angestrengt und von morgens bis abends herumtelefoniert, aber die wirtschaftliche Lage ist einfach miserabel. Seit drei Wochen hat keiner mehr etwas verkauft. Mein Vorgesetzter war sehr hilfsbereit und sagte, ich könne den Urlaub sofort antreten. Das Schlimmste war der Abschied von Patrick, dem Burschen, von dem ich dir erzählt habe. Wir hatten uns ziemlich angefreundet; er hat mich sogar für heute Abend zu einem Drink eingeladen, aber dann hatte ich Angst, zu welchen Äußerungen ich mich möglicherweise verleiten lassen würde. Ich glaube nicht, dass er meine Blicke im Büro bemerkt. Es muss dir ziemlich seltsam vorkommen, dass ich mir so viele Gedanken um einen jungen Mann mache, der mir am Schreibtisch gegenübersitzt. In meinem Alter warst du schon mit Mum verheiratet. Ich frage mich, was du darüber denkst.

Er konnte die Worte auf dem Papier gerade noch erkennen, als die Straßenlaterne hinter der Mauer aufflackerte. Er schloss den Briefblock und steckte ihn wieder in die Tasche. Der Park war dunkel. Aus dem schwachen Glanz der Stadt ragten die erleuchteten Türme der Mietshäuser bei Sand's End. Das ferne Dröhnen des Verkehrs auf der Brücke flutete über das Gras auf ihn zu und ließ den Raum vor ihm unendlich weit erscheinen. Die Dunkelheit wogte in sanften Wellen bis an seine Füße. Ein paar Minuten vergingen, bevor er die ersten Schritte auf dem Pfad hörte, langsam und zögernd. Dann bewegte sich links von ihm eine Gestalt durch die Bäume, die er nur aus dem Augenwinkel sah, und verschwand, als er sich nach ihr umdrehte. Die Straßenlaterne fühlte sich jetzt an wie ein Scheinwerfer, der ihn blind für den verdunkelten Saal machte. Er öffnete den Reißverschluss seiner Jacke und steckte die Hände in die Taschen seiner Jeans. Ein Licht flammte neben der Hecke am Tennisplatz auf, entzündete eine Zigarette und erlosch. Jetzt war nur noch die glühende Spitze sichtbar. James merkte, wie sein Atem flacher wurde; er ließ die Schultern sinken und ermahnte sich, ruhig zu bleiben. Hier und da hörte man raschelndes Laub unter schweren Schritten. Er stand von der Bank auf und steuerte auf ein kleines Unterholz unweit des Gärtnerschuppens zu, wo er ungeduldig wartete, dass sich seine Augen an das mangelnde Licht gewöhnten. Er lehnte sich gegen einen Baum und passte alle seine Sinne der Dunkelheit an. Ganz in der Nähe stöhnte ein Mann leise auf. Jenseits der Mauer erklang noch immer Musik.

Mehrere Minuten vergingen, bevor er spürte, dass jemand auf ihn zukam. Als der Mann sich näherte, erkannte James, dass er einen Anzug trug und die Krawatte um den Kragen des weißen Hemdes gelockert hatte. Ende dreißig, schätzte James rasch, unsicher, ob er auf ihn zugehen oder sich zurückziehen sollte. Dann bewegte sich das Gesicht aus dem Schatten heraus – stämmiger Nacken, Doppelkinn, die Züge eines ehemals hübschen Jungen, verborgen unter dem Fleisch eines erwachsenen Mannes. Ihre Blicke hatten sich getroffen, und schon spürte James mit paranoidem Grauen, welche Enttäuschung er auslösen würde, wenn er jetzt zurückwich. Der Mann versuchte ein halbes Lächeln, großzügig und entwaffnend. James senkte den Blick. Die Hand auf seiner Schulter war eine Überraschung, doch er passte sich der Berührung an und verwandelte den ausgestreckten Arm des Mannes in eine Umarmung.

Nachher, auf dem Weg nach Hause, schlug ihm die kalte Luft entgegen. Mittlerweile atmete er wieder normal und joggte die zwei Blocks vom Parktor bis zu seiner Haustür.

Auf der Treppe überkam ihn ein Schwindel, als sei all sein Blut von einer auf die andere Sekunde dünnflüssig geworden. Die letzten Stufen ging er langsamer.

Eine Woche verging. Am Dienstag rief das Büro wegen eines Reihenhauses in Parson's Green an: Sie konnten die Unterlagen dazu nicht finden. James ließ den Anrufbeantworter laufen und rief erst am nächsten Morgen zurück. Was die Ferien machten, fragte Simon. Wohin er gefahren sei. Ein Dorf in Cornwall, antwortete James, nur Bed-and-Breakfast und nicht weit bis zum Meer. Herrlich, so viel Zeit für sich zu haben.

Matineen waren billiger als Abendvorstellungen, und London war voller Kinos. Er sah sich die Filme an, die er in den letzten paar Monaten versäumt hatte, und bewegte sich dann mithilfe der Programmkinos weiter in der Zeit zurück – Klassiker aus den Siebzigern, die italienischen Regisseure, alle Filme mit Dirk Bogarde. Wenn er um elf aufstand, ausgedehnt frühstückte und einen langen Film aussuchte, nahm die Matinee den größten Teil des Nachmittags in Anspruch, und bis zum Abend war es nicht mehr lange. Er kochte zu Hause und ging anschließend in den Park. Jeden Abend saß er auf seiner Bank, wartete darauf, dass es dunkel wurde, und schrieb einen Brief an seinen Vater, selbst wenn es nur ein paar Zeilen waren. Den steckte er dann gewissenhaft in einen Umschlag, sobald er wieder zu Hause war.

Eines Freitagabends kam er vom Kino nach Hause und entdeckte, dass der Kühlschrank leer war. Er hatte ein Doppelprogramm gesehen, und jetzt war es zu spät zum Einkaufen. Aber es machte ihm nichts aus, so würde er nicht kochen müssen. Stattdessen nahm er eine Dusche, zog sich um und machte sich auf den Weg zu einem indischen Restaurant.

Es war gerammelt voll von Leuten, die nach Feierabend zum Essen hergekommen waren und sich nun langsam, aber sicher betranken. Er saß allein an einem Tisch unweit der Küche und las die Zeitung. Gerade als sein Essen kam, hörte er eine Stimme hinter sich.

»Bist du das, Finn?« Er wandte sich um und sah einen Mann mit breitem Gesicht, etwa in seinem Alter, dessen Züge vom Alkohol erhitzt waren und der ihn spöttisch grinsend musterte. »Clive Newman, aus Stockwell, erinnerst du dich – Fußball im Nebel.« Ohne eine Bestätigung abzuwarten, fuhr er fort: »Verrückter Zufall, was? Ich bin gerade für eine Woche aus Hongkong hier – Bankgeschäfte –, und Trisha ist auch da, eine Freundin von mir. Warum kommst du nicht rüber zu uns, Jamie? So war es doch, nicht? Jamie?«

»James.«

»Stimmt. Komm, iss mit uns«, befahl er, nahm den Teller von James' Tisch und ging zurück an seinen eigenen. Was sollte er machen? Er sammelte die restlichen Schüsseln ein und folgte ihm zögernd in den vorderen Teil des Restaurants, wo eine Gruppe von sieben oder acht Gästen um einen Tisch saß, der mit Biergläsern beladen war.

»Hört mal zu, Leute. Das ist Stockwells bester Schauspieler – *H.M.S. Pinafore*, stimmt's, Finn?« Einige der Anwesenden kicherten zerstreut, während andere sich einfach weiterunterhielten. Irgendwer hatte seinen Teller mit Tandoori weitergereicht bis ans Ende des Tisches, wo eine junge Frau, die eine Perlenkette und Lippenstift trug, mit einer Gabel darin herumstocherte.

»Hatten wir das bestellt?«, fragte sie.

»Eigentlich …«, setzte James an, doch Clive hatte den Arm um ihn gelegt und redete auf ihn ein. »Warst du je wieder da, Finn? Ich ja, letztes Jahr – Old Boys Day –, Kricket gegen die Schulmannschaft und alles. Für eine private Vorbereitungsschule lassen sie sich ganz schön was einfallen – Zelte, Reden, die ganze Chose. Aber sonst hat sich keiner von der Clique sehen lassen, bloß ein paar schrullige Alte.« Das Essen für den Tisch kam, und die Leute fingen an, sich die fettigen Gerichte auf die Teller zu häufen. »Wie die Zeit vergeht, was? Wie viele Jahre ist das her?«

Ohne dass er es wollte, wanderten James' Gedanken zurück: aufgescheuerte Knie im Winter, das schlammverschmierte Parkett der Umkleideräume im Keller.

»Aber es liegt ja noch alles vor uns«, sagte Clive Newman. »Lieber Himmel, wir sind ja gerade erst ein Vierteljahrhundert alt, nicht wahr, mein Engel?«

»Ja«, sagte die junge Frau, die neben James saß, obwohl sie so aussah, als hätte sie die Frage gar nicht verstanden. Trisha war ein ätherisches Wesen mit dichtem Haar, das fast so hell war wie ihr Teint. Die Augen waren groß und standen leicht hervor, als sei sie die ganze Zeit verschreckt. James fand, dass sie überhaupt nicht zusammenpassten.

»Sind Sie auch in der Branche tätig?«, fragte sie mit sanfter Stimme, die übertönt wurde vom wachsenden Lärm einer neuen Runde Drinks. Sie wandte sich allein an James und schloss Clive dadurch, dass sie so leise sprach, von der Unterhaltung aus. Clive widmete sich seinem Essen und war wenig später in eine Diskussion mit einem Mann auf der anderen Seite des Tisches verstrickt.

»Nun«, sagte James. »Im Moment tue ich eigentlich gar nichts.«

»Macht Ihnen das Spaß?«, fragte sie, offensichtlich nicht am Warum und Weshalb interessiert.

»Nicht wirklich.«

»Mir auch nicht.« Sie sah am Tisch hinab und musterte die

junge Frau mit der Perlenkette, deren glänzendes braunes Haar in einem weichen Schwung bis auf die Schultern fiel. Aus dem Gewirr der tieferen Männerstimmen hob sich ihr nasaler Tonfall als Einziger heraus. Der Akzent zeugte von Wohlstand, die Schlagfertigkeit im Umgang mit ihren männlichen Begleitern war lässig, wenn nicht sogar ein bisschen geringschätzig. Trisha senkte den Blick wieder, begutachtete ihre Hand mit den lackierten Fingernägeln und schob mit dem Daumennagel einzelne Fetzen von Nagelhaut zurück.

»Sie arbeiten also augenblicklich auch nicht?«, fragte James.

Sie lachte. Dann schob sie ihren Teller zurück, ohne das Essen anzurühren, und spielte mit einer Schachtel Zigaretten. Ihr Lächeln erstarrte, zerfiel und kam wieder, als hinge es an unsichtbaren Fäden, die von anderen gezogen wurden. Dann beugte sie sich zu James herüber und sagte noch leiser als zuvor: »Es ist nicht so, wie es nach außen scheint. Ich bin sozusagen beruflich hier. Ihr Freund Clive suchte ein bisschen Gesellschaft, solange er in der Stadt ist. Ich finde, er ist ein Arschloch. Aber wenn er sich nicht bis zur Bewusstlosigkeit betrinkt, werden wir vermutlich in ein paar Stunden miteinander ins Bett gehen.« Sie setzte sich wieder aufrecht und lächelte vage in Clives Richtung, dessen aufgedunsenes Gesicht vom Alkohol noch mehr gerötet war als zuvor.

»Jetzt können Sie über mich lachen«, sagte sie nervös, aus dem Mundwinkel. Dann drehte sie sich wieder zu James um, absorbiert von der Intensität ihrer Gedanken. »Na los, erzählen Sie mir, was für ein wertloses Leben das ist.« Ihr Ausdruck war voller Erwartung, als sehe sie den Schlag bereits kommen und sei entschlossen, nicht auszuweichen.

James hatte das Gefühl, als hätte man ihn aus einer Erstarrung gerissen, in die geballte Wut dieser Frau hinein, und zu seiner Überraschung hatte er nicht das Bedürfnis, sich abzuwenden.

»Nein«, sagte er. »Das finde ich nicht. Wirklich nicht.«

Sie legte den Ellbogen auf den Tisch und stützte den Kopf in die Hand. Sie wirkte enttäuscht. Am ganzen Tisch lachten und riefen die anderen durcheinander; die Unterhaltung war mittlerweile in Anekdoten übergegangen, die man sich über den Lärm hinweg zuschrie.

»Sind Sie also reich oder so was?«, fragte sie inmitten des Stimmengewirrs. »Haben Sie deshalb so viel Zeit?« Sie zog ihren Teller wieder heran und zerbröselte ein Stück Brot.

»Nein«, sagte James, und verspürte plötzlich Zärtlichkeit für diese Fremde. »Um ehrlich zu sein, ich werde bald sterben.«

Die junge Frau erstarrte für einen Augenblick, als sei sie jäh aus ihrer Selbstgefälligkeit herausgerissen worden. Es sah aus, als würden seine Worte von ihrem Bewusstsein gefiltert, und ihr Ausdruck wechselte von Verwirrung über Ungläubigkeit zu düsterer Gefasstheit.

»Das tut mir Leid«, sagte sie, und James glaubte ihr. »Wie viel Zeit bleibt Ihnen noch?«

Er sah in ihre großen schwarzen Augen, dann auf seine Hände.

»Schwer zu sagen. Nicht viel, glaube ich.«

Sie war der erste Mensch, dem er davon erzählte. Anderthalb Jahre lang hatten die Medikamente gewirkt, und dann halfen sie plötzlich nicht mehr. Ein resistenter Virus, hatten die Ärzte gesagt. Einen Moment lang packte ihn wieder die überwältigende Scham, dass er diese Krankheit, vor der er so gewarnt worden war, in seinen Körper hatte eindringen lassen, sich ihr ausgeliefert hatte, auf der Suche nach Lust, und sich dabei auf Leute verlassen hatte, denen er lieber nicht hätte glauben sollen. Doch er hatte schon früh im Leben gelernt, dass es Dinge gab, über die man besser nicht lange nachdachte. Die Scham verflog, und er verscheuchte den Gedanken daran.

Plötzlich stand Clive hinter ihnen, legte die Arme um ihre Schultern und beugte sein verquollenes Gesicht zu ihnen herab.

»Was habt ihr beiden denn für Geheimnisse?«, fragte er lauter als notwendig. »Ich bin bloß eine Woche hier, Finn, ich möchte mich mit meiner Freundin amüsieren.« Er umfasste Trishas Gesicht mit beiden Händen und küsste sie grob auf den Mund. »Na los, macht mal Platz.« James rückte weiter. Über Clives Schulter hinweg sah die junge Frau ihn an, und einen Augenblick lang spürte er, wie seine Zärtlichkeit von ihrem besorgten Blick gespiegelt wurde. Clive begann, ihre Wange zu streicheln. Sie schaffte es, ihm zuzulächeln, bevor sie die Augen schloss.

Später, als sich alle im Foyer des Restaurants verabschiedeten, drängte Clive darauf, dass James am nächsten Abend mit ihnen in einen Pub auf der King's Road ging. Laughton, ebenfalls ein Klassenkamerad, würde auch da sein. James murmelte eine Entschuldigung – ein Projekt bei der Arbeit, Überstunden.

Als sie sich vor dem Zigarettenautomat an Clive lehnte, reichte ihm die junge Frau gerade bis an die Schultern.

»Es war schön, Sie kennen zu lernen«, sagte James, doch im gleichen Moment schlängelte sich ein Kellner zwischen ihnen durch, und als er vorbei war, hatte sie sich abgewandt. Die Worte zu wiederholen wäre übertrieben, dachte er. So winkte er nur zum Abschied und verließ das Restaurant als Erster, vor den anderen.

Auf dem Bürgersteig vor ihm fuhr ein Bus in die Haltestelle ein. Eine kleine Gruppe von Fahrgästen stieg am hinteren Perron aus und zerstreute sich. Er wandte sich nach Osten und ging rasch hinter den verschwindenden Gestalten her.

Die Bank vor der Parkmauer war leer, die Laterne brannte bereits. Er sollte lieber nach Hause gehen, sagte er sich. Doch dann hörte er Schritte nahe der Buchenhecke und das Geräusch eines flachen Atems. Er ging weiter. Im Unterholz sah er einen unrasierten Mann mit bauchfreiem Hemd, der sich vorsichtig einen Weg um die schimmernden Schlammpfützen am Boden bahnte. James bewegte sich weiter auf den Schuppen zu und wartete gleich neben dem Pfad. Junge und alte Männer gingen zwischen den Bäumen. Hin und wieder blieben sie stehen, um in die Schatten zu spähen; ein weißes Kleidungsstück oder das Weiße in ihren entschlossenen Augen reflektierte das Licht von der Laterne und schwebte einen Augenblick lang in der Dunkelheit. Er ließ sie vorbeigehen und versuchte noch, sich einzureden, so wie er es immer tat, dass er später dankbar wäre, wenn er jetzt wieder kehrtmachte.

Wenig später kam ein Mann mit spärlichem schwarzem Haar in Anzug und blank polierten Schuhen auf ihn zu und blieb neben ihm stehen. James stand ganz still und ermahnte sich, weiterzuatmen. Sie begrüßten sich leise, eine Hand legte sich flach auf seine hämmernde Brust. Er streckte den Arm aus, um die Krawatte des Mannes zu lösen, dann trafen sich ihre Lippen. James schloss die Augen, und der angestaute Schwall seines Verlangens strömte in seine Glieder zurück. Er fuhr mit den Händen über den Rücken des Mannes, umfasste seine Schultern, packte ihn am Hinterkopf. Mittlerweile war es stockdunkel, und er hatte das seltsame

Gefühl, es sei die junge Frau aus dem Restaurant, die er umarmte, ihre schlanke Gestalt, ihre Not. Seine Bewegungen wurden sanfter; er umarmte sie, wie er einen alten Menschen umarmt hätte oder jemanden, der alle Kraft verloren hatte, als versuchte er, durch seine Berührung eine Art Absolution zu erteilen. Dann spürte er das Kratzen der Stoppeln am Hals, fuhr mit der Hand unter die baumelnde Krawatte, und plötzlich war es nicht mehr die Frau, an die er sich in diesem Tanz von Erscheinungen schmiegte, sondern sein Vater. Die Hände am Hosenlatz, das Kondom, der heiße Mund, all das war eine einzige Enttäuschung.

Eines Morgens, etwa einen Monat später, klopfte ein Angestellter der British Telecom an der Tür. Seit Wochen warf James seine Post ungeöffnet in den Abfall, und diese Gewohnheit schien ungebetene Besucher anzulocken. Sie hätten Mahnungen geschickt, sagte der Mann, sie hätten versucht, ihn anzurufen, aber nun sei das Telefon abgestellt. Ob er Geldprobleme habe? Er erklärte James, dass es für Leute mit finanziellen Schwierigkeiten die Möglichkeit gab, ihre Rechnungen in Raten abzuzahlen.

»Es liegt nicht am Geld«, sagte James. »Ich will einfach kein Telefon mehr haben.«

Der Mann wirkte verwirrt, als sei James geistesgestört und ihr Gespräch drehe sich um eine Unterbringung in einer offenen Anstalt. Er warf einen Blick durch das vordere Fenster, als sei er auf der Suche nach jemandem, der hier zuständig war.

Am Dienstag hatte man seinen Kabelanschluss gekappt, und wenig später hatte James festgestellt, dass die Zeitung nicht mehr wie jeden Morgen vor der Haustür lag. Als er eines Nachmittags auf dem Weg ins Kino in ein Taxi stieg, hatte er zwei Männer mit Sonnenbrille gesehen, die an seiner Tür klopften. Er erkannte sie wieder: Es waren Angestellte des Inkassobüros, das Shipley's für seine Mietobjekte benutzte. Offenbar verdienen sie sich mit Kreditkarten noch etwas dazu, dachte er, denn er ignorierte zwar seine Post, hatte aber gewissenhaft darauf geachtet, jeden Monat seine Miete zu bezahlen.

»Hier«, sagte James und griff nach dem Telefon, das er vor einer Woche, in die Kabel verschnürt, an den Fuß der Treppe gelegt hatte. »Ich nehme an, Sie sind deswegen gekommen.«

Als an diesem Abend das Licht im Park verblasste, schrieb er:

> Lieber Vater,
> die Mittsommernacht ist nun schon eine ganze Weile her, und die Tage werden kürzer. Vermutlich sollte man seine Briefe mit einer solchen Beobachtung beginnen, im Schutz neutraler Fakten.
> Seit ich nicht mehr arbeite, vergeht die Zeit langsamer. Ich denke viel an die Vergangenheit, und die Erinnerungen tragen dazu bei, die Gegenwart weniger real zu machen, beispielsweise die Erinnerung daran, wie du im blauen Anzug an der Hintertür gestanden und deinen Kopf gegen die steinerne Einfassung gelehnt hast, während sich die Dämmerung über den Garten senkte. An manchen Tagen habe ich das Gefühl, immer noch in diesem Garten zu sein, dir zuzusehen und mich zu fragen, woran du wohl denkst. Siehst du mich dort? Erinnerst du dich?
> Es wird dich freuen, dass ich verantwortungsbewusst

mit meinem Geld umgegangen bin. Alles ist fix und fertig aufgesetzt und unterzeichnet. Mum wird keine Probleme damit haben. Ich finde dich hin und wieder hier im Park, Teile von dir, die zwischen den Bäumen verstreut sind, doch je mehr die Zeit vergeht, umso kleiner wird das Bedürfnis danach. Ich komme bald nach Hause.

Er blieb am Ende der Bank sitzen, lauschte den Bäumen und der Musik aus der Wohnung hinter der Mauer. Sein Atem ging flach, jetzt allerdings nicht aus Erregung. Vor der Haustür zitterten seine Hände, als er den Schlüssel ins Schloss steckte, und er musste sich an die Wand lehnen. Auf der Treppe hielt er sich am Geländer fest.

Es war ein regnerischer Morgen gegen Ende dieser Woche, als es erneut klingelte. Da James argwöhnte, es könnte wieder ein Geldeintreiber sein, warf er einen Blick durch die Gardine. Es war Patrick, sein Kollege bei Shipley's. James hätte eigentlich vor fünf Tagen wieder anfangen müssen zu arbeiten, doch um die Zeit hatte er das Telefon ausgestöpselt. Falls sie versucht hatten, ihn anzurufen, hatte er es nicht gemerkt. Er dachte daran, ihn einfach klingeln zu lassen und so zu tun, als sei er nicht da, doch dann fehlten ihm die Nerven, und er ging in den Flur, um ihm aufzumachen. Patrick stand im Regenmantel vor der Tür; sein rotes Haar hing in dunklen, feuchten Strähnen herab.

»James! Da bist du ja!«, rief er. »Was ist los mit dir, Mensch? Wir dachten schon, du bist in irgendeinem Graben gelandet.«

James stand da und starrte den jungen Mann an, der ihn in diesem letzten Jahr im Büro so aufgewühlt hatte, dem er –

unsichtbar – jeden Wunsch von den Augen abgelesen hatte, Wünsche und Vorlieben, die James sich wahrscheinlich ohnehin nur eingebildet hatte – ein ausgetüfteltes Räderwerk, das nirgendwohin führte.

Er hatte seit mehr als einer Woche mit niemandem mehr gesprochen und merkte, dass Patricks Besuch ihn überrumpelte, als hätte dieser Mann mittlerweile weg sein müssen, so wie ein Gedanke aus dem Bewusstsein verschwindet. Doch da stand er, triefend nass, während ein benommenes schwaches Grinsen über sein Gesicht huschte.

»Komm rein«, sagte James.

Patrick zögerte und warf einen Blick auf James, der ihm unrasiert, in Bademantel und Hausschuhen aufgemacht hatte, als spürte er, dass er in etwas hineingestolpert war, das schlimmer war, als er erwartet hatte. »Simon hat sich Sorgen gemacht«, sagte er. Im trüben Licht des Flurs kniff er die Augen zusammen. »Du siehst nicht besonders gut aus. Warst du krank?«

»Ja. Dieser Ausschlag, ich ... er geht einfach nicht weg. Außerdem hatte ich eine Erkältung. Ich wollte anrufen, aber es gab ein Problem mit den Leitungen – hier im Haus, meine ich.«

Patrick betrachtete das Wohnzimmer, registrierte die überall verstreuten Kleidungsstücke, die Tiegel voller Salben und alten Arzneifläschchen auf dem Kaminsims.

»Um ehrlich zu sein, ich werde nicht mehr zur Arbeit kommen. Ich ziehe um.«

»Was soll das heißen? Hast du Simon schon Bescheid gesagt?«

»Nein. Ich müsste ihn anrufen. Weißt du, ich habe beschlossen, dass ich mir mehr Zeit für meine Familie nehmen muss, deshalb kann ich nicht hier bleiben. Es kommt ein bisschen plötzlich, ich weiß.« Er spürte, wie er sich innerlich gegen diese Ausrede sträubte, doch zugleich empfand er Erleichterung. Es war ein unsentimentaler Abschied von der Verpflichtung, einfach ehrlich zu sein, und von sämtlichen Möglichkeiten, die sie je miteinander hätten haben können. Er hatte sich mit der Vorstellung beschäftigt, was Glück für diesen Mann bedeuten mochte, und jetzt konnte er ihm einen distanzierten Blick zuwerfen und sich um die Wahrheit herumdrücken.

»Entschuldige, ich hätte dir den Mantel abnehmen sollen«, sagte James, plötzlich die Höflichkeit in Person. »Komm doch rein und setz dich.«

»Nein, ich muss zurück ins Büro.« Patricks Gesicht spiegelte Verwirrung; es war der Ausdruck eines Mannes, der in den falschen Film geraten ist und sich im Dunkeln plötzlich mit fremden oder verstörenden Bildern konfrontiert sieht.

Bevor er wusste, was er tat, hatte James ihm die Hand auf die Wange gelegt und strich mit dem Daumen über die weiche, sommersprossige Haut unter seinem Auge. »Danke«, sagte er. »Danke für alles.«

Errötend wandte Patrick den Kopf ab und tastete nach dem Türgriff hinter sich. »Ich muss los.«

Er schritt rasch den kleinen Pfad entlang zum Tor und drehte sich auch auf der Straße nicht mehr um, sondern ging weiter, bis er hinter der Bushaltestelle verschwand und nicht mehr zu sehen war.

James rief Simon nicht an. Zuerst plagte ihn das schlechte Gewissen, das beunruhigende Gefühl, jemanden im Stich gelassen zu haben, doch je mehr die Zeit verging, umso abstrakter wurde sein Gefühl von der Welt. Nach einer Weile bezweifelte er, dass er noch irgendwen erkennen oder umgekehrt jemand ihn wieder erkennen würde, wenn er jetzt im Büro auftauchte. Die Ärzte hatten gesagt, dass so etwas vorkommt, dass die Erinnerung schwinden und die Verwirrung überhand nehmen kann, wenn sich der Virus im Gehirn ausbreitet.

Allmählich löste die Zeit sich auf, ein Prozess, in dessen Verlauf ganze Phasen seines Lebens ausgelöscht wurden. Er vergaß Simon und das Büro, Patrick und das Jahr, das er damit verbracht hatte, sich über seine Gefühle den Kopf zu zerbrechen. Eines Morgens erkannte er die Wohnung nicht mehr wieder, in der er lebte, und bildete sich ein, der wirkliche Besitzer könne zurückkehren und ihn auf die Straße setzen. Er wanderte durch die fremden Räume, und manchmal bildete er sich ein, wieder im Garten seiner Kindheit zu sein, wo er neben dem Vogelbad hockte und auf die Abenddämmerung wartete.

In der Nähe gab es einen Park, wo er abends hinging. Wenn er das andere Ende erreichte, wo eine leere Bank im Schein der Straßenlaterne stand, war er häufig ratlos. Von irgendwoher kam ein kaum hörbares Flüstern, das sofort verstummte, wenn er stehen blieb, um zu horchen – so wie ein Traum in dem Moment verfliegt, in dem man versucht, sich zu erinnern.

Als er eines Abends von seinem Spaziergang zurückkehrte, sprach ihn eine junge Frau an. Es war am Fußgängerübergang. Sie hatte gerade die Straße überquert und wollte an ihm vorbeigehen, als sie plötzlich stehen blieb und ihm eindringlich ins Gesicht sah. Sie hatte die riesigen Augen einer Eidechse und ein hageres Gesicht, das genauso hell war wie ihr Haar. Sie fing an, mit James zu sprechen, stellte ihm Fragen nach seiner Gesundheit und bemerkte, wie dünn er geworden sei. Ob er Geld brauche? Er lächelte und beantwortete die Fragen, so gut er konnte, in der Hoffnung, dass sie weitergehen würde. Er habe sie in einer schlimmen Zeit kennen gelernt, sagte sie und kramte in ihrer Handtasche nach einer Zigarette, jetzt sei es anders und sie habe das ganze Chaos hinter sich. Er nickte zustimmend, und das schien sie zu beruhigen, denn sie hörte auf, so fahrig herumzufuchteln, und legte ihm kurz die Hand auf den Arm. Es tue ihr so Leid, sagte sie, sie habe ihn nicht mit ihren Angelegenheiten belästigen wollen. Ob sie etwas für ihn tun könne? Höflich lehnte er ab, überzeugt, dass sie ihn mit jemand anderem verwechselt hatte.

James saß in einem Zimmer am Fenster und versuchte, ein Buch zu lesen. Es war Nachmittag, draußen fiel ein gleichmäßiger Regen. Der Roman handelte von einem alten Mann, der seinen Enkel mit Geschichten über seine Vorfahren fesselt und sich dabei mehr und mehr in die Gegenwart vortastet, bis er schließlich die Geschichte des Jungen selbst erzählt und die Erzählung sich in eine Prophezeiung verwandelt, die dem Zuhörer Angst macht. Er las immer nur ein paar Seiten auf einmal, ruhte hin und wieder die Augen aus oder starrte nur einfach auf die Straße. Dort standen Frauen mit Schultertüchern an der Bushaltestelle, und alte Männer, die ihre Mützen tief ins Gesicht gezogen hatten, drückten sich in die Hauseingänge und warteten, dass der Regen nachließ. Ihre Umrisse waren verschwommen, verwischt von dem Wetter; ihre dunklen Schuhe verschmolzen mit dem nassen Pflaster, bis es James erschien, als versänken sie im Schlamm. Er schüttelte den Kopf ein wenig und wandte sich wieder dem Buch zu. Doch nun hatte er den Anschluss verloren und merkte, dass er dieselben Sätze wieder und wieder las, bis die Worte überhaupt keinen Sinn mehr ergaben. Er legte das Buch weg. Als er das nächste Mal auf die Straße blickte, war er wie gelähmt von dem, was er sah: Sein Vater stand auf der anderen Straßenseite und blickte hinauf zu seinem Fenster. Er trug seinen blauen Anzug, die Arme hingen schlaff am Körper herab, und auch die Mundwinkel waren herabgezogen. Reglos starrte er James an, der das Gefühl hatte, als würden sich schwere Kabel aus den Augenhöhlen seines Vaters lösen, über die Straße und durch das Fenster kommen und sich um seinen Schädel wickeln. Er sprang auf und legte seine Hände auf die Fensterscheiben, doch als er erneut hinsah, war die Gestalt verschwunden, in die Pflastersteine und die rußgeschwärzte Mauer dahinter übergegangen.

Etwas später an diesem Tag verlor er das Bewusstsein, als er mit einem Glas Wasser in der Hand vor dem Spülbecken stand. Er sah, wie die Arbeitsplatte plötzlich zur Seite kippte, und danach wurde ihm schwarz vor Augen. Als er wieder zu sich kam, lag er auf dem Linoleumboden. In der Küche war es dunkel, und am Widerschein der Autoscheinwerfer an der Decke konnte er erkennen, dass es auch draußen dunkel war. Er blieb eine Weile dort liegen und horchte auf die vorbeifahrenden Autos und das ferne Dröhnen der Jumbos, die zur Landung ansetzten. Als er aufstehen wollte, merkte er, dass er keine Kraft in den Armen hatte und in einer Schweißlache lag, die sich auf dem harten Boden unter ihm ausgebreitet hatte. Einen Augenblick lang überwältigte ihn die Panik, und er hätte beinahe geschrien. Doch so schnell sie gekommen war, so schnell verschwand sie auch wieder, und er starrte weiter auf die über die Decke huschenden Lichter. Ganz sacht erschien ein Bild nach dem anderen vor seinem geistigen Auge. Die unergründliche Gewalt der Erinnerung an sein Leben spülte über ihn hinweg und ließ ihn schwerelos und erwartungsvoll zurück. Er dachte an Stockwell und die Euphorie, die ihn an Winternachmittagen erfüllt hatte, wenn das Spiel vorüber war und er über den Platz rannte, wo die Eltern in geheizten Wagen auf ihre Kinder warteten. Und er dachte an die versiegelten Briefe im Wohnzimmerregal. Er war ruhig. Bald würde er wieder zu Hause sein und neben dem Grab seines Vaters ruhen, so wie es der Geistliche in seinem Brief versprochen hatte.

Vorahnung

Es wurde dunkel auf dem Fußballplatz. Die anderen Jungs waren schon reingegangen. Samuel war noch eine halbe Stunde länger geblieben, um mit seinem Freund Giles, der jetzt vor dem Tor stand und auf den nächsten Schuss wartete, Elfmeter zu üben. Samuel machte zehn Schritte zurück, rannte dann auf den Ball zu, zielte nach links oben und verpasste die Ecke nur um wenige Zentimeter.

»Sollen wir Schluss machen?«, fragte Giles und rieb seinen Schuh über das Gras, um ihn vom Schlamm zu säubern.

»Willst du nicht auch mal?«

Giles schüttelte den Kopf. »Ich bin erledigt, gehen wir rein.«

Auf dem Weg zurück zu dem alten Herrenhaus, in dem die Schule untergebracht war, bemerkte Samuel das Gurren und Flügelschlagen in dem zerfallenen Taubenschlag, das gedämpft über den Rasen hallte. In diesem Augenblick dachte er ohne jeden ersichtlichen Grund: Wie traurig, dass Jevins jetzt sterben muss, so ganz allein, in seinem Apartment über den Schlafsälen der sechsten Klasse.

Mr. Jevins, der noch an diesem Vormittag in seinem Talar und mit den ovalen Brillengläsern auf der Nase vor ihnen gestanden und lateinische Verse rezitiert hatte – von wem sie stammten oder was sie bedeuteten, wusste keiner von ihnen. Sie hatten entdeckt, dass Jevins sie vorzeitig gehen ließ, wenn sie die Zeiger der Wanduhr um zehn Minuten vorrückten und Bennets Wecker stellten, den Jevins, der halb taub war, dann fälschlicherweise für die Schulglocke hielt. Achtzig war er mindestens, wenn nicht älter. Seine Stimme war ein raues Flüstern, das sich nur selten zu voller Lautstärke erhob, vermutlich, wenn es um einen Kaiser oder eine Schlacht geht, dachte Samuel. Die Schüler ignorierten ihn ganz offen, schwätzten oder warfen mit Papierkügelchen. Seit Samuel nach St. Gilbert gekommen war, hatte er einen Schmerz empfunden, der mit diesem Mann zusammenhing – ein Gefühl, das er weder kundtun noch begreifen konnte. An diesem Morgen hatte Jevins zum ersten Mal sein in Leder gebundenes Buch aufs Fenstersims geknallt und wütend gerufen: »Wollt ihr nun, dass ich die Lektion fortsetze oder nicht?«

Miller, der Rüpel der Klasse, war aufgestanden und hatte sich an seine Mitschüler gewandt: »Stimmen wir ab, meine Herren. Wollen wir, dass Jevins mit seiner Lektion weitermacht? Ich bitte um Handzeichen für nein.«

Die meisten Jungen hatten die Hand gehoben, sich dabei den Mund zugehalten und verstohlen gekichert. Jevins hatte einfach nur dagestanden und zugeschaut. Dann war Bennets Wecker losgerasselt, und die Jungen hatten ihre Bücher in die Schultaschen gestopft und waren zur Tür gelaufen. Samuel war nicht so schnell gewesen, weil er gerade versucht hatte, für einen Erdkundetest zu lernen. Als er aufsah, hatte sich die Klasse geleert, bis auf Mr. Jevins, der immer noch auf seinem Posten stand. Er war im Zweiten Weltkrieg Infanterist gewesen, hieß es, in Dünkirchen am Strand verwundet und am D-Day, dem Tag der Landung der Alliierten in der Normandie, über den Ärmelkanal nach Hause transportiert worden. Die runzelige Haut unter seinen Augen zuckte, ein nervöser Tick, und der Ausdruck der Niederlage in seinem Gesicht blieb unverändert, als er seinen letzten übrig gebliebenen Schüler anstarrte. Samuel hatte nach seinem Ranzen gegriffen und war aus der Klasse gestürzt.

Jetzt, als er in der Abenddämmerung zusammen mit Giles vom Fußballplatz zurückkam, konnte er sehen, dass in der Bibliothek das Licht brannte. Dort lernten die älteren Schüler für ihre Aufnahmeprüfungen. Im obersten Stock des Hauses brannte auch in Mr. Jevins' Apartment noch Licht, und die Vorhänge waren geschlossen. Einen Augenblick lang fragte er sich, ob der alte Mann mit geschlossenen Augen auf dem Bett lag oder in dem grünen Ledersessel im Wohnzimmer saß, wo er im Herbst vor zwei Jahren die Regeln für die neuen Schüler erklärt hatte: wie man mit den Hausmüttern umging, an wen man sich wenden konnte, wenn es Schwierigkeiten gab – den stellvertretenden Vertrauensschüler, dann den Vertrauensschüler und erst dann den Lehrer. Es kam ihm ungehörig vor, sich die Leiche seines Lehrers vorzustellen, als wäre er zu mitternächtlicher Stunde einem halb nackten Mr. Jevins im oberen Flur begegnet – eine peinliche Sache, die man nicht so schnell vergessen würde.

Im Hof, noch bevor Samuel entschieden hatte, ob er etwas sagen sollte oder nicht, bog Giles zu den Umkleideräumen im Lincoln House ab. Samuel ging weiter zu seinem eigenen Flügel. Als er nach dem Duschen und Abendessen die Haupthalle betrat, sah er Mr. Kinnet, den neuen Lehrer, der an der Tür zur Bibliothek stand und eine Zigarette rauchte. Er hatte in dieser Woche Nachtdienst und beaufsichtigte den Lesesaal. Samuel wollte ihm erzählen, was Jevins passiert war. Irgendwer musste es erfahren, dachte er, ein Erwachsener.

»Hast du ein Problem, Phipps? Musst du aufs Klo oder so was?«

»Nein, Sir.«

»Du siehst aus, als wäre dir schlecht.«

»Nur müde, Sir.«

»Es ist nicht mal halb acht, müsstest du dich nicht von deinen älteren Mitschülern schikanieren lassen?«

»Es ist Freitag, Sir. Die meisten sind nach Hause gefahren.«

»Ich geb dir einen guten Rat: Freunde dich mit den Tagesschülern an. Einem dieser Vollidioten aus der Gegend mit großem Haus und Swimmingpool. Bring seine Mum dazu, dich am Wochenende mitzuschleppen.«

Er löschte seine Zigarette, indem er sie aus dem Fenster hielt und an dem eisernen Fensterflügel ausdrückte.

»Mr. Jevins«, platzte Samuel heraus. »Es ist traurig.«

»Was meinst du, Phipps?«

»Nichts.« Er lief rasch die Vordertreppe hinauf, deren Stufen schrecklich laut knarrten, dann die nächste Treppe bis zu seinem Stockwerk und den Gang entlang zum Schlafsaal. Er war leer. Aus dem Fenster blickte er über den dunklen Rasen. Er wünschte, Trevor wäre bei ihm, sein älterer Bruder. Eine durchdringende Traurigkeit hatte ihn gepackt, doch im gleichen Augenblick mahnte ihn eine innere Stimme, kein Waschlappen zu sein.

Obwohl erst in einer Stunde das Licht gelöscht werden würde, ging er zu Bett. Dort las er drei Erdkundelektionen, die erst am Montag fällig waren, und widmete sich den Zahlen in seinem Chemiebuch, wobei er die Summe im Kopf ausrechnete und dann ein Häkchen hinter jede Zahl setzte, die er nachgerechnet hatte. Das lateinische Lehrbuch ließ er im Regal hinter sich liegen und fragte sich, ohne es eigentlich zu wollen, wie lange es dauern würde, bis man einen neuen Lehrer für seine Klasse gefunden hätte und ob der alte Mann im Augenblick des Todes gelitten hatte.

»Phippsy! He!«

Giles rüttelte ihn wach. Es war noch lange hin bis zum Frühstück, doch alle Jungen waren wach und liefen im Schlafsaal herum.

»Jevins ist abgekratzt! Sie tragen ihn gerade runter! Der Krankenwagen steht vor der Tür! Bennet heult schon seit Stunden, der Schlappschwanz. Na los, steh auf!«

Samuel rannte zum Fenster und drängelte sich zwischen den größeren Jungen durch, um besser gucken zu können. Weder Sirene noch Blaulicht waren eingeschaltet. Der Krankenwagen wirkte beinahe verlassen, wie er so auf dem leeren, mit Kies bestreuten Parkplatz wartete. Die Hecktüren standen offen, und die Scheinwerfer brannten, obwohl die Sonne bereits den äußersten Rand des Feldes erreicht hatte.

»Wurde auch Zeit«, sagte ein kleiner Zweitklässler. »Der war ja schon eine Mumie.«

»Jünger als die Möse deiner Mutter, Krishorn.«

Schweigen breitete sich aus, als zwei Männer in marineblauer Uniform mit einer Bahre aus dem Portikus traten. Darauf lag die Gestalt, die mit einem Laken bedeckt war. Der Körper war zu breit für die Bahre, die Arme baumelten zu beiden Seiten, und man sah die Hände. Bennets Schluchzen drang vom anderen Ende des Saals bis zum Fenster. Der erste Sanitäter kletterte in den Wagen, und dann verschwand die Bahre im Inneren.

»Kein Deus ex machina für Jevins, was? Ende der Vorstellung.« Giles starrte mit wehmütigem Ausdruck auf den

Krankenwagen, als sei es das Auto seiner Eltern, das die Einfahrt hinunterfuhr. Samuel umklammerte den kühlen Stein der Fenstereinfassung, während alle Geräusche rings um ihn zu verebben schienen.

Beim Frühstück stand der Direktor vom Lehrertisch auf und erklärte, er habe die traurige Pflicht, ihnen mitzuteilen, dass Mr. Jevins am vergangenen Abend an Herzversagen gestorben sei. »Er hat dieser Schule zweiundvierzig Jahre gedient und war der beste Lateinlehrer, den ich je erlebt habe.« Darauf folgte vereinzeltes höhnisches Kichern. Mit unübersehbarer Missbilligung fuhr der Direktor fort: »Und um allen Gerüchten vorzubeugen: Mrs. Pebbly hat Mr. Jevins heute Morgen tot in seiner Wohnung aufgefunden. Ein Gottesdienst wird am Montag um vier in der Kapelle abgehalten. Eure Eltern werden benachrichtigt. Aus Respekt vor Mr. Jevins halte ich es für angebracht, dass wir den Rest unseres Frühstücks schweigend einnehmen.« Und damit setzte er sich wieder hin.

An diesem Nachmittag versuchte Samuel, Giles und ein paar anderen hinten am Klubhaus bei einer Partie French Cricket zuzusehen, doch immer wieder wanderte sein Blick empor zu den weißen Wattewolken. Der Anblick der Bahre, das saubere weiße Laken, die offenen Handflächen. Es hatte einen Teil von Samuels Bewusstsein zum Stillstand gebracht, dessen Bewegung ihm bisher noch nie aufgefallen war. Eine winzige Kugel in der Mitte seines Gehirns hörte auf, sich zu drehen. Es machte ihm Angst. Er hatte immer geglaubt, Furcht sei etwas Rasches, etwas, das einen vorwärts trieb.

Oben im Schlafsaal hatte er auch nach dem Frühstück an diesem Morgen immer noch auf eine Erklärung für sein

Wissen gehofft, eine Unterhaltung unter den Lehrern, die er mitgehört hatte, ohne es zu registrieren, irgendeine Bemerkung beim Abendessen. Doch nachdem der Direktor geschildert hatte, was passiert war, einschließlich der Zeitumstände, sah Samuel das Essen auf seinem Teller, die Jungs, die ihm gegenübersaßen, und den ganzen Speisesaal wie durch das falsche Ende eines Fernrohrs. Es war, als hätte sich die alltägliche Welt, alles, was ihm vertraut war, als winziges, überfülltes Gebäude entpuppt, voller Lärm und Geplapper. Ein Haus in einer leeren Ebene. Jenseits der Mauern eine riesige Landschaft.

Das kaum wahrnehmbare Vorrücken der Wolken über den Himmel erschien ihm wie ein Beweis für diese verborgene Unermesslichkeit, die hektischen Bewegungen seiner Klassenkameraden auf dem Spielfeld nichts weiter als das Summen von Fliegen vor dem Fenster seines Dachzimmers. Hier, auf dem Sportplatz, sehnte er sich heftiger als je zuvor nach Trevors Nähe. Er hätte sich gern in seinem Zimmer ausgestreckt, wo Trevor am Schreibtisch saß, am Computer herumfummelte und sich endlos über irgendwelche Computer-Probleme ausließ. Die Bücher, die er per Versand bestellt hatte, lagen aufgeschlagen neben ihm, und er selbst hörte kaum jemals zu, was Samuel zu sagen hatte, nickte aber wenigstens. Sein Bruder, der auf seiner Schule nicht besonders glücklich wirkte und offenbar keine Freunde fand. In diesem Zimmer, zusammen mit Trevor, war er vielleicht noch sicher.

Als der Peugeot seiner Eltern am nächsten Montag um zehn vor vier in den Parkplatz einbog, kam es ihm vor, als hätte er seit Jahren mit keiner Menschenseele mehr gesprochen. Er rannte zum Wagen. Seine Mutter, ganz in Schwarz, mit Handtasche, war kaum ausgestiegen, als es aus ihm herausbrach: »Mum, ich wusste es, ich wusste es vor allen anderen, bevor sie es uns gesagt haben, ich wusste, dass sie einen neuen Lehrer finden müssen, und es war genau zu der Zeit, als es passierte, kurz nach sieben, ich wusste es vor allen anderen, dass er tot war.«

Er brach in Tränen aus, presste sein Gesicht an den Körper seiner Mutter und klammerte sich an sie. Ihre Hände streichelten seinen Rücken, die Arme wiegten seinen Kopf.

»Schon gut, mein Schatz, schon gut.«

»Aber ich wusste es«, murmelte er in ihr Kleid. »Wieso? Wieso?«

Ihre Hände hielten inne; dann zog sie ihn noch enger an sich.

»Jetzt ist es vorbei, alles wird gut … Natürlich hast du es nicht gewusst, Schatz. Er war ein guter Lehrer … du hast ihn gern gehabt. Es ist schwer, das ist alles.«

Samuel sah zu ihrem Gesicht auf. Sie hatte langes schwarzes Haar, das jetzt vom Wind ein wenig zerzaust war. Normalerweise trug sie kein Make-up, doch heute hatte sie einen blassen Lippenstift aufgetragen, und der Ausdruck in ihren Augen erinnerte ihn an die Zeiten, wenn er krank war. Er wollte sie trösten, es ihr erklären.

»Mum, ich wusste es am Freitag. Mrs. Pebbly hat ihn aber erst am Samstagmorgen gefunden.«

Sie lächelte kraftlos und blickte auf die Kieselsteine zu ihren Füßen.

»Weißt du noch, als Großmutter gestorben ist?«, fragte sein Vater über den Wagen hinweg. Seine Stimme klang unnatürlich laut; dabei starrte er Samuel eindringlich an. Hemd und Krawatte zwängten seinen Hals ein. »Weißt du noch, wie traurig wir alle waren? Jetzt bist du auch traurig. Verstehst du? Und manchmal bildet man sich Dinge ein, wenn man traurig ist. Das ist ganz natürlich.«

»Aber es war Freitag. Ich kam vom Fußballplatz –«

Sein Vater wandte abrupt den Kopf ab und blickte über das Feld. Er schloss den Mund und schluckte, dann starrte er mit zusammengekniffenen Augen in die Ferne. Seine Mundwinkel waren herabgezogen, als würgte er irgendwas Unappetitliches hinunter.

»Gehen wir«, sagte er zu Samuels Mutter, drehte sich um und stapfte quer über den Parkplatz.

»Wir kommen noch zu spät.«

In der Kapelle umriss der Direktor das Leben von Mr. Jevins, sprach von seiner Militärzeit, dem Verdienstkreuz, seinem Aufenthalt als Lehrer in Rhodesien und den Jahren auf St. Gilbert. Mr. Jevins' ältere Schwester sagte ebenfalls ein paar Worte. Die Zeremonie endete mit der Aufnahme einer Kirchenmusik, die Jevins besonders geliebt hatte, Allegris *Miserere*. Die Schüler kannten sie alle, da sie die Aufnahme an jedem dritten Sonntag im Monat, wenn der alte Mann als Geistlicher fungierte, gehört hatten. Immer, wenn er das Lied spielte, hatte er sie daran erinnert, dass es sich bei dem lateinischen Gesang um den einundfünfzigsten Psalm handelte, den er ihnen anschließend auf Englisch rezitierte. Samuel erinnerte sich deutlich daran, wie Jevins in seinem Talar auf der Stufe des Altars gestanden hatte. Er war der einzige Lehrer gewesen, der noch einen trug. Und jedes Mal hatte er vor der letzten Zeile des vorletzten Verses innegehalten, und dann war seine Stimme so leise geworden, als spräche er nur zu sich selbst: *Die Opfer, die Gott gefallen, sind ein geängsteter Geist, ein geängstetes, zerschlagenes Herz wirst du, Gott, nicht verachten.*

Diesmal übersetzte niemand den Zuhörern den Text, nachdem der Gesang geendet hatte. Die Jungen und ihre Eltern strömten aus der Kapelle in den Hof. Die Frauen aus der

Küche nahmen die Plastikfolie von den Platten mit Sandwichs und begannen, Tee auszuschenken.

Mr. Jevins war nur einen Monat nach Beginn des Schuljahres gestorben. Der Direktor selbst übernahm die Lateinklasse bis Weihnachten und konnte sein Entsetzen darüber, wie wenig die Schüler gelernt hatten, kaum verbergen. Nach den Weihnachtsferien kam ein neuer Lehrer, der noch jünger aussah als Kinnet und sich nicht hinters Licht führen ließ.

Als Samuel in den Sommerferien nach Hause kam, schienen seine Eltern den Tod des Lehrers vergessen zu haben, als sei es nichts weiter als ein ganz gewöhnlicher Zwischenfall im letzten Trimester gewesen, eine Kricketpartie, die seine Mannschaft gewonnen oder verloren hatte. Eine Woche lungerte er nur im Haus herum, dann kam endlich Trevor.

Er war jetzt sechzehn, fünf Jahre älter als Samuel. Er wirkte größer und schmaler als zu Weihnachten, und seine Akne war ein bisschen schlimmer geworden. Normalerweise verbrachten sie, wenn sie in die Ferien kamen, mindestens ein paar Stunden damit, Fallen für die Katze zu basteln – Bücher, die vom Tisch fielen, wenn sie an der in Thunfischöl getränkten Schnur zog, oder Hindernisrennen aus Kosmetikartikeln, die sie aus dem Schrank ihrer Mutter geklaut und auf der Treppe aufgebaut hatten. Doch von Jahr zu Jahr schien Trevors Interesse daran zu schwinden, und diesmal wollte er überhaupt nichts mehr davon wissen.

Er hatte seine Fahrschulerlaubnis bekommen und nahm an drei Vormittagen in der Woche Fahrstunden. Den Rest der Zeit verbrachte er in seinem Zimmer am Computer. Dort schrieb er ein Programm in irgendeiner Computersprache, der Bildschirm war vollkommen übersät mit Zahlen und Symbolen. Newsletters von amerikanischen Software-Herstellern und Produktbeschreibungen lagen auf seinem Schreibtisch und auf dem Boden verstreut. Samuel sah seinem Bruder bei der Arbeit zu oder blieb in seinem eigenen Zimmer und las oder spielte an der Playstation.

Es war nicht schlimm, dass Trevor ihm nur halb zuhörte oder dass er sich, wenn er mal zuhörte, oft über ihn lustig machte. Dass sein Bruder da war, dass er den Klang seiner Stimme hören konnte, genügte. Die Distanz zu den Dingen, die er im Lauf des vergangenen Jahres immer wieder erlebt hatte, dieser seltsame Rückzug aus der physischen Welt – sie vergingen, wenn Trevor in der Nähe war. So lag Samuel an diesen Sommernachmittagen auf dem Boden in Trevors Zimmer, starrte durch das Fenster in den Himmel hinauf, lauschte dem leisen Klicken der Tastatur und begriff mit heimlicher Verlegenheit, dass er seinen Bruder liebte.

Eines Nachmittags verbannte ihre Mutter Trevor für drei Stunden vom Computer und befahl ihnen beiden, rauszugehen. Samuel setzte sich im Schneidersitz unter einen Baum im Obstgarten, während Trevor sich näher an den Stamm lagerte, tiefer in den Schatten, und mit geschlossenen Augen versuchte, die nächste Zeile seines Programms im Kopf zu behalten, wie er Samuel erklärte.

Samuel beobachtete große Wolken, die am Horizont hingen, höher als Kirchen, unbewohnte Paläste am Himmel.

»Trev?«, fragte er. »Wusstest du, dass im letzten Schuljahr einer meiner Lehrer gestorben ist?«

»Hmm.« Eine amerikanische Baseball-Kappe schützte das Gesicht seines Bruders vor der Sonne; er trug eine lange Hose und ein langärmeliges Hemd, fest entschlossen, wenigstens nicht braun zu werden, wenn er sich schon unbedingt im Freien aufhalten musste.

»Soll ich dir was sagen?«, fuhr Samuel fort. »Ich wusste es, als er starb. Ich wusste es genau im selben Augenblick.«

»Hmm.«

»Vor allen anderen. Keiner hatte es uns gesagt. Nicht mal die Schule wusste es. Bis zum nächsten Morgen.«

»Hmm«, sagte Trevor. »Vielleicht hast du es geträumt. Wie Dad mit seinem Cousin.«

»Ich habe nicht geträumt, Trev. Ich war auf dem Fußballplatz ... Was war denn mit Dads Cousin?«

Trevor rupfte ein paar Grasbüschel aus dem Boden und warf sie über seine Füße. »Wir waren in Ferien oben bei den Morlands. Damals warst du noch so klein, dass du jede Menge Windeln voll geschissen hast.«

»Ach, hör auf, Trevor.«

»Streit es bloß nicht ab. Na egal, damals gaben uns die fetten Morlands noch diesen Teil hinten im Anbau, mit einer Tür zwischen dem Raum, wo wir schliefen, und Mum und Dads Zimmer. Dann träumte Dad eines Nachts vom Tod seines Cousins William. Ich wachte auf, und er saß auf meiner Bettkante und sagte mit einer ganz komischen, leisen Stimme, wie traurig der Tod seines Cousins William sei. Dann erzählte er, wie sie immer zusammen hinter Granddads Seilfabrik gespielt hatten. Echt gruselig. Schließlich stand er auf und ging zurück ins andere Zimmer. Mum versuchte, mir einzureden, der Anruf sei am Tag zuvor gekommen und sie hätten mir bloß noch nichts davon erzählt, aber ich wusste, dass er nicht telefoniert hatte. Am Morgen sah ich ihn mit dem schnurlosen Telefon draußen im Garten, und er sah echt schlimm aus.

Na, jedenfalls sind wir abgereist, damit sie zur Beerdigung gehen konnten. Wahrscheinlich darf ich dir das gar nicht erzählen. Haben sie dir die Hölle heiß gemacht wegen dieser Sache mit deinem Lehrer?«

»Dad hat geschluckt.«

»Typisch. Er sollte sich mal ein neues Programm für seinen Ärger einfallen lassen, das alte ist längst überholt.«

»Wir fahren auch dieses Jahr zu den Wests, stimmt's?«

»Ja. Schon wieder. Seit drei Sommern immer dasselbe. *Oh, aber du magst doch Boote, Trevor, und erzähl mir bloß nicht, dass du mit Peter keinen Spaß hast, ich glaube dir kein Wort*«, äffte Trevor die sachliche Wiedergabe seines Innenlebens durch ihre Mutter nach. »Peter West ist ein rugbybesessener Nazi. Der gehört abgeknallt.«

Samuel wartete, doch Trevor sagte nichts über Penelope, Peters Schwester. Als sie letztes Mal da waren, hatte es so ausgesehen, als könnte Trevor sie nicht ausstehen, so wie alle Mädchen, die ihm gefielen.

Samuel selbst hasste es, nach Wales zu fahren. Er musste in einem Zimmer schlafen, das an eine Kajüte erinnerte, so klein war es, und die Bettdecke stank nach Seetang. Die beiden Kinder der Wests waren in Trevors Alter und behandelten Samuel wie einen Nachbarshund, den sie auf Geheiß ihrer Eltern beaufsichtigen mussten.

»Warum glaubst du, haben Mum und Dad versucht, es vor dir zu verheimlichen?«, fragte Samuel.

»Dass Dad es geträumt hat, meinst du?«

»Ja.«

»Keine Ahnung, Sam.« Ein paar kahle Stellen waren geblieben, wo er das Gras bis auf die Wurzeln ausgerissen hatte. »Wer weiß?« Er sah auf und grinste überspannt. »Vielleicht solltest du mal versuchen, Löffel zu verbiegen. Ich wette, damit kämst du ins Fernsehen.« Er kicherte und ließ sich rückwärts ins Gras fallen. Samuel packte ihn am Fuß und fing an, ihn über den Boden zu schleifen. Trevor trat um sich und schrie, Samuel sei immer noch ein richtiges Baby, und dann ließ Samuel los, und sie gingen zusammen in die Scheune auf der Suche nach irgendwas, das sie machen könnten.

Ein paar Tage später, als sie auf dem Weg nach Norden waren, studierte Samuel vom Rücksitz aus den Hinterkopf seines Vaters, seine Schulter, die mächtige Wölbung des Oberarms, den dunkel behaarten Unterarm und seine Hand, die den Schaltknüppel umschloss. Der müde Ausdruck in seinem Gesicht, wenn er nach Feierabend durch die Hintertür kam, die zerstreute Art, mit der er am Abendbrottisch saß, die verschwommene Erinnerung an die Nachmittage am Wochenende, wenn er auf dem Sofa im Wohnzimmer sein Nickerchen hielt – all das war wie weggeblasen, wenn er sich ans Steuer eines Wagens setzte. Er war gesprächiger und wirkte auch sonst lebendiger als normalerweise. Samuel hielt dies für das wirkliche Ich seines Vaters, das aus irgendeinem Grund immer nur dann auftauchte, wenn er von einem Ort zum anderen unterwegs war.

Immer, wenn er am Ende des Trimesters von der Schule abgeholt wurde und sie den Anfang des Tals erreichten – nur sie beide –, trat sein Vater auf der schnurgeraden Landstraße aufs Gaspedal, bis sie auf neunzig Meilen pro Stunde beschleunigt hatten, und schaltete dann den Motor aus. So rasten sie im Leerlauf bergab, schneller und immer schneller, und die Felder flogen vorbei. Wenn sie die Talsohle erreichten, verloren sie allmählich an Fahrt und krochen schließlich mit fünfzehn, zehn, dann nur noch fünf Meilen pro Stunde dahin, immer noch mit ausgeschaltetem Motor, nur um zu sehen, wie weit sie mit der Ausgangsgeschwindigkeit plus Schwerkraft kamen: bis zur Farm der Southerns oder bis zum Pub oder einmal den ganzen Weg bis zum Fuß der buckeligen Brücke. Im Wagen erschien ihm sein Vater wie ein Zauberer, der alles unter Kontrolle hatte. Nicht wie ein Mann, der mitten in der Nacht mit leiser Stimme von seinen Träumen erzählt.

Sie kamen bei den Wests an, als es dunkel wurde, und aßen mit den Tellern auf dem Schoß im Wohnzimmer. Das Haus war modern und stand auf einer Klippe auf der Insel Anglesey gleich auf der anderen Seite der Menai-Straße im Norden von Wales. Es war ein Sommerhaus, wie geschaffen zum Segeln, unten gab es sogar eine Anlegestelle. Eine Wand des Wohnzimmers bestand nur aus Glas, und von dort aus konnte man die Lichter der Häuser an der gegenüberliegenden Küste und die Lichter einer Jacht sehen, die gegen die Strömung ankämpfte, auf dem Rückweg von einem Segeltörn.

Am nächsten Morgen nahm Peter Trevor und Samuel in seinem Kanu mit. Er war ein Jahr jünger als Trevor und zweiter Kapitän seiner Rugby-Mannschaft. Er hatte dichtes blondes Haar, einen breiten Nacken und trug Turnschuhe ohne Socken.

»Schneller!«, rief er über die Schulter. Trevor und Samuel paddelten heftig auf der rechten Seite und versuchten, mit ihren zwei Schlägen die Kraft von Peters einem aufzuwiegen und das Boot da, wo die Meerenge in die offene See übergeht, auf Kurs zu halten, Richtung Strand. Die drei sausten vor Penelope und den Erwachsenen davon, die ihnen in einem Ruderboot folgten. Ein kleines Beiboot im Schlepptau war mit Proviant fürs Mittagessen und Sonnenschirmen beladen.

Jedes Mal wenn sich Trevor vorbeugte, um das Paddel einzutauchen, sah Samuel, wie sich die Muskeln am Hals seines

Bruders anspannten. Er war dünn und noch nie besonders stark gewesen.

»Mehr Dampf, ihr beiden«, schrie Peter, und Trevors Gesicht rötete sich vor Anstrengung.

Als die anderen ankamen, wurden Handtücher verteilt und ein Volleyball-Netz gespannt. Penelope legte sich in die Sonne und las ein Buch. Sie war zwei Jahre älter als ihr Bruder und ruhiger. Der einzige Sport, von dem sie je sprach, war Segeln. Sie segelte mit ihrem Vater. Während die anderen Volleyball spielten, setzten sich Trevor und Samuel neben sie, in den Schatten eines Sonnenschirms, Trevor wie üblich im langärmeligen Hemd.

»Was liest du denn?«, fragte er.

»Camus«, antwortete sie. Ihr Haar war sehr kurz und schien unnatürlich blass; ein namenloser Farbton zwischen blond und weiß. Es war etwas sehr Erwachsenes an ihrem Haar.

»Wovon handelt es?«

»Von der Pest.«

»Cool«, sagte Trevor und nickte.

Samuel buddelte ein großes Loch in den Sand vor seinem Platz. Er war sicher, dass ihre Unterhaltung etwas mit Sex zu tun hatte.

»Ihr wohnt immer noch in Devon, stimmt's?«, fragte sein Bruder.

»Ja, es ist grässlich. Wie man an einem so kleinen Ort leben kann, ist mir unbegreiflich.«

Trevor schien keine Antwort darauf zu wissen und fing an, stattdessen von einem Software-Programm zu erzählen, das er gerade entwickelte. Damit könnte man die Stimmungen der Menschen über einen bestimmten Zeitraum hinweg grafisch darstellen. Ein Jahr lang gab man Daten über sein seelisches Befinden ein, zusammen mit dreißig weiteren Angaben über Ernährung, Wetter, geografischen Standort und so weiter, und dann benutzte das Programm diese Daten, um die Stimmung der betreffenden Person für die Zukunft vorauszusagen. Wenn er damit fertig war, wollte er versuchen, den Wetterkanal dazu zu bringen, einen Link zu seiner Website zu legen, wo man das Programm herunterladen konnte.

»Aha«, sagte Penelope und wandte sich wieder ihrem Buch zu.

»Gehst du manchmal auf Partys?«, fragte Trevor.

Samuel wäre am liebsten in dem Loch verschwunden, das er vor seinem Platz gebuddelt hatte.

»Hin und wieder«, antwortete sie, ohne von ihrer Seite aufzuschauen. Dann kam Mr. West vorbei und sagte, es sei Zeit fürs Mittagessen.

An diesem Abend spielte eine Band im Pub des Dorfes. Man musste fünfzehn sein, um reinzukommen, daher blieb Samuel zu Hause; die anderen gingen hin und kamen spät zurück. Peter und Trevor weckten ihn auf, weil sie das Licht anknipsten und Lärm machten. Sie stanken nach Rauch und Bier. Peter ging sofort ins Bett und drehte sich auf die Seite. Trevor saß noch lange auf der Bettkante und starrte vor sich hin.

»Kannst du nicht endlich das Licht ausmachen?«, sagte Peter. »Und übrigens, hör auf, dauernd meine Schwester anzuglotzen.«

Trevor rührte sich nicht. Er saß einfach da und hatte die Ellbogen auf die Knie und den Kopf in die Hände gestützt. Verächtlich schnaubend sprang Peter aus dem Bett und knipste das Licht aus, sodass Trevor jetzt im Dunkeln saß. Samuel schloss die Augen und versuchte wieder einzuschlafen, aber es ging nicht. Er lag auf der Seite und betrachtete den

Schatten seines Bruders vor dem kaum erkennbaren Viereck des einzigen Fensters im Zimmer. Es fiel ihm nichts ein, was er hätte sagen können. Schließlich zog Trevor die Decke über sich, und Samuel horchte weiter, bis sein Atem ruhig wurde.

Um die Mitte der zweiten Woche machten die beiden Familien eine lange Wanderung auf den Mount Snowdon. Der Tag war heiß, die Luft dünn und trocken. Es war beinahe sechs, als sie zu den Autos zurückkamen. Samuel saß mit seinem Bruder auf dem Rücksitz und nickte unterwegs ein. Etwas Schweres presste sich seitlich gegen seinen Kopf. Er sah, wie Giles mit dem Fußball gegen eine Blutbuche zielte. Von überallher, aus der Luft, durch die Erde und im ganzen Körper spürte Samuel das geballte Mitgefühl, das er an jenem Abend auf dem Rasen empfunden hatte, doch jetzt war es, als sei Jevins noch lebendig, als hätte er den Tod noch vor sich, während sie tatenlos dastanden und Giles grinste. Doch dann lag Jevins unter dem weißen Laken, er war tot, und das Mitgefühl, dieser Druck in Samuels Kopf, wurde stärker und schwer wie Wasser überall um ihn herum. Er sah ein Dreieck aus Sonnenlicht auf der Oberfläche des Wassers, sonst war auf allen Seiten alles schwarz. Trevor war da. Das Licht blendete ihn. Samuel hörte seinen Bruder schreien. Er stand auf der Veranda des Westschen Hauses, die jetzt mit Glas gedeckt war. Irgendwo hinter ihm zerbarst der Rumpf eines Bootes. Unter dem gläsernen Dach war jetzt nicht mehr die Veranda, sondern Trevors Zimmer. Seine Kleider waren in die Schubladen geräumt, die Bücher neben dem Rechner ordentlich auf dem Boden gestapelt, Staub lag auf den Stößen von Singles, durch die Türritze zum Zimmer seiner Mutter hörte er Schluchzen. Er sah seinen Vater, reglos in einem Sessel, verstummt.

»… flennt wie ein Baby«, hörte er und wachte mit dem Gesicht an Trevors Schulter gepresst auf. Sein Mund stand halb offen und klebte an Trevors Hemd, sein Körper war verschwitzt. Seine Mutter sah über die Schulter und lächelte: »Bist du eingeschlafen?«

Er sah aus dem Fenster und registrierte, dass sie bereits auf die Brücke fuhren. Das sonnengesprenkelte Wasser der Meerenge erstreckte sich unter ihnen.

Während des ganzen Abendessens konnte er den Traum nicht abschütteln. Der Anblick und die Geräusche der Leute am Tisch erreichten ihn aus einer Ferne, die er zum ersten Mal an jenem Morgen im Speisesaal der Schule erlebt hatte. Als Kaffee und Pudding serviert wurden, erklärte Samuels Vater, er wolle nur eben eine Karte aus dem Wagen holen. Samuel entschuldigte sich bei Tisch und folgte ihm durch die Hintertür in die Einfahrt.

»Magst du keinen Nachtisch?«, fragte sein Vater, als er um den Peugeot herumkam und Samuel entdeckte. Er hatte einen Großteil der Ferien damit verbracht, sich mit Mr. West zu unterhalten, über Mittag zu schlafen und seine Söhne zu ermuntern, Peters Angebote zu improvisierten Rugby-Spielen mit seinen Freunden anzunehmen.

»Dad?«

»Ja?«

»Weißt du noch, dass Mrs. West gesagt hat, Penelope solle mit Trevor zum Segeln rausfahren?«

»Hat sie das gesagt? Aha. Und was ist damit?«

Die Hand seines Vaters lag auf dem Griff der Autotür, er hatte sie aber noch nicht geöffnet.

»Du musst es verbieten.«

»Wie meinst du das?«

Samuel spürte, wie sein Gesicht im Dunkeln rot anlief.

»Was redest du da?«, fragte sein Vater.

Samuel ballte die Hände zu Fäusten und sagte: »Es ist wie bei dir und deinem Cousin William.«

Sein Vater stand einen Augenblick ganz still da. Dann kam er rasch um den Wagen herum und blieb genau vor Samuel stehen. Er war groß, Samuel reichte ihm nur bis zur Brust. Er trug eins der blauen Oxfordhemden, die er jeden Tag zur Arbeit anzog; nur hatte er jetzt die Ärmel aufgekrempelt und keine Krawatte umgebunden.

»*Jetzt hör mir mal gut zu*«, sagte er so streng, dass Samuel Angst bekam. »Ich nehme an, dein Bruder hielt es für nötig, dir diese Geschichte über William und mich zu erzählen. Sie ist nicht wahr. Hast du verstanden?«

Samuel hörte, wie die donnernden Wellen gegen die Klippen klatschten. Über den Wipfeln der Bäume funkelten die Sterne.

»Ich habe dich was gefragt, junger Mann.«

»Du hast mir nicht geglaubt, als ich dir das mit Mr. Jevins erzählt hab«, sagte Samuel. Er war froh, dass es so dunkel war und sein Vater die Tränen in seinen Augen nicht sehen konnte.

»Darum geht es also.«

»Nein!«, sagte Samuel mit zusammengebissenen Zähnen. »Du darfst sie nicht segeln gehen lassen.«

Sein Vater packte ihn mit beiden Händen an den Schultern; seine Finger bohrten sich in Samuels Fleisch, bis es wehtat.

»Ich sag's nicht zweimal, deshalb hör lieber genau zu. Du bist zwölf Jahre alt und hast eine Menge Flausen im Kopf, aber es wird dich ziemlich schnell unglücklich machen, wenn du nicht mehr unterscheiden kannst, was real ist und was nicht, hörst du? Ich weiß nicht, was genau du da träumst oder was du über deinen Lehrer geträumt hast, aber mehr ist es nicht – nur ein Traum. Dein Leben hat nichts mit diesen Schatten zu tun, gar nichts.

Wenn Penelope und Trevor segeln wollen, dann werden sie es auch tun. Und ich will nicht, dass du anfängst, deiner Mutter oder deinem Bruder mit diesem Unsinn Angst einzujagen, hast du verstanden? Du bist ein völlig normaler Junge. Jeder hat manchmal Albträume. Sie können schlimm sein. Aber dann wacht man auf und macht mit seinem Leben weiter. So ist es nun mal. Und jetzt gehst du ins Haus und vergisst das alles. Na los, ab mit dir.« Damit drehte er Samuel um und gab ihm einen Schubs Richtung Tür.

Am nächsten Tag kamen sie eher als sonst vom Strand zurück, am frühen Nachmittag schon, und alle zerstreuten sich über das ganze Haus, um zu duschen oder sich hinzulegen. Samuel schlenderte auf die Terrasse und entdeckte seine Mutter, die in einem Liegestuhl lag und las. Die Sonne hatte sich hinter ein paar Wolken verzogen. Sie schaute von ihrem Buch auf und lächelte.

»Es ist nicht schlecht hier, was?«, fragte sie.

Samuel zuckte die Achseln.

Seine Mutter blickte aufs Meer hinaus. »Freust du dich darauf, nächstes Trimester Vertrauensschüler zu werden? Dein Vater war ziemlich stolz, als er davon hörte, weißt du?«

»Es ist okay, schätze ich.«

»Nun, ich finde, es ist eine beachtliche Leistung.« Sie sah ihn bewundernd an. »Fährst du nicht mit segeln?«

»Mr. West sagte, er hätte genug für heute.«

»Nein, Penelope holt das Boot raus; sie und Trevor wollen noch segeln. Du könntest sicher mit, wenn du Lust hast.«

Er spürte, wie seine Hände anfingen zu prickeln. Die Luft

kam ihm plötzlich vor wie unter Strom. Er hatte versucht, seinen Traum zu vergessen, wie sein Vater befohlen hatte. Aber jetzt drehte sich ihm bei der Erinnerung daran der Magen um, und es war egal, was sein Vater dachte.

»Das darfst du nicht zulassen«, sagte er, beinahe flüsternd.

»Was redest du da?«

»Mum. Du musst mir glauben! Trevor wird da draußen umkommen. Verbiete es.«

Seine Mutter beugte sich heftig vor, die Muskeln ihres Kiefers spannten sich. »Wie kannst du es wagen, so etwas zu sagen«, schimpfte sie. »Wie kannst du es wagen zu behaupten, dein Bruder würde umkommen! Du solltest dich schämen. Was ist los mit dir?«

»Ich weiß über Cousin William Bescheid, Mum – Trev hat's mir erzählt – und was Mr. Jevins angeht, so kannst du glauben, was du willst, aber ich *wusste* es, ich *wusste* es, verdammt –«

»Samuel!«

»– und gestern im Auto habe ich geträumt, jawohl, ich habe geträumt, dass er tot war, und ich sah ein Segelboot, und ich hörte ihn schreien. Mein Gott, Mum, warum glaubst du mir denn nicht?«

Seine Worte schienen sie in den Liegestuhl zurückzustoßen.

»Du hast es geträumt?«, fragte sie. Ihre Stimme war plötzlich ausdruckslos.

»Was geht hier vor?«, hörte Samuel plötzlich seinen Vater fragen. Er drehte sich um und sah ihn hinter ihnen auf der Veranda stehen. »Was hast du da gerade zu deiner Mutter gesagt?«

»Roger –«

»Nein, Elizabeth, das lasse ich nicht zu. Diese Familie

wird sich nicht in ein Tollhaus verwandeln, nur wegen eines blöden Zufalls, der zehn Jahre her ist. Das ist doch lächerlich. Und du, Sam, ich dachte, ich hätte mich klar genug ausgedrückt.«

Sein Vater packte ihn am Arm und zerrte ihn durch die Küche, an Peter, der erstaunt von einem Teller mit Keksen aufsah, und an Mrs. West in der Diele vorbei, die Treppe hinunter zum Zimmer der Jungs. Dort setzte er Samuel auf sein Bett.

»Du wirst den Rest des Tages hier verbringen, hast du verstanden? Da kannst du in Ruhe darüber nachdenken, was du gerade getan hast – deine eigene Mutter so zu erschrecken!« Seine Stimme war dermaßen verächtlich, dass Samuel glaubte, er würde ihn anspucken. Stattdessen drehte er sich auf dem Absatz um, ging hinaus und knallte die Tür hinter sich zu.

Minuten vergingen. Samuel hörte Wasser plätschern, Penelope rief ihren Eltern etwas zu, die Wellen schwappten unter der Anlegestelle. Er hatte das Gefühl, als würde sein inneres Auge durch die Mauer gezerrt, um zu sehen, wie sein Bruder an Bord des Bootes ging. Ein dumpfes Tuckern erfüllte das Zimmer. Er hielt es nicht aus. Er rannte zum Fenster, schob es auf, so weit es ging, und fing an zu schreien. Er hatte keine Ahnung, was, die Worte kamen zu schnell, wild durcheinander. »Bleib hier!« Sie durften nicht losfahren. »Trevor!«

Einen Augenblick später ging die Tür hinter ihm auf und sein Vater drängte ihn gegen eins der Betten. Er schlug Samuel so hart ins Gesicht, dass sein Kopf gegen den hölzernen Bettrahmen flog. Dann schlug er ihn wieder und brüllte dabei Worte, die Samuel nicht verstand. Als er aufgehört hatte zu schreien, drehte er sich um und verließ das Zimmer.

Später, nur wenige Minuten vielleicht, drehte sich ein Schlüssel im Schloss und sperrte die Tür von außen ab.

Samuels Körper war taub. Er saß mit gekreuzten Beinen auf dem Boden und hielt sich mit beiden Händen den Kopf, doch das Tuckern hallte immer noch in seinen Ohren wider. Auf seinen Khaki-Shorts waren dunkle braune Flecken, und er merkte, dass ihm Tränen über die Wangen rollten. Er wischte sie ab und starrte auf die geknüpften Reihen in dem blauen Teppich, die zu endlosen Mustern verschwammen.

Jetzt hörte er ein Tau durch die Klampen des Beiboots schleifen und wie die Flaggleine gegen den Mast schlug. Er war so müde, als wäre er in der Schule stundenlang durch den Wald gelaufen. Der bevorstehende Schmerz über den Tod seines Bruders überrollte ihn wie eine mächtige Welle, wie etwas, das man nicht im Wachzustand überleben kann. Trevor. Der in den trägen Sommerstunden zu Hause bei ihm gewesen war, nach dessen Zimmer und Nähe er sich sehnte. Sein Bruder, der niemals eigene Freunde gehabt hatte und immer einsam schien.

Er wird sie verrückt machen, dachte er, dieser Schmerz. Was Samuel gesagt hatte, was er wusste. Wo sollte er hin, dieser Schmerz? Er würde die Welt seiner Eltern zerstören. Er würde mit seiner Mutter wegziehen; sein Vater würde es nicht aushalten, mit ihm unter einem Dach zu leben. Er erinnerte sich, wie er mit Mr. Kinnet in der Haupthalle gestanden und versucht hatte, sich einzureden, dass die Sache mit Jevins nicht wahr war. Er versuchte mit aller Kraft, dahin zurückzufinden, an jenen Ort, an dem er glauben konnte, dass es nur ein dummer Traum war, dass sein Bewusstsein von der Faust eines bösen Phantoms zerquetscht wurde. Er betete, so wie sie es in der Kapelle taten: *Unser tägliches Brot gib uns heute und vergib uns unsere Schuld …*

Das Segel knatterte im Wind.

»Fertig?«, rief Trevor.

Das Fenster ging nach Osten auf die Meerenge hinaus. Von hier aus konnte Samuel das Boot nicht sehen. Und auch nicht die Sonne, die hinter der Wolkenbank hervorkam. Nur ihre Strahlen, die auf den roten Bogen der Brücke fielen und auf dem Wasser schimmerten.

»Passt gut auf, ihr beiden, hört ihr?«, rief seine Mutter von der Veranda aus. Die Nervosität, die sie im Anschwellen ihrer Stimme zu verbergen suchte, entging Samuel nicht.

Dann war nichts mehr zu hören. Mit schweren Lidern wandte er sich vom Fenster ab und ließ sich auf das Bett fallen. Er legte den Kopf auf das Kissen, und dann zog der Schlaf ihn zu sich hinab.

Samuel erwachte von der Berührung einer Hand auf seiner Wange. Seine Mutter saß neben ihm auf der Bettkante.

»Du solltest zum Essen nach oben kommen«, sagte sie. »Es gibt Kedgeree, und ein bisschen Limonade habe ich dir auch aufgehoben.«

Er umklammerte ihren Arm.

»Sie sind wieder da, Sam, es ist alles in Ordnung. Sie waren nicht lange unterwegs. Jetzt sitzen sie oben und essen zu Abend. Alles ist gut.« Sie fuhr mit der Hand durch sein feuchtes Haar, ein schwacher Ausdruck von Erleichterung war in den Falten ihres Gesichts noch zu erahnen.

»Er war zu streng heute, dein Vater, das war nicht fair.« Ihre Finger massierten seine Kopfhaut. Sie sah aus, als könnte sie in Tränen ausbrechen, tat es aber nicht.

»Es gibt Dinge, die du nicht weißt, Sam, Dinge, die es ihm manchmal schwer machen.« Sie zögerte und sah zu Boden.

Samuel hielt die Hand seiner Mutter. Muskeln, von deren

Existenz er keine Ahnung gehabt hatte, entspannten sich vor Erleichterung. Hier zu liegen, den Puls seiner Mutter an den Fingerspitzen zu spüren, ihr Gesicht über ihm, die vertrauteste Sache der Welt, ihrer Stimme zu lauschen, zu wissen, dass Trevor oben war und das Haus sie sicher beschützte. Mehr brauchte er nicht.

»Diese Geschichte, die dein Bruder dir erzählt hat – der Traum deines Vaters … nun ja, es stimmt, dass er den Traum hatte. Und sie haben ihn wirklich erst am nächsten Tag angerufen, aber es gibt eine einleuchtende Erklärung. Er hatte William erst eine Woche zuvor in Southampton im Krankenhaus gesehen, und man wusste, dass es ihm nicht gut ging; also war es nicht so abwegig, dass er von ihm träumte, wegen seines Zustands, der Krankheit seines Cousins.«

Sie sah zu Samuel auf und dann wieder weg, aus dem Fenster. »Dein Vater regt sich auf, wenn er hört, dass du das weißt oder dass du solche Träume hast; er hat Angst, denn er liebt dich und will nicht, dass du alles durcheinander bringst. Es ist wichtig, dass du nicht alles durcheinander bringst. Es gibt Zufälle, aber das heißt nicht, dass die Welt keinen Sinn ergibt. Das verstehst du doch, oder?«

Samuel setzte sich auf und umarmte seine Mutter.

»Liebling«, sagte sie, »wenn du Albträume hast und wenn sie so schlimm sind, werden wir jemanden finden, mit dem du darüber sprechen kannst.« Er schloss die Augen und presste sein Gesicht an ihre Schulter.

Oben starrten Peter, Penelope und Trevor ihn mit einer seltsamen Neugier an, als sei er gerade aus dem Krankenhaus entlassen worden, und sie fragten sich, ob es ihm jetzt besser ging. Immerhin, so dachte er bei sich, hatte er ziemlich verrücktes Zeug aus dem Fenster geschrien, ohne dass sie sich einen Reim darauf machen konnten. Ihre Vorsicht hielt jedoch nicht lange an. Er setzte sich an den Tisch und aß sein Kedgeree und trank die Limonade. Penelope und Trevor schienen sich mittlerweile besser zu verstehen. Sie spielten eine Partie Racing Demon am Nebentisch, als er seinen Kuchen aß.

Sein Vater war mit Mr. West in den Pub gegangen. Obwohl Samuel fast den ganzen Nachmittag geschlafen hatte, war er so müde, dass er gleich, nachdem sie noch alle zusammen ein Video angesehen hatten, ins Bett ging. Seine Mutter nahm ihn im Flur vor ihrem Schlafzimmer noch einmal in den Arm. Trevor kam dazu.

»Bist ein bisschen durchgedreht, was, Sammy?«

»Ja«, sagte Samuel und hielt die Tränen zurück, als er spürte, dass sein Bruder ihm den Arm um die Schultern legte.

Ein leichter Schauer fiel, als die beiden am nächsten Nachmittag mit dem Wagen aufbrachen, um Gemüse und Brot aus dem Dorf zu holen. Den Worten Penelopes zufolge, die wenig später unverletzt zum Haus zurückgebracht wurde, war die Sonne genau in dem Augenblick herausgekommen, als es aufhörte zu regnen – ein schimmerndes Dreieck aus Licht war auf dem schwarzen Straßenpflaster und auf der Windschutzscheibe erschienen, und Trevor war so geblendet gewesen, dass er auf die rechte Fahrbahn ausscherte. Der Wagen hatte die Seite eines entgegenkommenden Wohnwagens gestreift und war dann in den schlingernden Anhänger hineingerast. Bei dem Aufprall war der Rumpf eines weißen Segelboots auf dem Anhänger zerschmettert worden.

Samuel saß auf den Stufen der Hintertreppe und wartete, dass seine Eltern aus dem Krankenhaus zurückkamen. Als sie Stunden später zum Haus hinauffuhren, sahen sie ihn dort sitzen. Sie stiegen nicht gleich aus. Die Augen in ihren blassen, abgezehrten Gesichtern starrten ihn durch die Windschutzscheibe an. Aus der Küche hörte er ein Radio, das Murmeln singender Stimmen.

Ein geängsteter Geist. Das, so hatte Jevins gesagt, war es, was Gott wollte. Ein gebrochenes, reuevolles Herz. War das der Gott der riesigen Landschaft, wo Samuel, wie er jetzt wusste, den Rest seines Lebens verbringen würde? Jener stille Ort außerhalb des überfüllten Gebäudes.

Ein geängsteter Geist. Ob das genügen würde?

Was meines Vaters ist

Kaum hat der Nahverkehrszug die South Station verlassen, als er langsam wieder zum Stehen kommt. Die Lichter gehen aus, das Summen der Klimaanlage bricht ab. Es ist ein später Vormittag im Juni, der Waggon zu Dreivierteln leer. Daniel sitzt fast am Ende, am Fenster, der Umschlag liegt noch ungeöffnet auf seinem Schoß.

In der plötzlichen Abwesenheit anderer Geräusche hört er seine Mitreisenden: eine Zeitung, die zusammengefaltet wird, ein Junge zwei Reihen weiter, der seinem Vater etwas zuflüstert, jemand hustet, ein anderer gähnt. Trübes Morgenlicht, das durch den wolkenverhangenen Himmel gefiltert wird, hängt über den Gleisen und schafft es kaum durch die getönten Scheiben. Er trinkt den letzten Schluck Gingerale und beobachtet, wie eine blaue Conrail-Lokomotive vor einer riesigen Gillette-Reklame über die Schienen kriecht. Ein Arbeitstrupp in orangefarbenen Westen steht neben einer Weiche und wartet, dass sie vorbeifährt. Über den Männern kreisen Möwen um die Hochspannungsmasten.

In der unerwarteten Stille wird Daniel klar, dass ein Teil von ihm die Akte nicht aufmachen will, um die Interviews zu lesen oder das, was die Ärzte dazu zu sagen haben. Ihre Worte werden nichts verändern. Andererseits will er sich auch nicht vor sich selbst fürchten müssen.

Es war nicht einfach, an diese Unterlagen heranzukommen. Gollinger, sein Psychiater, war dagegen, dass er Einsicht in die Korrespondenz bekam. Aber sie waren Teil der Akte, Daniel hatte ein Recht darauf. Und ein anderer Teil von ihm ist froh, dass er irgendwo in dem Durcheinander, zu dem sich sein Leben entwickelt hat, die Energie und organisatorischen Fähigkeiten aufgebracht hat, sie zu besorgen. Vielleicht wird es ihm helfen, sich zu erinnern, ihm helfen, die Dinge klarer zu sehen.

Unter den Füßen spürt er jetzt etwas vibrieren. Dazu ertönt zuerst eine Art Ticken, und dann das Zischen der Bremsen, als sie sich lösen. Der Zug ruckt an, die Lichter flackern, und die Klimaanlage summt wieder. Am Ende der Strecke liegt die Stadt, in der Daniel aufgewachsen ist, ein Ort, den er seit Jahren nicht mehr gesehen hat.

Er nimmt die Metallklammer heraus und bricht mit dem Zeigefinger das Siegel auf. Dann zieht er die Mappe heraus, anderthalb Zentimeter dick. Er blättert darin, legt die Testergebnisse und Gollingers handschriftliche Notizen beiseite und fängt an zu lesen.

WINSTON P. GOLLINGER, M.D.
231 PINE STREET
BROOKLINE, MASSACHUSETTS 02346

Dr. Anthony Houston — 15. November 1997
McLean's Hospital
115 Mill Street
Belmont, MA 02478

Lieber Tony,
haben Sie vielen Dank für Ihren Brief vom zehnten November bezüglich Daniel Markham. Die Bänder, über

die er mit Ihnen gesprochen hat, sind keine Erfindung. Er hat in den letzten sechs Monaten mehrere davon aufgenommen. Bei seinem letzten Besuch in meiner Praxis hat er mich gebeten, sie für ihn aufzubewahren. Ich habe meine Sekretärin Transkriptionen anfertigen lassen, die ich diesem Schreiben beifüge.

Daniel Markham kam vor achtzehn Monaten zu mir, weil er an wechselnden Zuständen von Manie und Depression litt. Er war vierundzwanzig, seine Eltern hatten sich scheiden lassen, er war arbeitslos und ledig. Gelegentlich nahm er starke Schmerzmittel, die ihm aufgrund eines seit langer Zeit bestehenden Rückenleidens verschrieben wurden. Angesichts des familiären Hintergrunds, insbesondere des Vaters mit aktiven bipolaren Störungen und Daniels Schilderungen von labilen Stimmungszuständen, war es nicht schwer, auch bei ihm bipolare Störungen (I) zu diagnostizieren. Ich begann mit einer hoch dosierten Medikation und wöchentlichen Konsultationen. Diverse Medikationen brachten keine signifikanten Veränderungen für Daniels Zustand.

Die Bänder selbst konzentrieren sich auf das, was Daniel als seine »Recherche« bezeichnete. Vor acht Monaten begann er, von einer so genannten anekdotischen Soziologie über die Sehnsucht junger Männer nach Philosophie zu sprechen. Da sie zu einer ganzen Serie von manischen Projekten und Ideen gehörte, nahm ich keine besondere Notiz davon, abgesehen von der offensichtlichen Verbindung zu Daniels Vater, der als junger Mann seinen Doktor in Philosophie gemacht hatte und dann während einer depressiven Phase gezwungen gewesen war, seinen Lehrberuf aufzugeben. Im Verlauf der nächsten Monate jedoch zeigte Daniel ein für ihn ungewöhnliches anhaltendes Interesse an dem Projekt. Wie Sie vermutlich mittlerweile selbst festgestellt haben, ist Daniel häufig sehr charmant, deshalb war es schwer, mit anzusehen, wie sich sein Zustand verschlechterte. Hoffentlich wird er sich bei einer stationären Behandlung unter Ihrer Aufsicht stabilisieren. Für weitere Fragen stehe ich Ihnen jederzeit zur Verfügung.

Hochachtungsvoll
Winston P. Gollinger, M.D.

TRANSKRIPTION
DER VON DANIEL MARKHAM
AUFGEZEICHNETEN BÄNDER,
15. MÄRZ – 12. AUGUST 1997

1. Interview mit Daniel Markhams Vater Charles Markham

Heute ist der fünfzehnte März, die Iden des März … erste Aufnahme mit dem Diktiergerät … ich hab es hier um meinen Hals hängen … so … Dad ist da, er spricht über – Dad? – ich nehme das auf für die Recherche, okay?
Was angesichts der Zinssätze auf dem Wertpapiermarkt im Moment einfach absurd ist, und das habe ich ihm auch gesagt, Danny, sechseinviertel, vielleicht sogar sechseinhalb; und wir könnten die Aktien in Umlauf bringen, man würde uns das Papier aus der Hand reißen, und deine Schwester und du, ihr könntet ein Haus kaufen, ein Boot …

Ist dieser Dr. Fenn noch an der Klinik, Dad?
Ja, er ist da, aber ich – wenn sie bloß einen Schuldschein annehmen würden … sobald ich einmal auf dem Devisenmarkt Fuß gefasst habe, ist das Ganze ein Kinderspiel – Devisenarbitrage – Yen und Rubel, Lire und Pfund, ein Achtelcent hier, ein Zwanzigstel da, wenn das Kapital groß genug ist, und ich meine, das verstehen sie im Zentralbankrat, sie wissen, dass ich eine stabilisierende Kraft auf dem Markt wäre, und angesichts all der miesen Papiere, die im Umlauf sind –
Siehst du ihn oft?
Wen?
Dr. Fenn.
Er hat Hunde.
In seiner Praxis?
Wieso liegst du im Bett, Danny?
Hab ich dir doch gesagt, Dad. Mein Rücken. Er bringt mich um. Seit Monaten schon bringt er mich um.
Er hält sie auf einem betonierten Hof hinter der Klinik – drei Schnauzer und eine Dänische Dogge – sie scheißen sich voll, und ich kann Ärzte, die Tiere unter solchen Bedingungen halten, nicht ausstehen. Außerdem ist er Behaviorist.
Aber du hast Termine bei ihm, stimmt's? Hin und wieder?
Ich glaube nicht, dass er je im Leben einen Artikel veröffentlicht hat, und wenn ich mit irgendeiner neuen Studie aus *Science* oder dem *New England Journal of Medicine* ankomme, geht er gleich in die Defensive. Ich ziehe auf jeden Fall Ärzte vor, die publizieren …

aber wie auch immer, im Finanzministerium herrscht Krisenstimmung. Rentenpapiere verkaufen sich schlecht, und mit dem Vormarsch des Euro könnte es zu einer Flucht aus dem Dollar kommen, im Moment die einzige Leitwährung, die wir haben, aber das könnte sich ändern, und wenn ich da reinkommen könnte, mit einem gewissen Kapital natürlich –
Kannst du mir kurz helfen, Dad?
Wie?
Die Pillen auf dem Schreibtisch.
Okay, okay. Aber hörst du überhaupt, was ich dir sage? Alles könnte sich ändern, ich könnte das alte Haus zurückkaufen, und wir könnten die hässliche Tannenhecke ausgraben und stattdessen einen japanischen Ahorn einpflanzen, so einen wie deine Mutter gepflanzt hat, mit glatter Rinde –
Dad.
Die kleinen glänzenden Blätter, fast wie die Blüten einer Blume –
Das Wasserglas –
würden wie ein feiner Teppich auf dem Rasen liegen, wenn ich bloß das Kapital hätte, um da einzusteigen – hast du irgendwo Papier, ich muss meiner Bank einen Brief schreiben, wir lassen ihn per Kurier nach Downtown bringen.
Hilf mir mal, bitte. Schalt das ab, hier am Hals …
Warum fährst du so zusammen, Danny?
Bitte.
Du musst doch irgendwo ein Stück Papier haben.

2. Interview mit Daniel Markhams Mitbewohner Al Turpin

Es ist der vierte April, wir sprechen mit meinem Mitbewohner Al. Al? Möchtest du etwas sagen?
Soll das so was wie ein Zeitdokument werden?
Ich hab's dir erzählt, Al, es ist der Anfang einer Recherche. Es ist ein Protokoll, eine Art Bestätigung, dass sich was tut.
Ach so, ja, also ich habe das Gefühl, dass sich eine ganze Menge tut. Ich meine, allein die Idee, gebrauchte Futons zu verkaufen, damit wir die Miete bezahlen können. Ich finde, das ist sehr gut gelaufen. Ziemlich clevere Idee.
Na schön, Al, aber hier geht es um anekdotische Soziologie, also machen wir weiter. Einverstanden?
Klar.
Okay … wir fangen also an mit meinem Freund Al Turpin, sechsundzwanzig; er arbeitet stundenweise als Bürokraft und hat sich bereit erklärt, uns von seinem Interesse für die Philosophie zu erzählen … zuerst fragen wir die Leute einfach, wie alles angefangen hat.
Nun, das Früheste, woran ich mich erinnere, ist, wie meine Schwester vom College nach Hause kam und zu mir sagte: »In jedem selbstlosen Menschen steckt mit ziemlicher Sicherheit ein Heuchler.« Wir saßen draußen am See, und ich hatte plötzlich so ein aufregendes Flattern in der Brust. Die Vorstellung, dass ich so was verstand, kam mir gewaltig vor. Heute lese ich meistens. Also, nach der Arbeit, wenn ich nach Hause komme, nehme ich mir das Buch, mit dem ich gerade beschäftigt bin, Leibniz oder Hegel oder was

auch immer, und lese ein paar Seiten, mache mir Notizen, versuche einfach zu verstehen, was sie sagen. Es ist so ähnlich, wie wenn man eine lange, endlos lange Geschichte liest. Es geht los mit Zeno und diesen Typen, und dann folgen all die Fortsetzungen, lauter Episoden, und man liest nicht unbedingt chronologisch, man kriegt nur diese ungefähre Vorstellung von einem Aufbau, dem Plot, schätze ich, und denkt sich die Teile, die man nicht kennt, dazu. Manches ist ziemlich langweilig. Spinoza zum Beispiel. Aber man muss es machen. Ich weiß eigentlich auch nicht, warum. Man muss es einfach machen.
Kannst du beschreiben, wie es ist, diese Bücher zu lesen, Al, die eigentliche Erfahrung?
Das ist schwer. Ich würde sagen, die Hauptsache ist das Gefühl von Ordnung. Das Gefühl, dass man, selbst wenn man nicht immer den ganzen Aufbau einer These versteht, doch wenigstens weiß, dass es einen solchen Aufbau gibt – dass man sich gewissermaßen in der Hand dieses Autors befindet und auf die Vollendung eines Gedankengebäudes zugetragen wird, etwas, das er gesehen hat und einem langsam offenbart. Es liegt eine ungeheure Beruhigung in dieser Art von Ordnung, selbst wenn man sie nicht sieht … Ach übrigens, hat dieser Holländer, der wegen des Futons anrief, gesagt, wann er vorbeikommen will?

3. Interview mit Daniel Markhams Freund Kyle Johnson

Ja, setz dich dahin, das ist prima. Okay, okay, wir haben heute Kyle hier bei uns, einen guten Freund von

mir von der Bradford High, und er wird mit uns sprechen, okay, okay, also, erzähl uns, wie die ganze Sache mit der Philosophie bei dir losging.
Dan?
Ja?
Ist alles in Ordnung mit dir?
Mit mir? Klar doch. Schieß einfach los. Möchtest du einen Kaffee? Al, hol ihm einen Kaffee.
Du siehst ein bisschen mitgenommen aus.
Mir geht's gut, wirklich. Also, wie fing es an?
Dan! Ich weiß, dass es in letzter Zeit nicht leicht war. Ich hab gehört, dass dein Dad wieder ins Krankenhaus musste. Ich erinnere mich noch an all diese Sachen, als wir klein waren. Ehrlich gesagt, mir geht's selbst nicht so besonders. Aber … ich will nur sagen, falls du je einen Platz zum Schlafen brauchst oder so was –
Das ist sehr, sehr, sehr nett von dir, Kyle. Aber jetzt zurück zur Philosophie.
Gehst du noch zu deinem Arzt?
Sag mal, wer, zum Teufel, stellt hier eigentlich die Fragen?
Okay, Dan, okay.
Also los. Philosophie.
Nun, ich schätze, es fing in der Scheune an.
In der Scheune, okay, erzähl uns von der Scheune.
In der Scheune gab es ein Zimmer. Ein Zimmer, in dem ich immer gespielt habe. Nein. Warte. Ich muss noch weiter zurückgehen. Ich muss dir von der Zeitung erzählen.
Okay, die Zeitung, erzähl uns von der Zeitung.
Als ich zehn war, gründete ich eine Zeitung. Sie hieß die *Hammurabi Gazette.*

Nach dem berühmten Gesetzeskode.
Nein. Mein Kater hieß Hammurabi. Die Zeitung widmete sich ausschließlich der Berichterstattung über sein Leben.
Du hast mir nie erzählt, dass du einen Kater hattest.
Ja, ich hatte einen.
Mach weiter.
Es gab also besonders aufgemachte Textbeiträge über Hammurabi und sein tägliches Leben. Bilder auch. Mein Bruder verfasste ein monatliches Kreuzworträtsel, das nur aus Spitznamen bestand, die wir uns für Hamm ausgedacht hatten. Wir hatten auch eine Sportseite. Wir führten sogar eine Mini-Olympiade für ihn durch und fotografierten ihn, als er kleine Hindernisse umwarf. Mein Vater fotokopierte die Zeitung in seinem Büro. Verwandte in Kanada hatten sie abonniert.
Du bist also als Verleger mit der Philosophie in Berührung gekommen?
Nein, warte, du musst zuhören.
Okay, okay.
In der Scheune gab es ein Zimmer. Nein, Al, ich sagte, ich nehme keine Milch. Die Scheune war alt. Sie zerfiel. Meine Eltern sahen es nicht gern, dass ich da spielte, aber ich tat es trotzdem. Im Fußboden des Zimmers war eine kleine Falltür eingebaut, die zu den Ställen führte. Früher hatten sie das Heu von dort hinuntergeworfen. Einmal war ich sauer auf Billy Hallihan. Am Tag zuvor hatte er in der Schule die Luft aus meinen Fahrradreifen gelassen und sich halb totgelacht, als ich sie wieder aufpumpen musste. Ich lud ihn zum Spielen in die Scheune ein. Ich wusste,

dass er kommen würde, denn die Scheune war cool. Die Scheune fiel auseinander. Bevor er kam, ließ ich die Falltür runter. Sie schwang nach unten. Dann bedeckte ich das viereckige Loch mit Papier. Alte Exemplare der Hammurabi Gazette, die in der Mitte zusammengeheftet waren. Ich würde am anderen Ende des Raumes stehen. Wenn Billy reinkam, würde ich sagen: »Komm her, ich muss dir was zeigen.« Er würde quer durchs Zimmer kommen, auf das Papier treten und mit einem Bein drin hängen bleiben. Ich ging davon aus, dass das Loch zu klein für seinen ganzen Körper war. Dass er sich nur ein bisschen wehtun und blamieren würde. Ich breitete also Papier über das Loch und ging raus, um Fahrrad zu fahren, bis er kam. Als ich ihn durch den Hof kommen sah, lief ich schnell zurück in die Scheune. Das Papier war weg. Ich ging zu dem Loch und schaute hinunter. Im Stall unten stand ein verrosteter alter Sitzrasenmäher, den mein Bruder und ich halbwegs auseinander genommen hatten. Ich hatte den Plastikknauf vom Schaltknüppel abgezogen. Genau da war Hammurabi gelandet. Auf der Eisenspitze dieses Metallknüppels, den ich freigelegt hatte. Er war durch die Falltür geflutscht, und ich selbst hatte sie mit der Zeitung getarnt, die wir extra für ihn gemacht hatten. Hamm hatte ein Exemplar der Gazette mit nach unten gerissen, sie war mit ihm zusammen aufgespießt worden.
Um Gottes willen!
Ja. Das Bild ist gar nicht so falsch. Er starb für meine Sünden.
Das hast du mir nie erzählt, Kyle. Und wohin hat dich das gebracht?

Zu Kant. Rawls. Moraltheorie im Allgemeinen und im Besonderen.
Und das hast du auf dem College studiert.
Ja.
Und jetzt arbeitest du in einer Bäckerei, stimmt's?
Nein, ich hab da vor ein paar Wochen wieder aufgehört. Irgendwer hat eine Brotschneidemaschine geklaut; sie haben es mir angehängt.
Und was machst du jetzt?
Ich arbeite auf dem Friedhof. Ich bin für den Boden zuständig, ich bereite die Gräber vor.
Ich werd verrückt! Du bist ein Totengräber!
So nennt man das heute nicht mehr. Genauso wie man Kassierer in der Bank nicht mehr Kassierer nennt. Aber, ja, das bin ich.
Wo?
In Bradford, auf dem kleinen Friedhof hinter St. Mary.
Du nimmst mich auf den Arm, was? Ist das nur vorübergehend?
Weiß ich noch nicht. Wie soll man das wissen? Die Zukunft ist mir ein Rätsel.
Ich bin sehr froh, dass du gekommen bist, Kyle. Ich bin dabei, eine neue Möglichkeit zu entwickeln, mit der sich menschliche Erfahrungen kartografieren lassen, und die Recherche hier ist ein Teil davon, Interviews mit Leuten. Ich möchte mehr über das Verhältnis zwischen dem Verlangen nach theoretischem Wissen und bestimmten Arten von Verzweiflung rauskriegen. Die Sache mit der Katze ist in dieser Hinsicht sehr interessant.
Geht's deinem Dad besser, seit er wieder draußen ist?

Prima, ganz prima.
Ich hatte nie so viel Energie wie du, Dan.
Sei nicht albern, sei nicht albern, das ist alles höchst interessant.
Es ist komisch, wieder in Bradford zu sein. Aber irgendwas daran ist auch sehr friedlich. Du könntest rauskommen und mich besuchen, wenn du mal was brauchst, wo du hinkannst.
Sicher, sicher. Al, was machst du da?
Pssst. Hört mal. Da ist einer an der Tür.
Wer ist es denn, Al?
Keine Ahnung. Der Hausmeister, glaube ich.

4. Interview mit Wendell Lippman

Daniel Markham mit dem Interview Nummer vier. Sechzehnter Juni 1997, Anekdotische Soziologie über die Sehnsucht junger Männer nach Philosophie, finanzielle Unterstützung wurde beantragt bei der Nationalstiftung für Geisteswissenschaften, dem Nationalzentrum für Psychiatrie, den Zentren für Gesundheitskontrolle, dem Innenministerium und dem Ministerium für Familie, Soziales und Bildung der Vereinigten Staaten. Aktenkennzeichen 3B1997. Versuchsperson Wendell O. Lippman, männlich, weiß, einundzwanzig Jahre alt, wohnhaft in Jamaica Plain, Boston. Erste Frage, Mr. Lippman. Würden Sie bitte Ihren vollen Namen nennen, fürs Protokoll.
Wendell Oliver Lippman.
Danke. Nun, Mr. Lippman, Sie sind hier, um an einer bahnbrechenden Untersuchung teilzunehmen. Ihre Aussage könnte den Alltag von Millionen Ihrer Mit-

bürger verändern. Ich möchte keinen übertrieben ernsten Eindruck erwecken, aber Sie müssen sich darüber im Klaren sein, dass Sie an einer Art Spitze stehen, in einer nie da gewesenen Position möglicher Einflussnahme – eine Position, die Sie vermutlich nie wieder im Leben innehaben werden, eine Gelegenheit, die Zukunft einer ganzen Nation mitzugestalten, indem Sie ein Fenster zur Seele junger Männer öffnen. Sind Sie bereit für diese verantwortungsvolle Aufgabe?
Ich schätze schon. Ich meine, ich habe Al erst vor kurzem im Park kennen gelernt.
Mr. Lippman, Sie müssen etwas verstehen. In diesem Fall ist Mr. Turpin nur ein Bindeglied, das Sie zu mir geführt hat. Ihre Verbindung zu ihm ist eine empirische Notwendigkeit, ansonsten allerdings gänzlich irrelevant. Diese Untersuchung interessiert sich für Sie qua Sie, nicht für Sie qua Freund von Al. Ist das klar?
Was heißt »qua«?
Mr. Lippman, haben Sie den Eindruck, dass *ich* dieses Interview führe, oder haben Sie eher den Eindruck, dass *Sie* das Interview führen?
Sie, nehme ich an.
Das ist korrekt, Mr. Lippman, völlig korrekt.
Hör zu, Mann, ich meine, Al hat gesagt, ich soll einfach mal vorbeikommen, um, na ja, er meinte, wir könnten uns über Gott unterhalten und so weiter, was echt cool ist und alles, aber ... eigentlich bin ich gekommen, um Gras zu besorgen.
Fürs Protokoll, ich erlaube mir jetzt, die Versuchsperson als aggressiv einzustufen.
Was?

Nennen Sie Autoren und Titel der Bücher, die Sie in den letzten fünf Jahren gelesen haben.
Alle?
Ja, Mr. Lippman, alle.
Du bist verdammt anstrengend.
Sind wir jetzt fertig mit den einleitenden Bemerkungen?
Ja.
Schön. Also was genau haben Sie gelesen?
Nun, ich habe diese Sache über den Golfkrieg abgecheckt, also, wieso es da so viele Informationen gab, aber keine wirkliche Analyse, das war irgendwie was Neues.
Könnten Sie fürs Protokoll Ihren Bildungsgrad nennen?
Ich gehe aufs College.
Aha. Lassen wir die Frage Ihrer Lektüre im Augenblick mal beiseite, vielleicht erzählen Sie uns etwas über Ihr Interesse an der Philosophie und wie es begann. Sie interessieren sich doch für Philosophie, stimmt's?
Klar.
Na schön. Dann erzählen Sie uns, wie es angefangen hat.
Also, als ich das erste Mal high war –

5. *Interview mit Carl de Hooten*

Heute Nachmittag wollen wir uns mit Carl de Hooten unterhalten … er ist siebenundzwanzig Jahre alt und wohnt in Somerville. Mr. de Hooten –
Carl reicht.

Na schön. Carl ist – wie würden Sie es beschreiben?
Freier Magisteranwärter.
Freier Magisteranwärter. Und das bedeutet?
Ich habe mit mehreren Fachbereichen zu tun.
Er hat an der SUNY Oswego Philosophie studiert und seinen Abschluss gemacht. Also, Carl, erzählen Sie uns etwas über die Anfänge Ihres Interesses für dieses Fach.
Da wo ich als Kind gelebt habe, kam ein Mädchen aus der Nachbarschaft auf die Idee, einen Limonadenstand zu eröffnen. Sie wollte Limonade an Passanten verkaufen. Meine Mutter beschloss, dass ich mich an dem Geschäft beteiligen sollte. Diese Entscheidung entsprang, wie ich später erfahren sollte, ihrer Überzeugung, dass ich nicht oft genug aus dem Haus ging. Ich wehrte mich mit Händen und Füßen, da ich nicht die geringste Lust hatte, irgendwelches Zuckerzeug an die Nachbarn zu verhökern. Meine Mutter aber bestand darauf und ging sogar so weit, die Eltern des Mädchens anzurufen, um über meine Mitarbeit zu verhandeln. Ich erhielt den Befehl, mich zu dem Mädchen an den Tisch zu setzen – mit anderen Worten, rauszugehen und Spaß zu haben. Diese Erfahrung, also neben dem Mädchen zu sitzen – Verena hieß sie –, weckte letztendlich mein Interesse an künstlicher Intelligenz. Vor dem Tisch hatte Verena ein Plakat aufgehängt, das den Preis für ein Glas Limonade auf zwanzig Cents festsetzte. Das Interessante war aber, dass sie trotz des Plakats für unterschiedliche Kunden unterschiedliche Preise machte. Wenn ihre Freundin Judy beispielsweise vorbeikam, durfte sie nie mehr als einen Nickel be-

zahlen. Jungs brummte sie im Allgemeinen fünf Cents mehr auf – sie zahlten also einen vollen Quarter – mit dem Hinweis, dass der Preis auf dem Plakat sich nur auf die Limonade bezog, der Becher sei nicht darin enthalten. Wenn Autofahrer anhielten, um sich eine Limonade zu kaufen, klopfte sie mir auf den Rücken und befahl mir, mich vor den Tisch auf die Erde zu knien, damit das Plakat verdeckt wurde und sie die Möglichkeit hatte, Fremden fünfzig Cents oder sogar einen Dollar abzuknöpfen. Als ich sagte, dass ich das unfair fände, nahm sie mein Gesicht in beide Hände und brüllte mich an: »Du bist nur deshalb hier, weil meine Mutter es so will.« Etwa um die gleiche Zeit hatte ich den Rechner auseinander genommen, den mein Vater mir geschenkt hatte, um mir die Schaltkreise anzusehen, mit einem Vergrößerungsglas den Chip zu studieren und mir all die mikroskopisch kleinen Kammern in seinem Innern vorzustellen und wie jede Kalkulation sich letztlich in ihre binären Bestandteile zergliedern lässt. Eines Nachmittags beobachtete ich Verena und sah ihr Gesicht, als drei ältere Mädchen auf der Straße auftauchten. Ich wusste, dass sie überlegte, was sie verlangen sollte, und da ging mir etwas auf: Wenn man wüsste, wie ihr Gehirn funktioniert, wenn man bis in die Synapsen, die interstitielle Flüssigkeit, bis zum binären Kode vorstoßen könnte, tja, dann wäre auch sie berechenbar, sogar reproduzierbar, und all die scheinbare Launenhaftigkeit oder Wendigkeit würde einem Algorithmus, einem Chip auf einem Motherboard weichen. Das war in etwa der Anfang.

Interessant …

Seitdem habe ich mich ausgiebig mit künstlicher Intelligenz beschäftigt: neurale Netze, kognitive Modelle.
Frag ihn, ob er schon mal eine Freundin hatte.
Al! Es tut mir Leid, mein Mitbewohner ist –
Das macht nichts, ich kann darauf antworten, wenn du willst. Tatsache ist, dass ich keine Freundin hatte.
Macht Ihnen das was aus?
Gelegentlich macht es mir eine ganze Menge aus, und ich komme mir vor wie ein Ausgestoßener, und dann wieder fällt es mir lange Zeit gar nicht auf. Aber ich muss sagen, dass es sehr beruhigend ist, hier bei euch zu sein.
Wieso?
Weil es mir das Gefühl vermittelt, eine stabile Persönlichkeit zu sein, mein Leben im Griff zu haben.
Dieses Gefühl haben Sie hier?
Ja, ich meine, seht euch beide doch mal an. Ihr lebt in einer Wohnung, die so voll gestopft mit Büchern ist, dass ihr euch kaum bewegen könnt, dein Mitbewohner liegt bäuchlings auf dem Fußboden und hat sich seit einer Stunde nicht gerührt –
Er hat sich den Magen verdorben –
Und du sitzt da mit einem Eisbeutel im Rücken und einem Diktiergerät und stellst all diese Fragen – und das, obwohl ich bloß einen Futon kaufen will? Das ist nicht normal, versteht ihr. Ganz und gar nicht normal.

6. Interview mit Charles Markham

Okay Dad, es läuft ... Willst du etwas sagen?
Es wird Abend.
Ich kann Licht anmachen, wenn du willst.
Es geht schon ... Worüber wollten wir noch mal sprechen?
Wie gesagt, ich führe eine Untersuchung durch, darüber, wie das Interesse an der Philosophie entsteht, wo es hinführt ...
Du wirst mich doch nicht befragen wollen.
Doch.
Danny, das ist alles längst vorbei. Warum willst du es wieder ans Licht zerren? Sie haben mich gefeuert, das ist alles.
Es geht nicht um den Job. Es geht überhaupt nicht um die Uni, ich will bloß wissen, wie es für dich anfing, was es für dich bedeutet hat ...
Komisch. Was es für mich bedeutet hat? Neulich habe ich dieses Buch gelesen. Da gibt es eine Stelle, an die ich mich erinnere, es ging um Leute, *die sich zu anderen bestenfalls eine Beziehung erhoffen können, die wie ein schwermütiges Klagelied klingt, als wäre das Leben für alle schon vorbei.* Erschien mir durchaus plausibel.
Wie meinst du das?
Die Vorstellung, sein Leben wie ein Klagelied zu leben, sich gegen die Gegenwart zu immunisieren. Es ist erheblich einfacher, wenn man Menschen so sehen kann, als seien sie Figuren in einem Buch. Man kann trotzdem mit ihnen zusammen sein. Aber man hat nichts mit ihrem Schicksal zu tun. Alles steht bereits geschrieben. Die Gegenwart zählt nicht wirklich, es

ist nur die Zeit, die man damit verbringt, über die anderen zu lesen. Und das macht alles einfacher. Den Schmerz der anderen zum Beispiel.
Hatte das etwas damit zu tun, warum du angefangen hast zu lesen?
Die Philosophen – sie waren Teil davon, sie hielten die Dinge auf Abstand.
Wie?
Sie waren meine Freunde. Verlässlich. Sie waren da, um mir Gesellschaft zu leisten. Wenn man sich mit ihnen beschäftigte, sprachen sie mit einem. Sie hatten keine Krisen. Sie waren immer bereit, inklusive eines nummerierten Kommentars. Es ist wirklich ideal. Keine sterbenden Körper, die man mit sich herumschleppen muss. Wie ein Gemälde. Keine Veränderungen, keine Enttäuschungen. Alles ist bereits vorbei.
Hast du gelesen, als du im Krankenhaus warst? Mom sagte, du hättest immer deine Bücher gehabt.
Wovon redest du?
Von dem Jahr in der geschlossenen Abteilung.
Hat sie dir erzählt, dass ich da drin war?
Ja. Sie sagte, sie wäre immer hingegangen und hätte dir vorgelesen … Sieh mich an, Dad … Sag etwas.
Mach das Ding aus, okay? O Danny, warum weinst du denn?
Und sie hat gesagt, sie sagte, der Arzt hätte ihr erklärt, dass du krank bist …
Hör auf damit.
Und dass du deine Familie brauchst … Wo gehst du hin? Dad! Wo willst du hin?
Ich muss gehen.

Nein, Dad, bitte. Ich will mit dir reden, also komm schon, du hast gesagt, du würdest das Interview machen, bitte, es ist für mich – die Untersuchung – also komm, du kannst doch jetzt nicht einfach gehen, bitte … Was ist mit dem Tag, an dem du mich im Frack aus der Schule abgeholt hast – Dad? –, mit dem Lamborghini, und wir sind ins Harbor gefahren, du hast mir Martinis und ein Abendessen spendiert, und wir sind über Nacht geblieben – erzähl mir, wie das war, sag mir, was du dir dabei gedacht hast –
Nein, Danny, ich muss –
Oder die Woche, als du in der Garage geschlafen oder die Skulptur im Wohnzimmer aufgebaut hast, komm schon, ich will, dass du mir erzählst, wie das alles zusammenpasst, welche Rolle die Bücher spielten, die Theorien, die Dinge, die du gelesen hast, Dad!

7. Daniel Markham, Selbst-Interview

Anekdotische Soziologie, Interview Nummer soundso, Daniel Markham … Also, Mr. Markham, könnten Sie uns etwas über sich erzählen? … Klar, ich wurde in Boston geboren, wir waren dort alle im Krankenhaus, ich, meine Mom und auch mein Dad! … Ihr Dad? … Ja, er hatte dort auch ein Zimmer, gleich nebenan, im nächsten Flügel … Sie sind wirklich ein Witzbold … Ich weiß, finden Sie es nicht zum Totlachen … Also, jetzt mal im Ernst, kommen wir auf unser Thema zurück, warum haben Sie Ihre Bücher alle auf dem Fußboden ausgebreitet und vor der Tür aufgestapelt, und warum lassen Sie Al nicht rein, und warum, Mr. Markham, warum sind

Sie nackt, und warum liegen Sie auf diesen Büchern, und stimmt es wirklich, dass Sie ein Rückenleiden haben, oder simulieren Sie nur, haben Sie wirklich ein Magengeschwür, das Sie nicht schlafen lässt, und bewegen Sie sich tatsächlich die meiste Zeit in einem grässlichen neurasthenischen Nebel, und was sind das bloß für Dinge, die Sie da an die Wand gemalt haben, sie erinnern irgendwie an Symbole aus primitiven Religionen, was würde Dr. Gollinger wohl dazu sagen, hmm? Sind es die Kreise darin, die Sie interessieren, oder die Linien, die sie kreuzen, wie die Spitze des Schaltknüppels, auf den die Katze gefallen ist? ... Alles sehr interessant, ja, ich stimme Ihnen zu, aber Sie müssen sich wirklich etwas genauer ausdrücken. Ich meine, wie genau lautet Ihre Frage? ... Nun, es ist Ihre eigene Frage, Mr. Markham, wissen Sie nicht mehr? Sie haben die anderen gefragt, womit ihr Interesse an der Philosophie begann, wie also begann es für Sie? ... Interessant, ja, sehr interessant, die Tränen, ich glaube, es waren die Tränen, oder besser gesagt, die Seiten, die von getrockneten Tränen zerknittert waren, das offene Buch auf dem Schreibtisch, dem Schreibtisch meines Vaters natürlich, und dann kam ein Absatz, wo das Papier zerknittert war, wellig, Sie wissen schon, so wie Papier sich wellt, wenn es nass wird und dann wieder trocknet, nur ein paar runde Flecken hier und da und kein Wasserglas in Sicht, und das zweite kleine Indiz, das für Tränen sprach, war die Tatsache, dass er auf dem Sofa saß und weinte. Als ich diese zerknitterten Absätze las und auf die kleinen schwarzen Wörter sah, als ich hörte, wie mein Vater weinte, nun, verstehen Sie, das alles hat mich so fasziniert und gebannt, und deshalb sagte ich, zum Teufel, Mann, ich will auf diesem Gebiet Karriere machen … Da haben wir es schon wieder, Sie machen es einem wirklich schwer, also im Ernst, das soll ein seriöses Interview sein … Tut mir Leid, ich weiß, ich weiß … Also was haben Sie gelernt? … Tja, also ich bin froh, dass Sie mich das endlich fragen, denn wissen Sie, das ist der Grund, warum die Bücher alle so auf dem Fußboden liegen und ich obendrauf – weil einem dann nämlich alles viel schneller einfällt, ich meine, ich kann es spüren, wie sich das *Symposium* da gegen meinen Schenkel drückt, aber im Ernst, was ich gelernt habe, nun, das ist eine ganze Menge, mal sehen, Kant sagt, ich räume auf mit dem Wissen, um Platz für den Glauben zu machen, und Marx sagt, es gibt nur ein Gegenmittel für seelisches Leiden, und das ist körperlicher Schmerz (was mir durchaus einleuchtend erscheint), und Kierkegaard sagt, es gibt viele Menschen, die ihre Überzeugungen über das Leben wie Schulkinder gewinnen, indem sie ihre Lehrer hinters Licht führen und die Antworten aus einem Buch abschreiben, und Vico sagt, Maßstab und Regel für die Wahrheit ist, die Wahrheit erfunden zu haben, vielleicht sogar ein paar Interviews geführt zu haben, wer weiß? Und Wittgenstein behauptet, Ethik und Ästhetik seien ein und dasselbe, und fährt fort, die Lösung zum Problem des Lebens liege darin, das Problem verschwinden zu sehen; von ihm stammt übrigens auch der Satz: ›Ich kann nur zweifeln, wenn es etwas gibt, das über den Zweifel erhaben ist‹, und Heidegger sagt, die Vorstellung der Logik selbst löst sich im

Wirbel einer ursprünglicheren Fragestellung auf, und Fichte sagt – Nein, Al, ich habe keinen Hunger, ich mache ein Interview, morgen komme ich wieder raus, geh aus, amüsier dich, es ist ein schöner Tag ... Eine Mahnung? ... Verbrenn sie, Al! Es ist bloß ein Wisch der Inkassoabteilung. Verbrenn sie einfach, verbrenn den ganzen Stapel, Telefon- und Stromrechnungen auch, bau einen Scheiterhaufen auf dem Treppenabsatz und setz den verfluchten Nasenbohrer von Hausmeister obendrauf! Das schaffst du, Al, ich weiß, dass du es schaffst! ... Mr. Markham, Sie sagten ... Ja, ich sagte, dass Fichte auch was sagt, ebenso Pascal, und meine Mutter sagte, wir brechen alle in unmerklichen kleinen Schritten zusammen, und dann gibt es noch diese Passage, die ich immer wieder lesen muss, wo ist sie bloß? Ah, hier, in der Bibel, Lukas, Kapitel zwei. *Und es begab sich nach drei Tagen, da fanden sie ihn im Tempel sitzen, mitten unter den Lehrern, wie er ihnen zuhörte und sie fragte. Und alle, die ihm zuhörten, verwunderten sich über seinen Verstand und seine Antworten. Und als sie ihn sahen, entsetzten sie sich. Und seine Mutter sprach zu ihm: Mein Sohn, warum hast du uns das getan? Siehe, dein Vater und ich haben dich mit Schmerzen gesucht. Und er sprach zu ihnen: Warum habt ihr mich gesucht? Wisst ihr nicht, dass ich sein muss in dem, was meines Vaters ist?* ... Schlagen Sie irgendeine Seite auf. Hier, nehmen Sie ein Buch, Mr. Markham, ja da, dieser zerknitterte Absatz, lesen Sie die Worte.

(Ende der letzten Kassette)

McLEAN'S HOSPITAL
115 MILL STREET
BELMONT, MA 02478
BÜRO DR. ANTHONY HOUSTON

Winston P. Gollinger, M.D. 11. Februar 1998
231 Pine Street
Brookline, Massachusetts 02346

Lieber Win,

Sie fragten nach Daniel Markhams Fortschritten. Er hat vor einer Woche die Klinik auf eigene Verantwortung verlassen und ist kein Patient mehr bei uns.

Er hat drei Monate unter meiner Aufsicht verbracht. Nachdem er die anfängliche manische Hochstimmung überwunden hatte, litt er fast jeden Tag seines Aufenthalts bei uns unter mittleren bis schweren Depressionen. Ich habe verschiedene Medikationen ausprobiert, einige mit partiellem Erfolg. Falls es überhaupt Fortschritte gab, und da bin ich mir nicht sicher, gründen sie auf unseren Therapiesitzungen, die zweimal pro Woche stattfanden. Hier wirkte er vorübergehend lebendiger. Nachdem ich die Transkriptionen gelesen und mir die Aufnahmen angehört hatte, gelang es mir, ihn auf dem Gebiet der Philosophie anzusprechen. Sie hat offenbar eine gewisse Bedeutung für ihn. Ein Freund namens Kyle Johnson brachte ihm Bücher, und auch das schien seine Stimmung positiv zu beeinflussen. Die Schwestern berichteten, dass er an besseren Tagen den größten Teil seiner Zeit mit Lesen verbrachte.

Um Weihnachten herum machte sein Vater unglücklicherweise einen Besuch hier in der Klinik. Er war mitten in einem manischen Schub und warb bei Ärzten und Personal für Investitionen in einem Offshore-Hedge-Fonds. Es erübrigt sich, darauf hinzuweisen, dass dieser Besuch für Daniel nicht gerade hilfreich war; eine Woche musste ich seine Depakote-Dosis heraufsetzen.

Wir wissen beide, dass es solche hartnäckigen Fälle gibt. Wir haben getan, was wir konnten. Sollte Charles Markham sich weiterhin weigern, Medikamente zu nehmen, würde es mich nicht wundern, wenn er innerhalb der nächsten fünf Jahre Selbstmord begeht. Daniel hingegen ist noch jung, der Verlauf seiner Krankheit lässt sich kaum prognostizieren.

Sollte ich noch irgendetwas erfahren, werde ich mich mit Ihnen in Verbindung setzen. Falls Daniel seine Behandlung bei Ihnen fortsetzt, lassen Sie es mich bitte wissen.

Hochachtungsvoll,
Anthony Houston, M.D.

Der Zug rattert an den Gärten von Bradford vorbei. Auf einer Wiese liegen Kinderspielzeuge verstreut. Ein anderer Garten wurde vor kurzem umgegraben und ist bereit für neuen Rasensamen. Daniel lehnt den Kopf gegen die Scheibe, sein Blick ist leer, sodass die Bäume zu einem weichen Schleier verwischen. Ohne hinzusehen, nimmt er die Papiere von seinem Schoß und legt sie mit der Schrift nach unten auf den Sitz neben sich. Langsam beginnt der Zug abzubremsen. In Bradford Hills sieht er, wie der Vater zwei Reihen vor ihm seine Aktentasche unter den Arm klemmt, seinen kleinen Sohn an die Hand nimmt und den Gang hinuntergeht. Noch leerer fährt der Zug jetzt weiter, an den

Tennis- und Baseball-Plätzen vorbei, wo Daniel als Kind gespielt hat, dem Supermarkt, wo er nach der Schule die Einkäufe der Kunden eingepackt hat, und der Polizeiwache, wo seine Mutter und er die Vermisstenanzeigen aufgaben.

Ob sie ihn geschnappt haben, als er im Badeanzug in einem Gang des Supermarkts stand und einen wildfremden Passanten bedrängte, das Blatt Papier zu lesen, das er in der Hand hielt, fragt sich Daniel. Oder ist er in dem Apartment, das er bei ihrem letzten Treffen erwähnte, bei einer Freundin, von der Daniel noch nie gehört hatte, einer Frau, die Leuten aus der Hand liest? Dass er so friedlich in einem Zug sitzen und sich das alles vorstellen kann, wundert ihn. Dass er in dieser vorübergehenden Atempause weder Verzweiflung noch Euphorie empfindet.

Gleich nach dem Postamt kommt der Zug in Bradford Square zum Stehen. Er nimmt die Unterlagen, den Umschlag, die leere Gingerale-Dose und steht auf.

Es ist warm geworden, doch die Feuchtigkeit des morgendlichen Regens hängt noch in der Luft. Er steigt die Treppe zum Parkplatz hinauf und geht weiter Richtung Washington Street. Die Bürgersteige haben ein neues Ziegelsteinpflaster bekommen; überall stehen neue Bänke und Laternenpfähle, alle im gleichen Dunkelgrün gestrichen. Es gibt noch mehr Mercedesse und Jaguars, als er in Erinnerung hat und noch mehr reiche junge Frauen mit geschminkten Gesichtern und Goldschmuck, die ihre Kinderwagen an Restaurants und Boutiquen vorbeischieben. Er geht an der Bücherei vorbei. Neben dem Münzfernsprecher steht ein Papierkorb, in dem er die Akte mitsamt ihrem Inhalt verschwinden lässt: den Befunden, Kopien von Rezepten, Blutwerten, ärztlichen Notizen, Interviews und Prognosen von Experten.

An der Kreuzung Pond Street wartet er, bis es Grün wird, und geht dann über die Straße. Die Sonne ist beinahe hinter den Wolken hervorgekommen, wirft schwache Schatten auf den Bürgersteig und schimmert ein wenig auf dem nassen Straßenpflaster. Die Reifen der Autos zischen, wenn sie vorbeifahren. Eine warme Brise bläst über die Straße und die blühenden Bäume.

Etwas weiter sieht er das Hinweisschild auf die Kirche. Ein Fußpfad führt zum Backsteinturm von St. Mary und schlängelt sich dann seitlich um das Gebäude. Er folgt dem Pfad bis zum Tor. Der Friedhof ist nur ein paar Morgen groß, voll gestopft mit Grabsteinen und Blumen. Im hinteren Teil hat man ein paar Bäume gerodet, um Platz für weitere Gemeindemitglieder zu machen. Er sieht die Umrisse von Kyles Schultern, der sich über eine Schubkarre beugt, schließt das Tor hinter sich und geht über den sorgfältig gepflegten Rasen.

»Dan«, sagt Kyle und schaut von seiner Arbeit an dem Grab auf. »Du hast es tatsächlich geschafft.«

Einen Augenblick lang kann er hier, in der Ruhe, die – wie er sehr wohl weiß – nur das Auge des Wirbelsturms ist, im Zentrum eines Strudels, der trotz allem, was andere dazu geschrieben oder gesagt haben, vielleicht nicht das Geringste bedeutet, nichts anderes tun, als in das sanfte Gesicht seines Freundes zu starren und dankbar auf die Geräusche der Welt ringsum zu lauschen.

Der Freiwillige

I

Der Junge hat ihr Hoffnung geschenkt, und Elizabeth hatte sich nicht vorstellen können, je wieder Hoffnung zu haben. Sieben Wochen hintereinander ist er gekommen, um sie zu besuchen. Ein schüchterner Teenager, einsam, vermutet sie, und irgendwie auch neugierig, nicht gerade ein Plus, wenn es gilt, Konkurrenten auf dem Weg zum Erfolg aus dem Rennen zu schlagen. Er kommt mit Bleistift und Papier und fragt, was er für sie zeichnen soll. Ihre Wände sind mit seinen Arbeiten geschmückt: Skizzen von den Wäldern hinter seinem Haus, der Blick aus diesem Fenster, meistens aber Selbstporträts, anfänglich noch konventionell wie das neben dem Spiegel, doch dann immer ausdrucksvoller, je weiter sie über die Wand fortschreiten, die Augen werden kleiner, die Stirn größer, das Blei des Stifts ist verwischt, um die Linien weicher zu machen. Seine Besuche haben ihren Wochen einen Sinn gegeben. Sie verbringt Stunden damit, sich ihre Unterhaltung auszumalen, über Fragen nachzudenken, die sie ihm stellen will, und vergisst sie dann wie eine nervöse Mutter, wenn er kommt.

Von ihrem Fenster aus beobachtet Elizabeth, wie der Tag drüben im Hafen zu Ende geht. Wolken schieben sich von Osten her über den Himmel, machen die blauen Wellen stumpf und lassen nur einen schmalen Streifen verblassendes Licht über dem Horizont am Atlantik zurück. Bald wird es Zeit zum Abendessen sein. Sie wird den gefliesten Gang entlanggehen, an den Zimmern ihrer Mitbewohner vorbei, in den Speisesaal, wo Marsha, die Köchin, ihr zuwinkt, und sie wird sich an ihren Platz am Tisch setzen und die stärkehaltige Mahlzeit verspeisen. Falls es so etwas wie eine sanfte Glocke gibt, dann ist es die, die im Plymouth-Brewster-Heim für Betreutes Wohnen an allen Tagen des Jahres um fünf Uhr dreißig läutet. Als sie ihren leisen Klang vernimmt, wendet sich Elizabeth ab, zieht eine Jacke und Hausschuhe an und beginnt ihre tägliche Reise.

Später, bei ihrer Rückkehr, findet sie die Primidon-Tabletten in ihrem weißen Pappbecher auf dem Nachttisch; wie üblich hat Judith, die Krankenschwester, sie dorthin gestellt. Seit mehr als zwei Jahrzehnten macht Elizabeth Maynard alles genau so, wie man es ihr sagt, und Hesters Stimme, die sie so viel gekostet hat, kommt nur noch leise und in großen Abständen. Es ist eine negative Leistung, denkt sie, sein ganzes Leben damit zu verbringen, etwas abzuwehren. In den letzten paar Wochen hat es, obwohl sie dagegen ankämpft, vor allem während Teds Besuchen Momente gegeben, in denen Elizabeth im Schlamm der Medikamente stecken blieb, einzelne Zeitstellen sich verlangsamten und zum Stillstand kamen. Der Junge hat sie daran erinnert, was sie alles nicht hat. Sie will ihn nur so kennen lernen wie jeder andere auch. Im Grunde ihres Herzens kann sie nicht glauben, dass das zu viel verlangt ist. Es könnte ihr gut tun, eine kleine Pause zu machen, denkt sie bei sich und schiebt die Tabletten ganz nach hinten in die Schublade der Kommode.

»Verdammt noch mal, hör auf damit!«, schreit sein Bruder von unten, als Ted vor der Schlafzimmertür ihrer Mutter steht und leise ruft: »Bist du wach?«

»Wenn du nicht in zwanzig Sekunden im Auto sitzt, kannst du zu Fuß gehen!«, ruft John aus der Küche. Ted drückt die Klinke herunter, doch wie üblich ist die Tür abgeschlossen. Er will nur sehen, ob alles in Ordnung ist mit ihr, aber er ist spät dran, also schnappt er sich die Büchertasche aus seinem Zimmer und saust die Treppe hinunter. Sein Bruder sitzt im Wagen und spielt so laut Rage Against the Machine, dass die Sitze beben. Er ignoriert zwei Stoppschilder und sagt unterwegs kein Wort. Auf dem Schulparkplatz setzt sich Ted schließlich die Kopfhörer auf, und die aufgekratzte Stimme eines britischen Rockstars vertreibt alles andere aus seinem Kopf: *She walks in beauty like the night, ba ba ba ba ba ba ba*, auf der Schultreppe gefolgt von Marylin Soundso mit einem Text, den er noch nie richtig verstanden hat, und dann, als er in den Flur einbiegt, endlich das, worauf er die ganze Zeit gewartet hat: *I'm aaaaching to see my heroine, I'm aaaaching to see my heroine*, ihm schwirrt der Kopf, als die Stimme ansteigt, eine umwerfende Zeile, doch dann klopft ihm jemand auf die Schulter – Mr. Ananians Mund formt die Worte: »Stell das Ding ab!«

Der Stoppschalter klickt in seinen Ohren.

»Ich sag dir das nicht noch mal.«

Etwa zwanzig Schüler lümmeln sich an ihren dunklen Resopalpulten, fünfundvierzig Minuten Algebra II und keine Hoffnung, Lauren Jencks zu sehen. Ihm ist übel.

»Oh, mein Gott«, sagt er und macht ein ratloses Gesicht, »ich hab mein Heft vergessen; bin gleich wieder da.« Damit läuft er in den Gang und entfernt sich rasch, während die Tür hinter ihm zufällt.

»So ist es richtig«, sagt Stevie Piper, der gerade aus dem Chemiesaal sprintet, und hält den Daumen hoch. »Du musst heute Abend unbedingt kommen, Mann – die Alten von Phoebe Davidson sind nicht da.«

»Klar«, antwortet Ted und rast den Gang entlang zum Kunstraum, wo Lauren gerade Modellzeichnen hat. Es macht ihn schon nervös, dass sie ihn an der Tür des Klassenraums entdecken könnte, obwohl er weiß, dass sie weiß, dass er sie seit Wochen anstarrt, nein, seit Monaten, seit sie zu Beginn des Halbjahres an die Schule gekommen ist.

Mrs. Theodopoulos hat ein Hundefoto auf die Staffelei vor der Klasse gestellt und benutzt ein Lineal, um die Aufmerksamkeit ihrer Schüler auf das Ohr des Hundes zu lenken. Die Jugendlichen sitzen mit dem Rücken zu Ted, schmieren Kohle auf ihr Zeichenpapier und malen Ohren. Lauren sitzt in der zweiten Reihe: verblasste orangefarbene Strickjacke mit ausgeleierten Taschen, ein Sonnenstrahl auf dem Rücken, kurzes braunes Haar, das über ihrem Ohr glänzt, keine Ohrringe. Es gefällt ihm, dass sie weder Ringe noch Kettchen oder Make-up trägt, wie groß ihre Augen sind und dass sie zehn Jahre älter wirkt als er, so als wäre sie schon fünfmal um die ganze Welt gereist und müsste aus unerfindlichen Gründen, schlechtem Karma oder sonst was, das Leben in der Highschool wiederholen. Wenn er abends in seinem Zimmer ihr Bild sittsam beiseite schiebt und sich zu den eindeutigeren Fotos im Netz einen runterholt, denkt er, sie müsste doch jemandem erzählen wollen, wie das war, als sie gezwungen wurde, aus so weiter Ferne wieder zurückzukommen. Wenn er sich hin und wieder die Vorstellung erlaubt, sie auszuziehen, sitzt sie immer auf ihm, mit durchgebogenem Rücken und einem Ausdruck im Gesicht, als erinnerte sie sich an eine andere Zeit, doch kurz bevor er kommt, schlägt sie die Augen auf und beugt sich zu ihm hinab, und sie starren sich an, bis er sich halb aufrichtet, um sie zu küssen, und dabei explodiert.

Von da, wo er jetzt steht und allein bei dem Gedanken an sie einen Ständer hat, kann er ihr Hundeohr nicht sehen. Er presst die Stirn an die Scheibe und versucht, einen Blick auf die Seite ihres Gesichts zu erhaschen, ihre Hand, die Zeichnung, und schließt damit den näher kommenden Moloch in Gestalt von Mrs. Theodopoulos, die mit riesigem, ausgestrecktem Zeigefinger den Gang zwischen den Pulten entlangstürmt, aus seinem Gesichtsfeld aus. Sie ist schon fast an der Tür, als er sie entdeckt, die Klasse sich umdreht, um zu sehen, was da los ist, und sein Herz klopft wie verrückt.

Ihm ist schwindelig, als er sich duckt und davonrennt.

Vom Gang im zweiten Stock kann er über den Schulhof sehen und durch das Fenster, über Mrs. Theodopoulos' Schulter bis zu den ersten beiden Reihen im Kunstraum. Seit Laurens Freundinnen vor ein paar Wochen bei seinem Anblick anfingen zu lachen, weiß er, dass es zwecklos ist, Coolness vorzutäuschen. Er starrt sie rückhaltlos an. Na los, denkt er, mach schon, lach mich aus, verachte mich, finde mich hässlich und zum Verzweifeln, verdreh die Augen, sag, dass du mich nicht mal in einer Million Jahren anrühren und eher mit einem Affen bumsen würdest als mit mir, na los, schrei es laut hinaus.

Niemand scheint ihn zu beobachten. Sie bemalen ihre Blätter, in Gedanken noch im Traum, während der Körper die erste Stunde verdöst.

Dann passiert es. Sie sieht auf und über die Staffelei hinweg, kneift die Augen zusammen und bemerkt ihn. Sie lächelt. Er ist ganz sicher. Lauren Jencks hat ihn über dreißig Meter Entfernung registriert und lächelt – ob ihm zu oder mit ihm zusammen, wagt er nicht zu entscheiden. Er gibt sich cool, winkt lässig und geht weiter. Damit ist die Entscheidung gefallen; heute Mittag wird er mit seinem Tablett an ihrem Tisch stehen, sollen ihre Freundinnen kichern, so lange sie wollen.

Aber vorher muss er sich unbedingt abreagieren.

Auf dem Klo versucht er, eine Seite über die Schlacht von Shiloh zu lesen, gibt auf und stellt sich rasch vier blonde Mädchen vor, die seinen nackten Körper ablutschen. Er tadelt sich selbst wegen seines Mangels an Fantasie, ist aber erleichtert, als er fertig ist, und atmet zum ersten Mal an diesem Morgen tief durch.

Als Elizabeth aufwacht, sind die Farben lebhafter: die dunkelroten und goldenen Muster im Orientteppich, die Dämmerung, die den Himmel in einem makellosen Blau erstrahlen lässt. Sie schlüpft in den Bademantel und tritt an ihren Lieblingsplatz am Fenster. Streifen der aufgehenden Sonne glitzern auf dem frostigen Gras im Garten. Es ist das ausgewaschene Licht des Herbstes, das auch auf den Rasen der Klinik an der Küste von Connecticut schien, jener Anstalt, wo Elizabeth im Jahr vor ihrer Hochzeit mit Will einen Monat verbrachte – diese Erinnerung kommt jetzt mit ungewohnter Leichtigkeit.

Sonntags kam er immer mit dem alten Lincoln Town Car seines Vaters aus Cambridge zu Besuch. Sie machten Spaziergänge auf den Klippen über dem Long-Island-Sund. Er war ein weltfremder, nervöser Mann. Wie Elizabeth war er in New England in einem Haushalt ehemaliger Anhänger der Episkopalkirche aufgewachsen, die ihren Glauben jedoch nicht mehr praktizierten, und wie sie in einem liberalen Bewusstsein erzogen worden. Ihre Eltern seufzten resigniert bei der Lektüre der *New York Times*; Rettung – wenn es die denn gab – war eher die Aussicht auf Reformen als auf Erlösung. Gemeinsam schafften Will und sie es, stundenlang die Form zu wahren, ohne den Grund für Elizabeths Aufenthalt in einer solchen Institution anzusprechen – kleine *Konfusionen*, wie ihre Eltern es nannten, eine gelegentliche Anstrengung, sich zu erinnern, wo sie war, und das noch seltenere Gefühl, Stimmen zu hören. Will machte damals seinen Doktor der Soziologie in Harvard; darüber unterhielten sie sich. Sie hatten sich in seinem Hauptseminar kennen gelernt, ein Semester vor ihrem Abschied von Radcliffe, der Universität, an die sie eines Tages zurückkehren würde, wie ihre Eltern gehofft hatten.

Als sich ihr Aufenthalt in der Klinik dem Ende zuneigte, bat Will um eine Unterredung unter vier Augen bei ihrem Psychiater. Elizabeth benahm sich schlecht und horchte an der Tür. »Eine leichte Instabilität«, hatte der Mann ihr bescheinigt. Sie hat nie erfahren, ob er ein sexistischer Arzt war, der sie für hysterisch hielt, oder ein netter Mann, der verstand, was Will ihr bedeutete, vielleicht sogar ein Mann, dessen Nettigkeit sein Urteilsvermögen beeinträchtigt hatte. Als Will ihn fragte, ob sie trotzdem heiraten sollten, fragte der Arzt, ob Will seine Verlobte liebe. Elizabeth hatte sich nie so sicher gefühlt wie in diesem Moment, als sie Will »Ja« sagen hörte, ohne auch nur einen Moment nachzudenken. »Dann sollten Sie sie auch heiraten«, hatte der Arzt geantwortet.

Nach der Hochzeit zogen sie in das Sommerhaus ihrer Eltern in der Nachbarstadt von Plymouth, ein zweistöckiges Gebäude mit lang gezogenem schrägem Dach am Fluss, wo ihre Großeltern ihr ganzes Leben verbracht hatten. Nur für ein Jahr, hieß es, bis Will sein Examen gemacht hatte. Sie brauchten keine Miete zu zahlen, und er musste nur zweimal pro Woche nach Cambridge. Sie weiß noch, wie grässlich ihr die Vorstellung war, dort zu leben, egal, wie kurz, in diesem Haus, außerhalb der Stadt, an einem Ort, wo sie Monate ihrer Kindheit verbracht hatte, einem Haus, das der eine oder andere Zweig ihrer Familie seit mehr als drei Jahrhunderten besaß oder bewohnte. Die Last der Vergangenheit wog dort so schwer, dass man sich eine Zukunft kaum vorstellen konnte. Will stellte seinen Schreibtisch im Wohnzimmer auf, neben dem meterhohen Mahagoniradio, in dessen Unterschrank alte Achtundsiebziger von Beethoven und Mahler verstaubten. Wenn sie versuchte, nachmittags ein Buch auf dem Sofa zu lesen, musste sie sich anstrengen, um den Anblick ihrer Großmutter zu vergessen, die während eines Sommergewitters im Lehnstuhl gegenüber gesessen und ein Nickerchen gehalten hatte.

Bevor sie heirateten, hatten sie über Kinder gesprochen; beide hatten welche gewollt. Eine ganz schöne Strapaze, findest du nicht?, hatte ihre Mutter gesagt, als sie das Thema zur Sprache brachte, immerhin habe ihr gemeinsames Leben doch gerade erst begonnen und Will noch keinen Job gefunden. Doch Will sah keinen Grund zu warten. Sie waren glücklich, als sie schwanger wurde. Mehr als der Treueschwur verhieß es Beständigkeit – eine berechenbare Zukunft.

»Herrlicher Morgen«, sagt Mrs. Johnson, als sie den Kopf durch die Tür streckt. Sie ist in all den Jahren, die Elizabeth schon hier lebt, Direktorin am Plymouth Brewster gewesen. Eine sanfte rothaarige Frau, die sich zu Elizabeth setzt und sich mit ihr über die Bücher unterhält, die sie liest. »Vergessen Sie nicht, dass Sie heute Nachmittag Besuch haben.«

Elizabeth lächelt. Mrs. Johnson geht weiter, und Elizabeth

blickt wieder über den Hafen. Sie sieht Menschen, winzig klein aus der Distanz, die über den Wellenbrecher gehen und sich dabei dem Wind entgegenstemmen. Jachten tanzen im Hafenbecken, die chromglänzenden Masten bewegen sich hin und her wie die Zeiger von Metronomen. Die Sonne schimmert auf dem Wasser. Eine Szene voller Bewegung.

Fast vierhundert Jahre, seit unsere Familie an dieser Küste angekommen ist, sagt Hester plötzlich. Ihre Stimme ist heute Morgen klarer und kräftiger als sonst.

»Na schön«, sagt Elizabeth und setzt sich in ihren Sessel. »Dann spul deine Leier ab.« Es ist besser, wenn sie Gleichgültigkeit vortäuschen kann. Zeichen von Unruhe sind wie nacktes Fleisch, das sie den Pfeilen ihrer Begleiterin darbietet.

Und was für eine herrliche Zeit des Leidens ist es gewesen. Welch gerechte Kriege. Welch gewaltige Profite. Und die Maschinen erst, atemberaubend. All die kindlichen Gliedmaßen, Augen und Organe, die für den Fortschritt bluten mussten oder ausgerissen wurden. Die vergewaltigten Sklaven, die Köpfe der Soldaten, zermalmt wie rohe Eier. Wer weiß, vielleicht erlaubt uns der Geistliche ja ein Tänzchen. Vielleicht, um dich zu feiern, Elizabeth, eine Blume, die aus diesem Samen erblüht ist. Was hast du getan, um es wieder gutzumachen? Glaubst du etwa, die Götter hätten euren Country Club gutgeheißen? Daddy, der von den zweiten neun Löchern am Platz zurückkam, die schwarzen Hände, die Mummy einen Cocktail mixten? Jitterbug.

»Lausige Geschichtsschreibung«, murmelt Elizabeth und versucht, ihre Geringschätzung und damit die Oberhand zu behalten. »Du bringst ja alles durcheinander.« Es ist Jahre her, dass sie sich so herumstreiten musste. Aber im Moment hat sie genügend Kraft dafür.

Ach, das hatte ich ganz vergessen, sagt Hester. Du hast ja schon immer geglaubt, dass Bücher und Tatsachen dich retten könnten. Viel gebracht haben sie dir nicht, oder?

Elizabeth lacht. »Wenn ich nur gewusst hätte, wie unerbittlich du bist.«

Was dann? Hättest du meine Hilfe abgelehnt?

»Ist es das, was du mir gegeben hast?«

Und dann ist die Erinnerung da, an den Morgen, als die Wehen begannen: Der zweite Tag des Schneesturms, 1978, die Straßen unter Schnee und Eis begraben, die Polizei hatte ein generelles Fahrverbot erlassen, und im Krankenhaus sagte man, es sei nicht sicher, wann man ihnen einen Krankenwagen schicken könne. Sie lag oben, im alten Schlafzimmer ihrer Großeltern, das nach vorn hinausgeht.

Stundenlang atmete sie, so gut sie konnte, ertrug die Wehen da auf dem hohen Bett und klammerte sich an Wills Hand. Als die Wehen stärker wurden, kümmerte sich ihre Mutter um sie und sagte, sie müsse tapfer sein. Elizabeth bettelte um den Arzt oder Medikamente – irgendwas, um den entsetzlichen Schmerz in ihrem Unterleib zu mildern. In den flüchtigen Atempausen schlug sie die Augen auf und sah an den Wänden des Schlafzimmers Generationen von toten Vorfahren, die auf sie herabstarrten. Daguerreotypien von hageren Frauen und von Männern mit affenähnlichen Gesichtszügen, stocksteif im schwarzen Sonntagsstaat, und ihre Pose erweckte den Anschein, als warteten sie darauf, ihrem Schöpfer zu begegnen. Als sie als Kinder ihre Großeltern besuchten, hatten Elizabeth und ihr Bruder sich gegenseitig mit Geschichten von Leuten Angst gemacht, die in diesen Räumen gestorben waren. Die Bilder erschienen ihr jetzt lebendig, die Rechtschaffenheit ihrer Vorfahren von ihrem eigenen erbärmlichen Zustand besudelt. Sie biss ins

Kissen und schwitzte. Stunden vergingen, und immer noch kein Arzt. Sie hörte Will und ihre Eltern im Nebenzimmer darüber tuscheln, wie man sie jetzt, da die Wehen so weit fortgeschritten und die Straßen so gefährlich waren, noch transportieren solle.

Um sechs fiel der Strom aus, und das Haus versank im Dunkeln. Ein paar Minuten lang war von der Welt nichts anderes mehr übrig als der ungeheuerliche Schmerz und das Rauschen des Windes, der im Vorgarten die Bäume peitschte. Ihr Vater zündete Kerzen an und steckte Batterien ins Radio. Es schneite weiter. Von unten konnte sie hören, wie in den Nachrichten gemeldet wurde, dass Hunderte von Menschen mit ihren Wagen auf den Straßen festsaßen, und dann die Stimme des Sprechers, der die Bürger aufforderte, zu Hause zu bleiben.

Ihre Mutter gab ihr Wasser und wischte ihr Brust und Gesicht ab. Die Bilder flackerten in den Schatten. Nach ein Uhr morgens, in der fünfzehnten Stunde, lange, nachdem sie zu pressen begonnen hatte, ging ihre Mutter einen Augenblick hinaus, um frische Handtücher zu holen. Elizabeth lag allein auf der feuchten Matratze, Will war in der Küche, um Wasser zu kochen, und ihr Vater stritt sich am Telefon lautstark mit dem Krankenhaus. Schnee trieb gegen das Fenster, und das Fleisch zwischen ihren Beinen riss. Sie spürte, wie das Blut auf die Schenkel sickerte. Irgendetwas fing an, gegen ihre Schläfen zu hämmern. Ihr Herz machte einen Satz. Sie glaubte zu sterben.

In diesem Moment blickte sie im Kerzenschein auf und sah zum ersten Mal Hester in der Ecke dieses alten, verzogenen Raums mit der niedrigen Decke. Schweigend stand sie in ihrem schwarzen Kleid und dem Umhang mit Kapuze da, eine Frau von dreißig mit dem Gesicht einer Fünfzigjährigen, schlichten Zügen und hellgrauen Augen. Sie wusste Bescheid. Eine Frau, die vor ein paar Jahrhunderten in einer Winternacht in diesem Zimmer gelegen hatte, wie Elizabeth begriff, ihr Mann in einer Handelsniederlassung am Connecticut River; ihre Schwester war da, um sich um sie zu kümmern, drei jüngere Kinder, denen man eingeschärft hatte, nicht zu weinen, schluchzend im Nebenzimmer, zwanzig Stunden vor ihrem Tod. Eine Frau, der Elizabeth nichts erklären musste, deren Leben sich auf eine einzige Zeile in einem Brief beschränkte, den ein Mann an einen anderen Mann geschrieben hatte. Eine Zeile, die Elizabeth für immer aus einem lange vergangenen Sommer im Gedächtnis behalten hatte, als ihr Großvater ihnen aus den Papieren vorlas, die ihre Ahnen im Haus zurückgelassen hatten: *In unaussprechlicher Trauer, dass Hester bei der Geburt meines Sohnes verstorben ist.*

Elizabeth starrte auf die dunkle Gestalt in der Ecke und hätte laut aufgeschrien, wenn sie nicht im gleichen Augenblick befürchtet hätte, dass Will und ihre Eltern sie für verrückt halten würden. Langsam, ohne ein Wort, kam Hester auf das Bett zu und legte eine kalte Hand auf Elizabeths Stirn. Elizabeth schloss die Augen. Sie spürte Hesters Hände zwischen ihren Schenkeln, die den Kopf des Babys hielten. Sie presste ein letztes Mal. Als sie die Augen aufschlug und sich mühsam aufrichtete, sah sie das blaue Kind. Die Nabelschnur hatte sich in ihrem Schoß zweimal um seinen Hals gewickelt, hatte die kleine Kehle eingeschnürt und das Baby während der Geburt erdrosselt.

Will war der Erste, der hereinkam. In dem kurzen Augenblick, bevor Vernunft, Mitgefühl oder Pflicht ihn von den Zweifeln an ihrer Zurechnungsfähigkeit erlösten, die er immer gehegt haben musste, starrte er sie an wie eine Mörderin. Wie im Rausch erklärte sie, was geschehen war, denn welche andere Wahl hätte sie gehabt? Dass eine Frau gekommen und das Kind zur Welt gebracht hatte, dass die Schnur seit Wochen um seinen Hals gewickelt gewesen sein musste; ihre Eltern weinten, und Will hielt sich den Kopf mit beiden Händen. Am frühen Morgen war eine Schwester gekommen und hatte die Nabelschnur zwischen ihr und dem kleinen Jungen durchtrennt.

»Es war keine Hilfe, die du mir gegeben hast«, sagt Elizabeth laut aus ihrem Sessel neben dem Fenster. »Das war wirklich keine Hilfe.«

Sie ist dankbar, dass im Augenblick keine Antwort kommt.

Dankbar auch, dass die Farben in ihrem Zimmer wieder vor Energie pulsieren, die Luft und der blaue Ozean zu neuem Leben erwachen. Die Wolke der Beruhigungsmittel hat sich gelüftet. Und Ted, Ted wird bald da sein.

An diesem Nachmittag hört sie seine Stimme schon an der Rezeption; sie dringt durchs Treppenhaus herauf. Judith, die Schwester, hat ihr wie gewünscht Pepperidge-Farm-Kekse gekauft, und sie selbst hat den Saft vom Mittagessen aufgehoben und zwei Gläser mitgebracht.

Wenig später klopft es an der offenen Tür. »Hallo, Mrs. Maynard.«

Seit Jahren schickt Mrs. Johnson Informationen über das Heim ans Freiwilligenprogramm der Highschool und lädt Schüler ein, regelmäßige Besuche bei geeigneten Heimbewohnern zu machen. Jeden Herbst kommen ein oder zwei, doch Elizabeth hatte noch nie das Glück gehabt, jemanden zugewiesen zu bekommen. Bis jetzt.

Er trägt eine blaue Skijacke, die sie noch nie an ihm gesehen hat. Seine braunen Locken fallen bis über den hohen, bauschigen Kragen der Jacke. Die Wangen sind von der Kälte gerötet.

»Du bist schön«, sagt sie.

Er wirft einen Blick in den Gang und schaut dann zu Boden. »Das ist cool«, murmelt er.

»Ich hab uns ein paar Plätzchen besorgt. Möchtest du eins?«

Er tritt ein und lässt den Rucksack von den Schultern fallen. Sie hält ihm den Teller hin, und er nimmt drei Milanos.

»Wow«, sagt er, »Sie haben aber eine Menge von meinen Bildern hier. Haben Sie die alle letzte Woche aufgehängt?«

»Ich habe ein paar von den grässlichen Aquarellen abgenommen, damit ich mehr Platz habe. Ich mag die Porträts. Sie sind sehr gut.«

»Wie war Ihre Woche?«, fragt er.

Seltsamerweise stand in der kleinen Broschüre, die Ted bekommen hat, als er sich für das Freiwilligenprogramm einschrieb, dass man den Insassen diese Frage lieber nicht stellen soll; denn normalerweise verlaufen die Wochen hier immer gleich, und es ist besser, sich auf positive Dinge zu konzentrieren. Ted hält das für Schwachsinn und glaubt, dass diese Frau die Woche genauso erlebt wie jeder andere.

»Oh, es war *reizend*«, antwortet Elizabeth und lächelt strahlend. »Gladys Stein hätte beinahe mitten im Bridge-Turnier einen Herzschlag bekommen, so sehr hat sie sich über Dickie Minter aufgeregt, als die irgendwelche Geschichten von Mussolini erzählte.«

Er hat gelernt, dass es völlig okay ist, über dieses Zeug zu lachen, auch wenn er nichts davon kapiert.

»Und das Essen?«

»Frisch aus der Dose.«

Sie kichern zusammen wie zwei Freunde, die sich einen Witz erzählen.

»Ich hatte da so eine Idee«, sagt Ted. »Ich dachte, statt zu zeichnen, könnten wir eine kleine Spritztour machen. Hätten Sie Lust dazu?«

Seit ihre Eltern gestorben sind, ist ihre alte Freundin Ginny die Einzige, die sie hin und wieder ausführt, hinunter zum Plymouth Harbor oder zu einem Spaziergang am Duxbury Beach; aber das kommt höchstens zweimal im Jahr vor.

»Das wäre wundervoll«, antwortet sie.

Sie zieht den Pelzmantel und den Hut an, ein Geschenk ihrer Großmutter zur Hochzeit, und geht mit Ted hinunter in Mrs. Johnsons Büro. Es gibt nur freiwillige Bewohner im Plymouth Brewster; es ist keine Anstalt mit geschlossener Abteilung, sondern ein Ort, an den Leute kommen, um ein geregeltes Leben zu führen. Elizabeth hat nie besondere Probleme gemacht. Solange sie vor dem Abendessen zurück sind, sagt Mrs. Johnson, sei es okay.

»Ich habe auch mal so einen Kombi gefahren«, bemerkt sie, als sie auf einen Highway abbiegen, den sie noch nie gesehen hat. »Gibt es diese Straße schon lange?«

»Ich glaube schon, ja, bestimmt seit vor meiner Geburt.«

Elizabeth lacht. »Ginny will mich nicht aufregen, verstehst du. Die sagen ihr, alles Vertraute ist gut, deshalb fährt sie mit mir über die alten Straßen. Vermutlich ergäbe es einen Sinn, wenn ich senil wäre, aber eigentlich ist es sehr interessant, diese Straße zu sehen.«

Bald werden sie alles zugepflastert haben, jeden Sumpf und jedes Moor. Die Tiere werden sterben und wir mit ihnen. Wie viel muss denn noch zerstört werden, bevor die Menschen zufrieden sind? Hester.

Ganz schön umweltbewusst für eine Frau aus dem siebzehnten Jahrhundert, denkt Elizabeth, aber auch scheinheilig, versucht sie sich einzureden: Erinnere dich an die Krankheiten, die ihr eingeschleppt habt, meine Liebe, erinnere dich an die toten Eingeborenen.

Glaubst du etwa, du hättest nicht davon profitiert?, gibt Hester zurück.

»Ich dachte, Sie könnten mir vielleicht bei einer Sache helfen«, sagt Ted. Elizabeth sieht ihn vom Beifahrersitz aus an. Sein Haar ist zerzaust. Er sitzt über das Lenkrad gebeugt, gequält von einer Sorge, die sie hinreißend findet. Sie sitzt hier mit ihm im Wagen. Keine zähe Beruhigungsmasse im Hirn. Die Sekunden kommen eine nach der anderen.

»Aber gern«, sagt sie, »worum geht's?«

»Tja, also, da gibt es jemand – ein Mädchen. Sie geht auf meine Schule. Und ich habe gehört, dass sie bald Geburtstag hat …«

»Du möchtest ihr etwas schenken.«

»Ja«, sagt Ted erleichtert. »Ja, genau. Aber was?«

»Ich fühle mich geschmeichelt, dass du mich um Rat fragst«, sagt sie.

Sie biegen an der ersten Ausfahrt ab und fahren auf den Parkplatz eines riesigen Einkaufszentrums, noch so eine Neuheit, keine zehn Meilen vom Plymouth-Brewster-Heim entfernt, die Elizabeth nie gesehen hat.

»Wir werden das perfekte Geschenk für dich finden«, sagt sie und steigt aus dem Wagen. »Meine Mutter war eine großartige Einkäuferin. Ich weiß noch, wie wir den Zug nach New York nahmen und den Nachmittag damit verbrachten, Kleider bei Bergdorf's anzuprobieren; dann tranken wir Tee im Plaza, übernachteten dort und machten uns am nächsten Tag auf die Suche nach Schuhen.« Sie erkennt den unbekümmerten Tonfall in ihrer eigenen Stimme kaum wieder. »Ich weiß auf den ersten Blick, ob was gut ist oder nicht.«

»Cool.«

Elizabeth schafft es, in weniger als fünf Minuten ein Geschäft namens T.J. Maxx in seiner Gesamtheit zu verwerfen. »Nichts für uns«, sagt sie und schwebt in das sonnenüberflutete Atrium, erstaunt darüber, wie leicht es ist, hier unter Leuten zu sein.

»Wie heißt sie?«

»Lauren. Aber sie ist nicht richtig, jedenfalls noch nicht, meine Freundin.«

»Aha. Verstehe. Diese Information ist wichtig. Ah, da haben wir ja den guten alten Lord & Taylor, ich denke, das wird genau das Richtige sein.«

»Ach, ja, und noch was – ihre Familie ist reich. Aber das Coolste ist, dass sie den Wagen, den ihre Eltern ihr schenken wollten, nicht angenommen hat. Dabei fährt ihr dämlicher Bruder einen Geländewagen.«

»Wohnt sie in einem großen Haus?«

»Ja, ziemlich groß. Ganz am Ende der Winthrop Street, in der Nähe von Ihrem alten Haus. Aber ich bin erst ein paar Mal dort vorbeigefahren.«

Sie kommen in die Abteilung für Accessoires, und Elizabeth kämpft gegen ihre nervöse Aufregung an, als ihr plötzlich einfällt, dass die Lesters ihr eine lederne Brieftasche mit den neuen Initialen zur Hochzeit geschenkt hatten. Die Lesters, die den ganzen Weg von San Francisco gekommen waren und in der St.-Andrew-Kirche in der dritten Reihe saßen. Nach dem Essen hatten sie im Klub getanzt: die Herren mit schwarzer Krawatte oder in Uniform, die Damen in Chiffon oder Seide, die im Schein der Kronleuchter schimmerten, Champagner auf der Veranda, die leicht abfallende Landschaft des Golfplatzes, die man im Licht des Sommerabends noch erkannte – all das ein kleines bisschen mehr, als ihr Vater sich eigentlich leisten konnte, doch er und alle anderen hatten es so gewollt.

»Eine Brieftasche vielleicht?«, fragt sie. »Korduan mit Silberschnalle?«

»Das sieht irgendwie zu sehr nach was aus, was meine Mutter haben könnte. Ich meine, sie hat schon eine echt coole Brieftasche und alles, aber –«

»Natürlich, du hast Recht, wir brauchen etwas … Zeitgemäßeres.«

»Finden Sie es blöd, ihr etwas zu schenken? Ich meine, bisher war sie noch nicht mal mit mir aus.«

In der Kofferabteilung bleiben sie kurz stehen.

»Was hat sie, Ted, was fasziniert dich so an ihr?«

»Na ja, sie ist erst seit Beginn des Halbjahres auf der Schule, deshalb hat sie ein paar Freunde, aber noch keine richtige Clique. Und sie ist so … na ja, eine Spur alternativ, wissen Sie, mit gepiercter Nase, aber ganz klein, nur ein winziger Stein, sehr dezent, sie hat kurzes Haar und tolle Klamotten, so europäisches Indie-Pop-Zeug. Aber das ist es nur zum Teil. Ich glaube, ich will einfach rauskriegen, was sie im Kopf hat, wissen Sie. Sie hat was, und ich will wissen, was es ist.«

Hester verachtet die Kosmetikabteilung zutiefst. Huren, die mit ihrer Eitelkeit hausieren gehen: Das ist aus uns geworden. Nicht mal ein ganzer Monat Buße würde den spirituellen Körper reinigen können.

»Die Zeiten der Buße sind längst passé, Liebes«, murmelt Elizabeth. »Und außerdem leiden sie auch«, erinnert sie ihre alte Begleiterin, denn sie spürt die Müdigkeit im Lächeln der bunt gekleideten Frauen hinter den glänzenden Verkaufsvitrinen. Und glänzen tun sie, so heftig, dass Elizabeth wünscht, sie hätte ihre Sonnenbrille eingesteckt. Das Licht fällt auf polierten Stahl und Glas, da ist die orangefarbene Reklame eines Football-Spielers mit seiner Braut, der Anblick des Ozeans, der sie von links erreicht, und die Verkäuferin, die missbilligend die gezupften Brauen hebt.

»Etwas für die Feiertage?«

Elizabeth holt tief Luft.

»Ted«, sagt sie und fleht plötzlich die Lichter an, sich zu verdunkeln, »warum erklärst du dieser netten Dame nicht, was wir suchen.«

Seine Wangen erröten. »Nun, äh, Lauren trägt eigentlich kein Make-up.«

Hester hat ein großes Plakat auf der Verkaufstheke entdeckt, eine Thanksgiving-Werbeaktion für ein Parfum, das sich Egoïste nennt. Über dem Bild eines nackten männlichen Oberkörpers prangt ein Truthahn in einer Ecke und die Comic-Zeichnung eines Pilgers in einer anderen.

»Sei nicht albern«, sagt Elizabeth. »Das ist doch nur Kitsch.«

»Aber ich dachte, Sie hätten gesagt, wir sollten ihr was Gutes kaufen«, sagt Ted.

»Oh«, erwidert Elizabeth, greift nach dem nächstbesten Lippenstift und reicht ihn Ted. »Hübsch, findest du nicht? Ich finde ihn sehr hübsch.«

»Was machen Sie da, Ma'am?«, fragt die Verkäuferin.

»Nichts, nichts. Es ist nur, dass manche Leute damit nichts anfangen können –« Sie hat die Werbung in der Hand und bohrt einen Finger in den Rahmen, um an das Plakat zu kommen. Das Geräusch ihrer Fingernägel ist extrem laut, und die Luft um sie herum beginnt zu summen.

»Das dürfen Sie nicht, Ma'am.«

»Hören Sie auf zu schreien«, antwortet sie.

»Mrs. Maynard«, sagt Ted, »das Plakat gehört dem Laden, vielleicht sollten wir es besser in Ruhe lassen.«

»Ich weiß, Ted, es tut mir Leid, du hast Recht, aber es ist nun mal Schund und stößt die Menschen vor den Kopf, deshalb müssen wir es beseitigen, obwohl wir alle wissen, dass Thanksgiving eine Erfindung aus dem neunzehnten Jahrhundert ist, also warum sollte sie was dagegen haben« – Elizabeth ist jetzt bis zum Papier vorgestoßen und fängt an, es zu zerreißen – »Ich weiß nicht, diese ganze Ego-Geschichte, als hätten wir nicht schon genug davon –«

»Ich rufe die Sicherheitsabteilung an«, sagt die Kosmetikdame mit einer Stimme, die mehrere Oktaven tiefer ist als noch vor einem Moment.

»Kommen Sie«, sagt Ted und packt Elizabeth am Arm, noch während ihre Hände damit beschäftigt sind, das glänzende Papier in immer kleinere Stücke zu zerfetzen. Er hat Angst, dass sie in Tränen ausbrechen wird, so wie vor ein paar Wochen, als er ihr das Bild zeigte, das er von ihr gezeichnet hat. Er führt sie rasch aus dem Geschäft hinaus zu den Aufzügen. Sie ist fertig mit dem Zerreißen, kein Stück Plakat ist übrig geblieben. Jetzt starrt sie vor sich hin, als hätte sie Angst. Er hat den Lippenstift immer noch in der Hand, vermutet aber, dass er keinen Sicherheitsaufkleber hat, deshalb steckt er ihn in die Tasche, als sie den Ausgang zum Parkplatz suchen.

Auf dem Weg zum Wagen hat Mrs. Maynard noch immer die Hand auf seinem Arm liegen, und er denkt an seine Mutter, wie sie den ganzen Nachmittag allein oben in ihrem Zimmer sitzt, ebenso den ganzen Vormittag auch, und nur zum Abendessen nach unten kommt, kaum ein Wort sagt, das Gesicht wie versteinert, und wie sein Bruder und sein Vater ebenfalls nichts sagen. Keiner von ihnen spricht über sie, wenn sie am Wochenende ins Kino gehen, oder wenn Verwandte zu Besuch kommen und sie in ihrem Zimmer bleibt, oder wenn Ted in der Schule bei einem Theaterstück mitspielt, und sie die ganze Woche sagt, morgen, ich komme morgen, und am Samstagabend kann sie ihm kaum ins Gesicht sehen, um ihm zu sagen, dass sie es doch nicht schafft. Zuerst wollte Ted nicht als Freiwilliger ins Plymouth-Brewster-Heim kommen. Er hatte die Nase voll von den verdammten Psychoten, Herrgott, aber irgendwas hat ihn bewogen, es doch zu tun, und als dann Mrs. Maynard ihn bat, etwas zu zeichnen, und er sich angewöhnte, bei ihr zu sitzen und ihren Wunsch zu erfüllen, und sie ihn nach den Büchern fragte, die er gelesen hatte, oder danach, was er später einmal machen wollte, wie sein Wagen sich im Winter anhörte, welches Öl er benutzte oder wie viel er bei seiner Geburt gewogen hatte, einfach nur dazusitzen und hundert dumme Fragen beantworten zu müssen, während er die Bilder zeichnete: Das alles war es irgendwie wert.

»Es tut mir Leid«, ruft Elizabeth mit schriller Stimme, als sie in den Wagen einsteigen.

»Macht nichts«, sagt er und umklammert das Lenkrad. »Macht gar nichts.«

Mrs. Johnson sieht sie vom Büro aus, als sie das Foyer betreten. »Ach, du liebe Güte«, sagt sie. »Was ist passiert?«

»Nichts«, antwortet Ted. »Wir waren in einem Kaufhaus, das ist alles. Mrs. Maynard wollte dann gehen – mehr ist nicht passiert.«

»Elizabeth?«, fragt die Direktorin. »Ist alles in Ordnung mit Ihnen?«

Sie nickt. »Du bist bestimmt müde«, sagt sie und dreht sich zu Ted um. »Du solltest nach Hause fahren und dich ausruhen.«

»Sicher«, antwortet er.

»Ja«, stimmt Mrs. Johnson zu und nimmt Elizabeth am Arm. »Es ist Zeit für Ihr Nickerchen.«

»He, Mann«, ruft Stevie Piper an diesem Abend, »das musst du unbedingt probieren.« Sie haben mit dem Brotmesser den Boden aus einer Plastik-Milchflasche herausgeschnitten und ein Stück Folie auf die Mündung platziert, die Spüle in der Küche der Davidsons bis zum Rand voll laufen lassen, die bodenlose Flasche ins Wasser getaucht und das Gras auf der Folie angezündet. Jetzt hebt Stevie sie langsam an, und durch die Bewegung strömt der Rauch in die Flasche, bis er eine dichte Marihuanawolke bildet. Dann nimmt Stevie die Folie ab, Ted legt die Lippen um die Öffnung und folgt der plötzlichen Bewegung nach unten, als Stevie sie wieder ins Wasser taucht, wobei der Luftdruck die mächtige Masse von Rauch direkt in Teds Lunge pumpt. Er taumelt von der Spüle weg gegen die Granitoberfläche der Arbeitsplatte und fällt gegen Heather Trackler. Seine Füße stolpern über einen halb vollen Napf mit Katzenfutter und Milch, und im nächsten Augenblick liegt er auf dem schwarz-weiß gekachelten Boden, während der Rauch aus seinem Mund strömt. Im Fallen hat er das Heizgerät mitgerissen, das scheppernd zu Boden kracht.

»Mannomann, ist das geil!«, ruft Stevie und wirft die Arme in die Luft, als hätte er gerade die Ziellinie eines olympischen Wettkampfs passiert, der ausschließlich in seinem Kopf stattgefunden hat. Dann fängt er an, den hydraulischen Mechanismus für die nächste Runde vorzubereiten.

»Meine Güte, was seid ihr bloß für Idioten«, sagt Heather und wischt sich die Limonade von ihrem Kaschmirpullover. »Falls ihr es noch nicht wisst – hier wohnen Leute.«

»Weißt du was?«, entgegnet Stevie. »Darauf würde ich sogar wetten.«

Ted nickt entschuldigend, während sein Kopf anfängt davonzusegeln.

Dann kommt Lauren in die Küche. Er liegt auf dem Fußboden und sieht zu ihr auf, eine Hand in einer Milchlache, umgeben von Katzenfutter. Er hebt die Hand, um ihr zu winken, und spürt, wie die Flüssigkeit an seinem Arm heruntertropft.

»Ihr scheint ja eine Menge Spaß zu haben«, sagt sie.

Er empfindet überwältigende Dankbarkeit, dass sie immer noch die orangefarbene Jacke trägt.

»Steh auf, Mann, du liegst ja mitten im Katzenfutter, los, sonst klebst du noch fest und kommst nicht mehr hoch.«

Mit Stevies Hilfe rappelt Ted sich auf, und plötzlich stehen Lauren und er sich gegenüber, als müsse nun unweigerlich eine Unterhaltung beginnen.

Stevie starrt die beiden an und entdeckt mit dem instinktiven Gespür des Bekifften die unmerkliche Spannung zwischen ihnen. »Seid ihr eigentlich –«, fängt er an, wird jedoch von einem Lachanfall daran gehindert, weiterzusprechen.

Sie beobachten ihn, weil er etwas ist, das man beobachten kann, ohne sich gegenseitig ansehen zu müssen. »Seid ihr eigentlich oft hier?«, bringt er schließlich heraus, bevor er sich vor Lachen krümmt, mit der Hand auf die Arbeitsplatte schlägt und weiterlacht, bis ihm Tränen über die Wangen rollen.

»Du bist wirklich bescheuert«, sagt Heather. »Los, kommt mit, ihr beiden, wir gehen nach oben.« Sie führt sie über die hintere Treppe ein Stockwerk höher, wo sie durch eine offene Tür einen voll bekleideten Jungen in einer fast überlaufenden Badewanne stehen sehen, der mit einem Tennisschläger auf eine im Wasser schwimmende Hauspflanze eindrischt, während drei andere Jungs ihn in dieser neuen sportlichen Disziplin anfeuern und wild in Richtung Badewanne gestikulieren.

»Das ist nur noch albern und blöd«, sagt Heather.

Ted riskiert einen Blick von der Seite auf Lauren und ist einen Augenblick lang wie gelähmt, als ihm aufgeht, dass auch sie ihn gerade angesehen hat und sich ihre Blicke treffen. Beim Lunch – der schon eine Ewigkeit her zu sein scheint – hat sie zweimal über eine Bemerkung von ihm gegrinst, und keine ihrer Freundinnen hat gelacht.

Heather erklärt, dass sie dem Vandalismus im Bad ein Ende machen wird, marschiert durch den Flur und ruft: »He, ihr!« Ted und Lauren bleiben allein am Treppengeländer stehen. Acid House pulsiert aus dem Wohnzimmer ins hell erleuchtete Treppenhaus.

Stevie hat Ted geraten, eine simple Vergleich-und-Kontrast-Strategie zu fahren, wenn er bekifft ist und eine normale Unterhaltung führen muss: Erzähl irgendeine unbestreitbare Tatsache aus deinem Leben – wen du in Geschichte hast, wo du in den letzten Sommerferien warst und so weiter – und stell dann eine Frage, mit der du dem anderen eine ähnliche Information aus der Nase ziehst. Genau das machen die Leute im wirklichen Leben auch, behauptet Stevie immer. Benimm dich einfach so, als seien die gegebenen Umstände wirklich. Diese Methode erweist sich als teilweise erfolgreich, bis die Musik plötzlich zu Lou Reed wechselt, und spätestens jetzt ist Ted fest davon überzeugt, dass alle anderen Fakten über sein Leben zutiefst widersprüchlich sind.

»Tut mir Leid, dass Stevie so ein Arschloch war«, sagt er.

»Ach, egal. Ihr seid ja schließlich keine siamesischen Zwillinge.«

Laurens so beiläufig zur Schau gestellte Wortgewandtheit verblüfft ihn. »Da hast du Recht«, sagt er. »Das sind wir nicht.«

Angestautes Verlangen steigt ihm durch die Brust bis in den Hals. Am liebsten hätte er gesagt, dass er noch nie eine Freundin hatte, noch nicht mal Sex, und nur zweimal geküsst worden ist und dass er sich deshalb so hässlich vorkommt wie eine Missgeburt, aber dann entscheidet er, diese Gedanken lieber für sich zu behalten.

»Ich mag deine Jacke«, sagt er.

»Danke.«

»Und das Ding um deinen Hals auch – was ist das?«

»Jade«, sagt sie und berührt es mit den Fingern.

»Ich wette, es ist warm. Muss es ja, wenn es um deinen Hals hängt.«

»Das ist kriminell!«, schreit Heather aus dem Badezimmer. »Das wird euch noch Leid tun!«

»Sollen wir uns irgendwo hinsetzen?«, fragt Lauren.

»Okay«, antwortet er.

Sie gehen durch den Flur in einen Raum, der aussieht wie ein Gästezimmer. Lauren lässt sich auf ein großes weißes Sofa plumpsen. »Ich wette, die Davidsons trinken gerade Piña Coladas in einer Strandhütte auf Aruba.«

»Genau«, nickt Ted, »und erzählen ihren Freunden, wie ihr braver Sohn Jack sich vorzeitig zum Militär gemeldet hat.«

»Genau.«

»Meine Eltern fahren nie weg«, sagt er. »Und deine?«

»Manchmal. Aber sie sind Banausen. Sie interessieren sich für echt dämliche Sachen.«

»Krass.«

»Ja«, sagt sie. »Stimmt.«

Ted sitzt auf der Sofakante. »Du wirkst viel älter, als du bist.«

Sie dreht den Kopf zu ihm; ihre Augen sind ein wenig in die Länge gezogen, als wären sie verwischt.

»Was meinst du damit?«

»Es ist so, als hättest du das alles schon mal erlebt. Du redest ja nicht viel, aber man hat den Eindruck, dafür denkst du mehr, denkst was, was du nicht sagst. Es ist komisch.« Er würde gern seine Hand unter ihren Kopf schieben und ihn umfassen, vielleicht auch rauskriegen, wie der rautenförmige Jadeanhänger schmeckt, den sie um den Hals hängen hat. Er fragt sich, was er über sie erfahren würde, wenn sie sich berührten.

»Ich bin bekifft«, sagt er und lehnt sich auf dem Sofa zurück. »Wenn ich was Komisches sage, nimm es mir nicht übel, okay?«

Sie schüttelt den Kopf. »Ich bin betrunken.«

Ted schließt die Augen. Er sieht Mrs. Maynard, die in ihrem Zimmer auf dem Hügel schläft. Er hat seinen Eltern oder seinem Bruder nie von seinen Besuchen bei ihr erzählt, aber sie haben auch nie gefragt, was es für ein Programm ist, für das er sich eingetragen hat.

»Ich war heute in diesem Laden«, sagt er, »mit der Frau, die ich im Plymouth besuche, bei dieser Freiwilligensache. Normalerweise mache ich Zeichnungen für sie, aber heute sind wir ausgegangen. Sie ist da irgendwie ausgerastet, hat ein Plakat zerrissen, das in dem Laden hing, und dann …« Er sieht Mrs. Maynards Gesicht vor sich, wie sie verängstigt auf den Highway vor ihnen gestarrt hatte. »Im Wagen hat sie mir erzählt, dass auf dem Rücksitz eine Frau sitzt, aber ich sollte nicht hinsehen, denn sie wäre ziemlich wütend. Sie sagte, sie würde die Stimme dieser Frau sehr oft hören, sie aber nur hin und wieder sehen.«

Er schlägt die Augen auf und sieht Lauren an. »Das Komische ist, dass ich gar keine Angst hatte. Ich meine, es war gruselig, aber ich hab ihr geglaubt.«

»Hast du wirklich geglaubt, da war jemand im Wagen, den du nicht sehen konntest?«

»Sie hat es geglaubt.«

Darauf gibt Lauren keine Antwort. Sie sitzen eine Weile auf dem Sofa und lauschen Lou Reed, der unten singt. Die latent in seiner Stimme mitschwingende Untergangsstimmung wirkt wie von einem anderen Stern zwischen den Gegenständen rings um sie herum: Kunstbände auf dem Couchtisch, getrocknete Blütenblätter, gemusterte Bettwäsche, eine beigefarbene Uhr und gerüschte Vorhänge – alles Dinge, die sie vermutlich eines Tages auch haben möchten. Gegenstände, die nichts sagend bleiben, wenn ihre Eigentümer nichts damit sagen wollen. Für Ted besitzen sie dieselbe Traurigkeit wie die Dinge zu Hause: die Wohnzimmereinrichtung aus Ahorn, die seine Eltern im Jahr seiner Geburt kauften, der Esstisch, an dem sie gesessen haben, als er noch klein war; Erinnerungen an alte Hoffnungen auf Eheglück. Lauren und er sind in einem solchen Raum nur verwelkte Blätter und wirbeln auf dem toten Fluss der Zeit vorbei, der hier kein Ende hat.

»Ich mag dich«, sagt Lauren.

Ohne jede Vorwarnung macht sein Herz schlapp. Er hört, wie George Clooney »Lidokain!« ruft, sieht sich selbst auf einer Bahre liegen, die auf ein wartendes Ärzte-Team zugeschoben wird, grelle Scheinwerfer, Kanülen, und er weiß, dass er ziemlich high und gleichzeitig auch absolut glücklich ist.

»Das ist ja echt cool«, sagt er. »Ich hab dir einen Lippenstift mitgebracht.«

Und dann steht plötzlich Heather mit dem wütenden Gesicht einer öffentlichen Anklägerin vor ihnen und erklärt, sie würde jetzt gehen, es gäbe noch eine andere Party bei den Putnams, und wenn sie mitwollten, müssten sie sich beeilen.

II

Die Feiertage bescheren Plymouth Brewster Weihnachtslichter und Familienbesuch und obendrein die Neuigkeit, dass Mrs. Johnson zum Ende des Jahres in Pension geht. Ihr Nachfolger, Mr. Attwater, jung und auf ermüdende Weise gut aussehend, trägt dunkle Anzüge und schüttelt allen die Hand. Die älteren Frauen flattern um ihn herum, die jüngeren Frauen misstrauen ihm, die Männer spielen Karten. Proben für *Unsere kleine Stadt* hindern Ted in den ersten beiden Dezemberwochen daran, Elizabeth zu besuchen, aber er ruft sie an und sagt, dass es ihm Leid tut.

Als er zum zweiten Mal anruft, unterhalten sie sich eine ganze Weile. Anscheinend zögert Ted das Ende des Gesprächs hinaus. Schließlich nimmt Elizabeth ihren ganzen Mut zusammen und fragt: »Hast du Lauren gesehen?« Sie haben ihren Ausflug zum Einkaufszentrum nicht mehr erwähnt.

»Ja«, antwortet er mit jener raschen atemlosen Stimme, die sie mittlerweile als unbewusstes Zeichen von Interesse erkennen kann. »Ja, sie spielt auch mit. Ich muss erzählen, was sie macht und so weiter.«

»Es tut mir Leid, dass wir kein Geschenk für sie gefunden haben, Ted.«

»Ach, nein, das ist okay. Ich hab ihr den Lippenstift trotzdem geschenkt. Ich glaube, irgendwie fand sie ihn cool.« Er macht eine Pause. »Ich hab mich gefragt, also, als Sie verheiratet waren …«

»Ja?«

»Oder noch vorher, als Sie beide zusammen gingen … ich meine, irgendwann sind Sie ja zusammengekommen, also haben Sie ihn wahrscheinlich irgendwie wissen lassen, wann es cool war, oder?«

»Das stimmt«, antwortet Elizabeth. »Er rief bei mir im Wohnheim an. Dann sagte ich ihm, ob ich an dem Abend, den er vorschlug, frei war. Er war sehr zuverlässig in dieser Hinsicht, er hat mich immer auf die Minute pünktlich abgeholt. Das solltest du dir merken, Ted. Höflichkeit ist ein ungeheurer Vorzug.«

»Ja, richtig«, sagt er. »Aber später, ich meine, wenn Sie beschlossen hatten, auszugehen, haben Sie ihm dann irgendwie gesagt, wann es weitergehen sollte, oder hat er … es irgendwie Ihnen gezeigt?«

»Oh, ich verstehe. Du meinst in Bezug auf Sex.«

Sie kann fast spüren, wie er am anderen Ende zusammenzuckt, und unterdrückt ein Kichern.

»Ja«, flüstert er.

»Ich fürchte, ich bin nicht unbedingt die Richtige für solche Fragen. Aber du bist ein guter Junge. Du bist nett. Sei nett zu ihr.«

»Okay.«

Beim nächsten Anruf erzählt er ihr, dass die Weihnachtsferien an der Highschool bevorstehen, und wegen all der Vorstellungen und so weiter würden er und der andere Freiwillige erst im Januar wiederkommen. Elizabeth hatte nichts von einer Unterbrechung während der Ferien gehört und ist traurig darüber. Doch Ted ruft jede Woche an, einmal sogar zu Weihnachten, und so, hofft sie, wird sie die Zeit überstehen, bis er wieder kommt.

Judith, die Schwester, ist misstrauisch geworden, wenn sie sie manchmal reden hört, denn Elizabeth hat sich in den letzten paar Wochen verändert. Mittlerweile spült sie ihre Primidon-Tabletten lieber durch die Toilette, als dass sie es riskiert, erwischt zu werden. Sie stand so lange unter Medikamenten, dass sie viele ganz gewöhnliche Freuden vergessen hat. Wie sich kaltes Wasser in einem ausgetrockneten Mund anfühlt beispielsweise. Das Vergnügen, das man aus der Konzentration auf einen einzigen Gedanken gewinnt. Die Tage bringen ein Stückchen Leben mit, das Gefühl, den eigenen Puls zu spüren – manchmal ist es euphorisierend, andere Male erschreckend. Und sie bringen Hester zurück, kaum ein Tag vergeht jetzt ohne sie.

In diesem Durcheinander gibt es so viel, das sie Ted gern fragen würde, dass sie anfängt, eine Liste zu machen, damit sie nichts vergisst.

Am Silvestermorgen überflutet ein klarer, heller Himmel Elizabeths Zimmer mit Licht. Wie jedes Jahr soll die Party nach dem Abendessen beginnen. Die Familien werden am frühen Abend erwartet, und um zehn liegen alle im Bett. Es ist Mrs. Johnsons letzter Tag als Direktorin; sie geht von Zimmer zu Zimmer, um sich zu verabschieden. Manche dieser Männer und Frauen kennt sie seit fünfundzwanzig Jahren. Kurz nach dem Mittagessen, als der Himmel sich zuzieht und es anfängt zu schneien, kommt sie zu Elizabeth. Zuerst ist alles so wie immer, Mrs. Johnson erzählt, was sie gelesen hat – das Buch eines Ausländers, der in Amerika herumgereist ist, sagt sie, voller Anregungen für Orte, die man besuchen kann. Sie und ihr Mann planen im Frühjahr eine Reise durchs Land. Sie war noch nie im Süden und möchte gern einmal dorthin.

Um Fotos von den Plantagen zu machen und in ihrer verblassten Schönheit zu schwelgen, nehme ich an. Das muss ja ein seliges Vergessen sein! Hester.

Morgens ist es leichter zu antworten, ohne die Stimme zu benutzen (bei Nacht unmöglich), deshalb ermahnt Elizabeth Hester, Ruhe zu geben, und für einen Augenblick scheint es zu wirken.

Mrs. Johnsons Gesicht wirkt bedrückt. Elizabeth fragt sich, ob sie tatsächlich in Rente gehen will oder ob man sie dazu gezwungen hat.

»Sie haben in letzter Zeit nicht zufällig Kontakt zu Ihrem Mann gehabt, oder?« Es ist seltsam, dass Mrs. Johnson diese Frage stellt. Elizabeth hat Will seit zwanzig Jahren nicht mehr gesprochen. Er lebt in Kalifornien, mit Frau und drei Kindern. Das weiß Mrs. Johnson ganz genau.

»Nein«, antwortet Elizabeth.

»Und Ginny hat nie etwas über andere Möglichkeiten verlauten lassen, wie?«

»Ist irgendetwas passiert? Kann ich hier nicht mehr bleiben?«

Mrs. Johnson schüttelt den Kopf. »Nein, aber der neue Direktor und ich sind alles noch einmal durchgegangen. Ich bin sicher, dass er Recht hat, wenn er die Frage der Haftung anspricht, juristische Vorschriften, die wir beachten müssen. Es gab einigen Wirbel nach Ihrem Ausflug mit Ted. Ich habe versucht, Mr. Attwater zu überzeugen, Elizabeth, aber er hat entschieden, dass Sie keine Besuche von Freiwilligen mehr haben dürfen, solange Sie hier sind. Gott weiß, es ist das Letzte, das ich Ihnen heute erzählen möchte, aber ich wollte es wenigstens selbst tun, bevor Sie es von jemand anderem erfahren.«

»Keine Besuche mehr?«

Mrs. Johnson faltet die Hände im Schoß.

»Ich verstehe«, sagt Elizabeth. »Mr. Attwater. Er hat entschieden.«

»Ja.«

Er kann nicht mal dran denken, sich auf den Film mit Arnold Schwarzenegger zu konzentrieren. Als er im Kino sitzt, mit Lauren auf der einen, Heather und Stevie, die seit neuestem zusammen sind, auf der anderen Seite, kommt ihm die ungeheure Belanglosigkeit des Films vor wie eine Epiphanie. In ein paar Stunden wird er, Ted, mit dem Mädchen, das er liebt, nackt im Bett liegen, und die ganze jämmerliche materielle Welt erscheint im Vergleich dazu ziemlich unbedeutend. Es sieht sogar so aus, als würde sie nie wieder eine Bedeutung haben. Der Termin steht seit einer Woche fest; es war ihr Weihnachtsgeschenk, das sie ihm ins Ohr geflüstert hat, und die ganze Sache ist so verdammt elegant eingefädelt, dass er sich vorkommt wie einer dieser Männer mit Zylinder und Frack, die in den Schwarzweißfilmen, die seine Eltern so gern sahen, auf mondhellen Balkonen tanzen. »Weltmännisch« ist der passende Ausdruck.

Endlich geht der dämliche Streifen zu Ende, und sie folgen der Menge zum Parkplatz, wo jetzt heftiges Schneetreiben herrscht und die Schneeräumfahrzeuge ihre Nachtschicht begonnen haben.

»Kommt ihr beiden mit zu der Party?«, fragt Heather.

Ted blinzelt, zuckt die Achseln und starrt in die Ferne. »Klingt irgendwie cool, aber ich glaube nicht, weißt du. Es ist schon spät.«

»Hallo? Es ist Silvester.«

Lauren, mit schwarzer Hose aus dünnem Stoff und schlichter schwarzer Lederjacke, unterläuft Teds scheinbare Gleichgültigkeit, indem sie den anderen erklärt, dass ihre Eltern nicht da sind und Ted und sie zusammen zu ihr nach Hause gehen – doch eigentlich bringt sie damit seine Coolness nicht ins Wanken, wie ihm klar wird, sondern potenziert sie vielmehr.

»Was meinst du, Heather?«, fragt Stevie und wiegt sich auf den Ballen seiner Füße hin und her. »Vielleicht könnten du und ich auch eine Partie Räuber und Gendarm spielen.«

Heather schnaubt verächtlich. »Ich bitte dich. Wahrscheinlich müsste ich die Kaution für dich bezahlen, wenn sie dich mit deinen lustigen, kleinen Drogen schnappen.«

»Viel Spaß«, sagt Lauren und greift nach Teds Hand, etwas, das sie vor anderen Leuten bisher noch nie getan hat. Sofort hat er eine Erektion. Als sie zu seinem Wagen gehen, fragt er sich, wie vorzeitig eine vorzeitige Ejakulation ist – wenn man noch Meilen vor dem Haus seiner Freundin kommt oder wenn man es gerade noch rechtzeitig zu ihr nach Hause schafft.

Auf dem Highway schiebt Lauren eine Ambient-House-Kassette in den Rekorder, einen langsamen Beat, und dreht die Lautstärke herunter. Nasse Schneeflocken fliegen aus den dunklen Hügeln des Himmels gegen die Windschutzscheibe. Die Kaufhäuser, an denen sie vorbeikommen, sind erleuchtet und leer, die Geschäfte geschlossen, und die Autohandlungen versinken im Schnee. Heute Abend sieht Ted diese vertraute Landschaft nicht als gegenwärtige Tatsache, sondern bereits als Vergangenheit – eine Szene, an die er sich eines Tages erinnern wird. Es ist seltsam und aufregend, die Dinge aus einer solchen Entfernung wahrzunehmen. Man gewinnt einen Eindruck davon, wie schön diese Welt sein kann, wenn man nicht gerade mittendrin steckt.

Lauren sitzt still auf dem Beifahrersitz, die Lederjacke halb offen und die orangefarbene Strickjacke, über die sie ihre Witze gemacht haben, darunter zugeknöpft. Auf ihrem Gesicht liegt ein seltsam entschlossener Ausdruck, ihr Blick ruht auf dem Armaturenbrett. In dem Monat, seit sie miteinander gehen, hat es eine Menge Schweigen zwischen ihnen gegeben, was Lauren nichts auszumachen scheint, Ted hingegen nervös macht. Manchmal haben sie über Laurens Familie gesprochen. Anfangs dachte er, sie würde ihre Eltern hassen, so wie ein paar andere von seinen reichen Freunden, mit lässigem Zynismus, so, als seien ihre Mütter und Väter untere Chargen im System der nationalen Korruption – unvollkommene Menschen mit einem unvollkommenen Leben. Er hatte es immer voller Bitterkeit für Luxus gehalten, dass man seine Eltern so sehen kann – als Menschen, die stark genug sind, um dem eigenen Spott standzuhalten. Doch je mehr Zeit er mit Lauren verbringt, umso mehr glaubt er, sie versteht, versteht, dass ihre Eltern verletzbar sind. Ihre Zielstrebigkeit, der sorgfältig ausgetüftelte Plan für ihr Zusammensein, ist etwas anderes; er hat mit ihrer Fähigkeit zu tun, die Dinge im Griff zu behalten.

Sie wohnt in einem sechs Monate alten Pseudoschloss mit einer Garage, die Platz für drei Wagen bietet, einem Brunnen und sogar einem Turm. Im Innern sieht es aus wie ein Raumschiff: Thermostate, Alarmanlagen, Luftbefeuchter und überall Fernbedienung, um es zu steuern. Meistens ist die Hälfte von all dem Zeug kaputt, dann herrschen im Wohnzimmer tropische Temperaturen, und nicht mal die Klingel funktioniert. Ihr Vater verbringt ganze Abende damit, die Bauunternehmer anzubrüllen. Seine Arbeit hat irgendwas mit Geld zu tun. Sie sind übers Wochenende mit Laurens Bruder in ihre Eigentumswohnung nach Florida geflogen.

»Möchtest du ein Glas Wein?«, fragt sie, als sie in die Küche kommen.

»Ja«, sagt er, »das wär cool.«

Der Raum mit der hohen Decke ist eine seltsame Ansammlung von chromglänzenden Küchengeräten und Holzmöbeln, von denen die Farbe abblättert und die aussehen, als stammten sie vom Flohmarkt.

Als Lauren Ted das Glas reicht, beugt sie sich vor und küsst ihn sanft auf den Mund, eine Berührung, die ihn wie immer so nervös macht, dass er wackelige Knie bekommt. Er legt den freien Arm um sie. Er versucht, nicht daran zu denken, wie es heute Abend bei ihm zu Hause sein wird. Sein Bruder ist mit Freunden unterwegs, sein Vater liest im Wohnzimmer die Zeitung, allein, seine Mutter liegt oben im Bett, allein, und in der leeren Küche hängt noch der schwache Geruch von Putzmittel, mit dem sein Vater die Arbeitsplatten gereinigt hat, nachdem er das Essen gemacht und das Geschirr abgewaschen hat.

»Was ist mit dem Tisch los?«, sagt er.

»Klapprige alte Teile zu kaufen, für die man sich dumm und dämlich zahlt, ist der letzte Schrei. Sie können gar nicht genug davon kriegen. Pervers, nicht?«

Ted vermutet, dass sie Recht hat. Sie schmiegt den Kopf an seine Schulter, schiebt ihre Hand in seine Hosentasche und legt sie um eine Hinterbacke. Er findet, sie sollten sich beeilen. Sei nett zu ihr, hat Mrs. Maynard gesagt. Vermutlich ist er der einzige Typ auf der Schule, der sich Rat in Liebesdingen bei einer Schizophrenen holt.

Lauren nimmt ihn an der Hand und führt ihn durch Räume voller flauschiger Teppiche und grässlicher Möbel, Kronleuchter und goldgerahmter Gemälde eine Treppe hinauf, die so breit ist, dass man darauf schlafen könnte.

Die Reifen der vorbeifahrenden Autos wirbeln weiche Schneebögen auf und beschmutzen ihren Mantelsaum. Hin und wieder bleibt sie stehen und wischt mit behandschuhten Händen den Pelz ab. Im Straßengraben liegt der Schnee bereits mehrere Zentimeter hoch, aber sie schafft es ganz gut mit ihren Stiefeln und schnauft nur ein bisschen, weil sie die Strapazen eines Spaziergangs, der länger als einmal um die Anlage herum dauert, nicht gewöhnt ist. Im Durcheinander der Silvesterparty hat niemand bemerkt, wie sie sich hinausgeschlichen hat.

Scheinwerfer blenden ihr in den Augen, gleiten vorbei und verschwinden. Der Wind treibt den Schnee aus dem Himmel. Sie kommt an eine Kreuzung und sieht die alte Plymouth Road, wo jetzt an drei Ecken Tankstellen stehen. Sie geht in nördlicher Richtung, mit dem Sturm und Hesters Stimme im Ohr.

Du hättest die Tiere hören müssen, die in diesem Winter an der Kälte gestorben sind, wie das Pferd im Frost stöhnte, wie die Schafe in den Ställen verhungerten, wie der Schnee am Fenster vorbeiwirbelte. Und du weißt ja, meine Älteste starb in meinen Armen am Husten, aber der Boden war zu hart, um sie beerdigen zu können, deshalb lag sie, mit einem Laken bedeckt, im Holzschuppen, wo ich sie einen Monat lang jedes Mal sah, wenn ich Feuerholz für den Herd holen ging. Und wir waren nicht mal am schlimmsten dran, wir hatten wenigstens Krankheiten, die wir kannten.

»Das ist mir egal«, sagt Elizabeth, obwohl es nicht wahr ist und sie sich gegen die Vorstellung von Hester im Holzschuppen nicht wehren kann. Ihre Antworten werden jetzt ohnehin nicht mehr beachtet. Sie kommt zu einer Stelle, an der die Straße leicht ansteigt, und erinnert sich daran, wie sie hier mit ihrem Großvater im Packard entlanggefahren ist.

Achtzig Jahre lang waren sie Besitzer einer Sägemühle und während der Revolution Kaufleute, und natürlich weiß man, dass der Keller mit einem zweiten Keller ausgestattet war, verdeckt von einem Felsbrocken, der mithilfe eines Seils von einem Eichenast herabgesenkt werden musste. Dort hat sich unsere Familie während der Angriffe durch die Briten versteckt und darauf verlassen, dass ein dazu bestimmter Nachbar – falls er überlebte – kommen und den Fels wegrollen würde, wenn die Soldaten mit ihrem Brandschatzen fertig waren. Kaufleute waren sie auch noch in den frühen Tagen der Republik, Magistratspersonen im Rathaus, Lehrer, ein Richter, ein Colonel, eine Tochter endete im Fluss, worüber nie gesprochen wurde, ein Friedhof voll mit uns.

Auf dem Bürgersteig schüttelt sie den Kopf und hört gar nicht mehr auf, ihn zu schütteln. »Das weiß ich alles. Aber was spielt es schon für eine Rolle?«

Zeugen sowohl durch Hörensagen als auch durch eigenes Zutun für die Gemetzel hier und in der Fremde; Geld auf Banken, die Kriege anzettelten, Snobismus, der höfliche, unausgesprochene Glaube an die Stadt auf dem Hügel und an unseren Platz in ihrer Mitte, Hochmut, eine Neigung zu distanzierter Gerechtigkeit, ein bequemes Leben, das von anderer Leute Arbeit ermöglicht wurde, und sag mir nicht, es spiele keine Rolle, es sei jetzt alles viel zu kompliziert – denn das stimmt nicht, und du weißt es, und wir haben es immer gewusst. Mit einem Auge im Himmel, auf dem anderen blind.

Auf der Spitze des Hügels sieht Elizabeth die Fabrik, wo

Preiselbeersauce hergestellt wird, und erinnert sich, wie sie mit Will durch die Felder hinter dem Haus gegangen ist, an den alten Sümpfen vorbei, und sich insgeheim vorgestellt hat, dass sie eines Tages diese Pfade mit ihrem Kind entlanggehen würden, wie sich, war es erst einmal auf der Welt, das ganze Leben auf die Zukunft konzentrieren würde. Das ovale Ocean-Spray-Logo prangt in Rot und Blau auf der Seite des Gebäudes, das sich vor dem eisigen, schäumenden Meer an der Küste erhebt.

Etwas weiter vom Stadtzentrum entfernt hängen die Ampeln über verlassenen Kreuzungen. Sie geht immer weiter, an Feldern und Häusern vorbei, einer weiteren Gruppe von Geschäften, einem Spirituosenladen, einem Fast-Food-Restaurant. Sie verlässt die Stadtgrenze von Plymouth und stapft weiter, jetzt schneit es noch stärker. An der Highway-Überführung steht kein Howard Johnson's mehr, sondern irgendein anderes Motel.

»Er ist heute Abend nicht zu Hause«, hatte Teds Vater gesagt, als sie von ihrem Zimmer im Heim aus angerufen hatte. Dann erinnerte sie sich, dass er ihr erzählt hatte, Lauren und er würden die Silvesternacht zusammen verbringen. Am Ende der Winthrop Street wohne sie, hatte er an dem Tag gesagt, als sie bei Lord & Taylor waren.

Brickmans Beerdigungsinstitut ist noch da, die katholische Kirche auch und sogar das Lebensmittelgeschäft ganz oben auf dem Hügel. Sie überquert den Fluss, kommt an der alten Schuhfabrik vorbei, die auf den Fundamenten der ehemaligen Sägemühle errichtet wurde und wo heute Geschäfte und Apartments untergebracht sind. Sie spürt ihre Wangen kaum noch in der Kälte, als sie in die Straße ihrer Familie einbiegt.

Das alte Haus steht etwas zurückgesetzt von der Straße,

vorn ein steiles Dach, das nach hinten sanft abfällt und jetzt unter einer weißen Schneeschicht verborgen ist, verwitterte Schindeln, die an einigen Stellen abgefallen sind. Die Fensterläden haben noch dieselbe dunkelrote Farbe wie früher. Ihr Bruder hat es nie übers Herz gebracht, das Haus zu verkaufen, deshalb hat er es an Leute vermietet, die gewöhnlich nicht lange bleiben. Der Holzapfelbaum steht noch immer im Vorgarten, zerzaust vom Wind eines anderen Schneesturms, und sie denkt, das Haus sieht noch genauso aus wie es damals ausgesehen haben muss, als sie oben im vorderen Zimmer lag.

Nachdem der Arzt Will und ihren Eltern erzählt hatte, dass ein Drittel aller Babys mit einer um den Hals gewickelten Nabelschnur zur Welt kommt – doppelt ist zwar weniger häufig, kommt aber auch vor –, hatten sie jeden unausgesprochenen Verdacht, den sie möglicherweise hegten, begraben. Das Problem war nur, dass Hester in dieser Nacht nicht gegangen war. Sie blieb. Und gelegentlich musste Elizabeth sie einfach anschreien, weil sie ihren Sohn nicht von der Nabelschnur befreit hatte, wie es eine richtige Hebamme getan hätte. Nach einer Woche war Will zu seiner Familie gefahren. Ihre Eltern hatten sie zum Psychiater gebracht.

Auf den Feldern, wo sie als Kind spielte und die jetzt verkauft sind, stehen andere Häuser, überdimensional in jeder Hinsicht, mit breiten gepflasterten Einfahrten, die in Rondells münden, und Strahlern auf den Mauern, die die Vorgärten erleuchten, wie in einem Gefängnis. Riesige, hässliche Gebäude, neben denen ihr zerfallenes altes Haus winzig wirkt.

Am Ende der Straße sieht sie Teds Wagen vor einer blauen Schlossimitation stehen. Sie geht die Einfahrt hinauf, an einem leeren Brunnen vorbei.

»Was ist mit deinem Zimmer?«, fragt er, als sie im Gang daran vorbeikommen.

Sie schüttelt den Kopf. »Wir nehmen das von meinen Eltern.«

Sie betreten einen Raum mit dunklen seidenbespannten Wänden, einem Himmelbett, unberührt, und einem dicken weichen Teppich. Lauren geht geradewegs darauf zu, zieht die Steppdecke weg und wirft sie auf den Boden, sodass nur weiße Laken und viele Kissen übrig bleiben. Er wünscht, sie wären wenigstens ein kleines bisschen betrunken. All diese Vorbereitungen gehen ihm auf die Nerven.

Sie stehen neben dem Bett und küssen sich. Es ist leidenschaftlicher als früher, ihre Zähne schlagen aneinander, die Zunge stößt tief in den Mund des anderen vor. Die Distanz, die Ted auf dem Highway gespürt hat, ist wieder da – sein Bewusstsein bleibt irgendwo hinter ihnen und speichert diese Szene in der Erinnerung. Sie nimmt seine Hand und legt sie auf ihre Brust. Er fängt an, ihr Hemd aufzuknöpfen, überlegt, ob er zu schnell ist, doch ihre Hände umfassen ermutigend seinen Hintern, und er vermutet, dass es wohl so funktioniert. Der Stoff ist seidenweich, die Knöpfe öffnen sich wie von selbst. Als er Lauren das Hemd ausgezogen hat, greift sie sich über die Schultern und streift den BH ab. Ihre Brüste sind klein, die Nippel dunkler, als er erwartet hatte. Er weiß nicht genau, was er jetzt tun soll. Keiner von beiden regt sich. Er hat keine Erektion und weiß nicht, warum. Sie beißt sich auf die Lippen und starrt zu Boden.

»Willst du vielleicht lieber doch nicht?«, fragt sie.

Plötzlich, und das ist schrecklich, wirkt sie überhaupt nicht mehr älter, als sie in Wirklichkeit ist. Ihr wissender Ausdruck ist verschwunden. An seine Stelle sind Schüchternheit oder Verwirrung getreten, vielleicht sogar Wut, er kann es nicht sagen. Er fühlt sich allein. Vor ihm steht eine halb nackte Fremde. Und er ist genau der hoffnungslose Idiot, als den er sich immer gesehen hat. Hier zu sein fühlt sich falsch an, aber irgendwie ist es zu spät. Er müsste wissen, wie alles geht, und er weiß es nicht. Er beugt sich vor und versucht, sie auf die Wange zu küssen, was mehr oder weniger auch funktioniert; ihre Körper schmiegen sich enger aneinander, ihre Brüste sind heiß, das spürt er durch sein Hemd. Er hätte nie für möglich gehalten, dass sie es noch nie gemacht hat. Der Gedanke erschreckt ihn zu Tode.

»Doch«, antwortet er. »Klar.«

Er setzt sich auf die Bettkante, und Lauren fängt an, ihm das Hemd aufzuknöpfen. Zuerst möchte er das T-Shirt anbehalten, doch sie zupft an seinem Rücken, und so streift er es über den Kopf und entblößt seinen schlanken Oberkörper. Sie rutschen in die Mitte der Matratze, und er lehnt sich zurück. Er wartet, dass sie sich auf ihn legt und ihn küsst, doch das tut sie nicht. Sie öffnet den Reißverschluss seiner Jeans, und das sorgt schließlich dafür, dass er wieder einen Ständer bekommt. Es ist fast so, wie er es sich vorgestellt hat: sie auf ihm, mit einem unergründlichen Ausdruck im Gesicht – doch es ist keine Distanz, ganz und gar nicht, und er fragt sie nicht, wo sie gewesen ist oder wie es sich anfühlt, aus so weiter Ferne zurückzukommen, obwohl diese kindlichen Fragen ihn immer noch am meisten interessieren. Irgendwie hatte er sich vorgestellt, sie jetzt zu stellen. Aber keiner von beiden sagt ein Wort. Ihr Gewicht drückt auf sein Bein, und seine Finger entdecken ein Muttermal auf ihrer Schulter, als sie seinen Bauch küsst. Schwäche und Hilflosigkeit überwältigen ihn, als sie ihm Jeans und Boxershorts abstreift. Sie haben nicht über Sex gesprochen, nur, als sie sich am Weihnachtsabend, als ihre Eltern sie von der Küche aus beobachteten und sie ihnen winkte, zu Ted umgedreht und ihm ins Ohr geflüstert hat: *Silvester, lass es uns an dem Abend tun.* Jetzt, da er nackt vor ihr liegt, würde er sie gern fragen, ob er eigentlich auch männlich ist, so wie andere Männer, oder ob ihm irgendetwas fehlt, was ihm nie aufgefallen ist. Sein Rücken krümmt sich nach hinten, als er die feuchte, heiße Berührung ihrer Lippen auf seinem Penis spürt. Er hat das Gefühl, dass er das verhindern muss, sonst ist es gleich vorbei, deshalb zieht er sie an den Achseln zu sich herauf und dreht sie auf den Rücken. Er betrachtet ihren Mund, weicht aber ihrem Blick aus. Immer noch schweigen beide. Lauren zieht Hose und Slip aus. Sie gibt keinen Ton von sich, als er sich herabbeugt, um ihre Nippel zu küssen, doch nach einer Weile fährt sie mit der Hand in sein Haar und presst seinen Kopf an ihre Brust. Ein Schauder durchfährt ihn, als er das Salz auf ihrem Fleisch schmeckt. Einen Augenblick lang schwankt er zwischen Verlangen und Ekel. Er lutscht an ihrer Brust. Sie presst sein Gesicht fester an ihre Haut. Er *will* es jetzt, sein ganzer Körper *will* es. Mit den Ellbogen drückt er ihr die Knie auseinander und spreizt ihre Beine.

»Zieh es an«, flüstert sie. Er beugt sich nach hinten, um das Kondom aus seiner Jeanstasche zu nehmen, das er heute Morgen gekauft hat. Er hat noch nie eins benutzt, aber er hat Bilder gesehen und streift es über, so schnell er kann. Dann legt er sich auf sie, und sie nimmt seinen Penis in die Hand. Es folgen ein paar endlose, grässlich peinliche Sekunden, als sie immer weiter auf dem Bett zurückrutscht und er versucht, in sie einzudringen. Seine Augen sind fest zusammengekniffen. Er hofft, ihre auch. Plötzlich holt Lauren tief und heftig Luft und japst: »Au!« Er hält über ihr inne.

»Es ist okay«, sagt er. »Ich kann aufhören.«

»Nein«, antwortet sie, und ihre Stimme klingt so tief und

entschlossen, dass er sie kaum wieder erkennt. Sie legt eine Hand auf seinen Hintern. Er spürt, wie sie zittert. Ihr Atem geht flach und stoßweise, und er spannt die Muskeln in seinen Beinen an, damit er in sie eindringen kann und dann fast wieder rausflutscht. Es fühlt sich an, als könnte er nichts dagegen tun. Animalisch. Gut. Er fängt an zu zittern und kommt dann ohne Vorwarnung ganz plötzlich, bricht auf ihr zusammen und erstickt sein Stöhnen im Kopfkissen über ihrer Schulter.

Ein paar Sekunden bleibt er auf ihr liegen, dann richtet er sich auf, zieht sich aus ihr zurück und hockt sich auf die Fersen. Sie legt sich ein Kissen auf den Bauch. Eine Welle von Traurigkeit überwältigt ihn und das Gefühl, versagt zu haben.

»Alles in Ordnung?«, flüstert er.

Ihr Gesicht ist ausdruckslos, fast ein kleines bisschen verblüfft. Als wäre sie irgendwo angekommen, nur um dann zu entdecken, dass es dort genauso ist wie da, wo sie herkam.

Er beugt sich vor, um sie zu küssen, doch sie dreht den Kopf zur Seite. Ein bisschen von dem Lippenstift, den er ihr geschenkt hat, ist auf ihrer Wange verschmiert. Er fragt sich, warum sie je beschlossen hat, ihn zu benutzen. Sie bleiben so auf dem Bett liegen, keiner von beiden rührt sich. Heiße Luft strömt aus einem Ventil irgendwo hier oben. Seine Lippen sind ausgetrocknet und rissig.

Er merkt, dass sich unter dem Kissen ein dunkelroter Kreis auf dem Laken ausbreitet. Als er an sich hinabsieht, entdeckt er, dass sein Geschlecht dunkel und feucht ist. Lauren wälzt sich rasch von der Matratze, wickelt sich in ein Handtuch und läuft ins Badezimmer. Sie schließt die Tür hinter sich. Er aber kniet auf dem riesigen Bett und starrt auf einen Blutfleck.

Dreimal drückt sie auf die Klingel, doch weder hört sie es läuten, noch kommt jemand. Die Lichter im Erdgeschoss brennen, und die Rollos sind hochgezogen, sodass man sehen kann, wie die Schneeflocken durch die erleuchteten Vierecke der Fenster auf die Büsche fallen. Sie friert und wäre lieber im Warmen. Als sie die Klinke niederdrückt, entdeckt sie, dass die Tür nicht verschlossen ist.

»Hallo?«, ruft sie und bleibt in der großen Vorhalle unter einem funkelnden Kronleuchter stehen. »Ted?« Die einzige Antwort ist ein Knacken, gefolgt von einem leisen Rumpeln im Schornstein.

Der Marsch hat sie ermüdet. Sie geht weiter ins Esszimmer auf der Suche nach einem Platz, wo sie sich ausruhen kann. Der Tisch müsste frisch lackiert werden, obwohl er aussieht wie ein gutes, massives Möbelstück. Sie setzt sich an ein Ende, nimmt den Hut ab und hakt den Mantel auf. Wahrscheinlich machen sie einen Spaziergang, denkt sie, zwei Verliebte im Schnee, hier, wo sie als Kind gespielt hat. Sie weiß noch, wie es sich anfühlte, auf der Veranda zu knien, die Arme um Peg, den struppigen Köter, geschlungen, wie sie ihn festhielt, als er einen Vogel im Garten verbellte, und wie sich der Widerhall seines Bellens in ihrer Brust anfühlte; ihr Bruder rief seinem Freund etwas zu, der oben in der Blutbuche saß, hinter dem Haus brummte der Mähdrescher – es roch nach frisch gemähtem Gras, und sie rangelt auf dem Rasen mit ihrem Vater und versucht, ihm ein Geldstück zu entwinden, das er in der geballten Faust hält. Ihre Finger tasten über die Kerbe in seinem Daumennagel; ihre Mutter sagt: *Nicht so wild, ihr beiden*, und beugt sich vor, um ihrem Vater einen Kuss zu geben. Im Fußboden des oberen Stocks gibt es eine Ritze, direkt über der Stelle, wo ihre Großmutter am Schreibtisch sitzt, und wenn sie sich auf die

Holzdielen legt und das Ohr fest dagegenpresst, kann Elizabeth das Kratzen der Stahlfeder auf den dicken Briefkarten hören, mit der ihre Großmutter Dankesbriefe schreibt. Sie spielt dort oben ganz allein. Die Tagesdecken sind mit einem Muster aus flaumigen Baumwollblüten geschmückt. Die Pfosten des großelterlichen Bettes bestehen aus dunkelrotem Kirschholz und münden in geschnitzten Ananasfrüchten. Wenn sie auf einer Ecke der Matratze steht und sich an den Bettpfosten klammert, sinken ihre Fersen tiefer ein als die Ballen, und die Gelenke an den Fußknöcheln spannen sich an. Mit dem Messer, das ihr Großvater sonntags für das Tranchieren des Geflügels benutzt, stößt sie jetzt ins Holz. Unter den raschen Schnitten der silbernen Spitze zeigen sich Flecken von hellerem Rosenholz im dunklen Firnis. Ihr Herz klopft so schnell, dass sie kaum Luft bekommt. Die Mutter sperrt sie ins Gästezimmer ein, und am Abend bekommt sie, über die Sofalehne gebeugt, eine Tracht Prügel vom Vater, obwohl sie ihm erklärt, dass sie es gar nicht hatte tun wollen. Die Kerben sind heute noch in den Bettpfosten sichtbar, bei Kerzenschein, wenn der Schnee fällt, und da liegt sie, umklammert die Hand ihrer Mutter und wünscht, der Arzt würde kommen und dafür sorgen, dass ihr Baby in Sicherheit ist.

Sie fragt sich, wie das Leben anderer Leute aussieht.

Ted bleibt mit offenem Mund in der Tür zum Esszimmer stehen. Mrs. Maynard sitzt im Pelzmantel am anderen Ende des Tisches und starrt erschöpft und verzweifelt aus dem Fenster.

»Mrs. Maynard?«

Elizabeth dreht sich um und sieht Ted in der Tür zum Wohnzimmer stehen. Er trägt kein Hemd, nur Jeans. Sein Haar ist so zerzaust, wie sie es noch nie gesehen hat.

»Mrs. Maynard, was machen Sie hier? Wie sind Sie hereingekommen? Was ist los?«

»Ich dachte, ihr wärt spazieren gegangen«, sagt sie. »Es schneit, weißt du. Ich dachte, Lauren und du, ihr müsstet spazieren sein.« Sie sieht sich im Zimmer um, als suchte sie etwas. »Ich habe auf dem Gelände, auf dem dieses Haus gebaut wurde, gespielt, als ich klein war. Wusstest du das? Manche behaupten, dieser Ort sei eine Beleidigung – hässlich – und dass fast alles, was wir seit Anbeginn getan haben, hässlich ist. Aber du nicht, Ted. Ich habe es dir schon gesagt. Du bist schön. Die Toten erinnern sich nicht an dich. So ist es besser. Setzt du dich ein wenig zu mir?«

Ted sieht, wie Mrs. Maynard sich vorbeugt und einen Stuhl vom Esstisch näher zieht. Irgendetwas ist mit ihr passiert, denkt er. Wahrscheinlich ist diese Frau bei ihr. Er geht zu ihr hinüber und setzt sich.

Aus ihrer Manteltasche nimmt Elizabeth den zusammengefalteten Zettel, auf dem sie sich ihre Fragen notiert hat. Sie zögert und liest dann mit leiser Stimme vom Blatt ab: »Hast du je geglaubt, dass du deiner Mutter vielleicht mehr bedeutest als ihr eigenes Leben?«

Irgendwelcher Unsinn, den sie aufgeschrieben hat, sagt sich Ted. Er kann sich immer noch nicht vorstellen, wie sie hierher gekommen ist. Er wird sie zurückfahren müssen.

»Ich lese sie nur vor, Ted, und dann kannst du … wie heißt deine Mutter?«

Die Straßen werden mittlerweile kaum noch passierbar sein, und er hat keine Winterreifen. Es wird eine Weile dauern.

»Mrs. Maynard –«

»Ist deine Existenz eine Strafe Gottes für sie? Wie fühlt es sich an, von ihr umarmt zu werden?«

Ted hätte gern, dass sie jetzt still ist. Er muss über so vieles nachdenken. Zehn Minuten hat er vor der Badezimmertür gestanden und immer wieder leise gerufen: »Ist alles in Ordnung?«, doch Lauren hat nicht geantwortet, und er konnte an nichts anderes denken als an ihre Enttäuschung.

»Kannst du das Gesicht deiner Mutter sehen, oder ist es dir so vertraut, dass es dir nicht mehr auffällt? Hast du das Gefühl, sie zu kennen?«

Elizabeth blickt auf und sieht Tränen aus Teds unbewegten Augen rinnen. Sie legt ihren Zettel auf den Tisch und umfasst seine Wangen mit beiden Händen. Bei ihrer Berührung zittern seine Mundwinkel, und er fängt an zu schluchzen.

Du und alle Erben des Wohlstands, die glauben, das Leben sei eine Frage perfektionierter Gefühle. Ihr irrt euch.

Elizabeth ist erschöpft. Sie erhebt keinen Widerspruch. Die Lichter im Raum strömen in ihre Augen wie der erste Glanz der Morgendämmerung. Endlich spürt sie die heißen Tränen ihres Sohnes in den Händen.

Dank

Ich bedanke mich beim Provincetown Fine Arts Work Center, der Michener/Copernicus Society of America und der MacDowell Colony für ihre Unterstützung während der Arbeit an diesem Buch. Außerdem danke ich meiner Lektorin Nan Talese, meinem Agenten Ira Silverberg, Frank Conroy, Marilynne Robinson und Connie Brothers vom Iowa Writer's Workshop, Sandy McClatchy vom *Yale Review*, sowie Adrienne Brodeur und Samantha Schnee bei *Zoetrope* für ihre Ermutigung. Für die Hilfe an verschiedenen Storys des vorliegenden Buches bin ich Allan Gurganus, Nick Sywak, Minna Proctor, Justin Tussing und Jacob Molyneaux verpflichtet. Schließlich ein herzliches Dankeschön an Adam Hickey und David Grewal, die dafür sorgten, dass ich hin und wieder aus dem Haus ging.

Einige der hier versammelten Erzählungen sind in anderer Form bereits in folgenden Publikationen erschienen: »Anmerkungen für meinen Biografen« in *Zoetrope All-Story*, »Hingabe« in *The Yale Review*, »Kriegsende« im *BOMB Magazine*, »Der Ursprung der Verzweiflung« in *The James White Review* und »Wiedersehen« in *The Alembic*.

Das Zitat auf S. 196 ist dem Roman *Der Gejagte* von Russell Banks entnommen.